Verwelkt

Der erste Fall
für Hauptkommissar Franck Metz

Ein *Apotheken*-Krimi
von
Ellys Meller

2. überarbeitete Auflage, Oktober 2018

Lektorat: Sandra Schmidt; Korrektorat & Buchsatz: Petra Schmidt; Cover: Henry Damaschke; agentur-textkorrektur.blogspot.com Herausgeber: Ines Riemay, Hermsdorfer Str. 28, 12627 Berlin Verlag & Druck: BoD – Books on Demand, Norderstedt

Bibliografische Information der Deutschen Nationalbibliothek: Die Deutsche Nationalbibliothek verzeichnet diese Publikation in der Deutschen Nationalbibliografie; detaillierte bibliografische Daten sind im Internet über http://dnb.dnb.de abrufbar.

ISBN: 978-3-74813-157-1

»Keine Wirkung
ohne Nebenwirkung.«

Verfasser unbekannt

Für T.

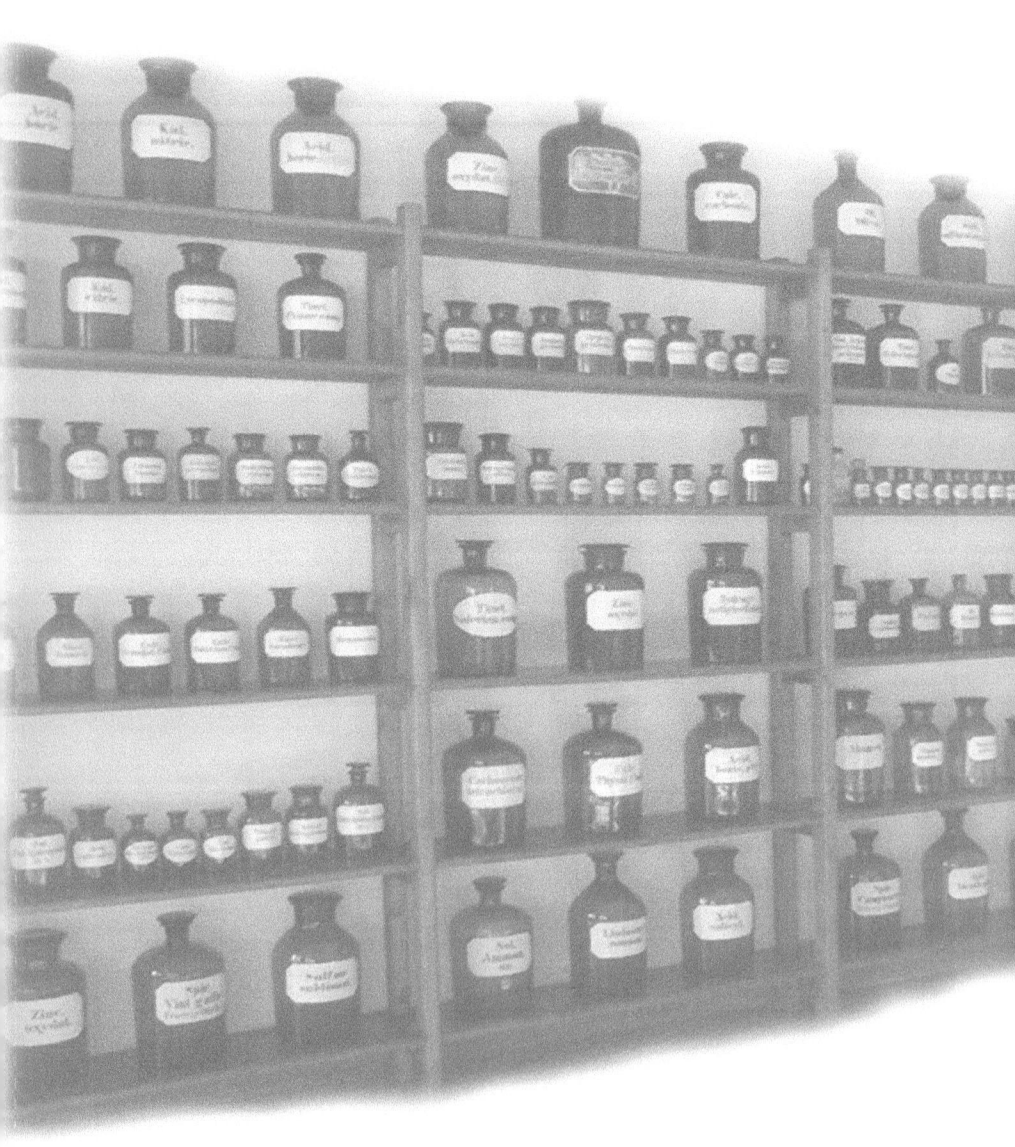

Montag

Der August 2009 war brütend heiß zu Ende gegangen und jedermann sehnte sich nach Abkühlung. Er hatte die Hitze über der Landschaft flimmern sehen, als er mit dem Mietauto über die ausgebauten Landstraßen fuhr. Das war vor genau zwei Tagen gewesen. Über das Internet hatte er sich für das Hotel *Hoken* entschieden, ein kleines und gemütliches Hotel im Stadtzentrum von Quedlinburg. Die Stadt selbst präsentierte sich als ein quirliger Ort mit vielen Touristen. Er hatte sich einen Stadtplan gekauft und studierte diesen nicht nur ausgiebig, er lief die einzelnen Straßen der Stadt ab. Das war seine Angewohnheit. Seine Dienstlaufbahn hatte ihn in die verschiedensten Städte geführt. Nicht immer und überall war es möglich, jede Straße abzulaufen, aber in Quedlinburg fiel es ihm leicht.

Es war Montag und der erste Arbeitstag stand ihm bevor. Seit Stunden lag er wach und fühlte sich beklommen. Er rief sich ins Gedächtnis, dass es seine eigene Entscheidung und sein Wunsch waren, die ihn hierhergebracht hatten. Und er war zu stolz, um jetzt das Handtuch zu werfen. Er blickte auf die Digitalanzeige des Weckers. Es war 05:10 Uhr. Zeit, den Stier bei den Hörnern zu packen, sagte er sich und warf die Decke von sich. Nach der allmorgendlichen Routine, die für ihn aus schweißtreibenden Bauchtrainingsübungen und ausgiebigem Duschen bestand, entschied er sich für eine dunkelblaue Jeans und ein weißes Hemd. Seinen Bart hatte er bereits gestern in Form getrimmt. Die blonden Haare, die er entgegen der Dienstvorschrift etwas länger trug, strich er mit bloßen Fingern zurecht. Zum Schluss sprühte er einen kurzen Stoß eines Männerduftes auf die Schulter. Er griff nach Portemonnaie, Hotelzimmerschlüssel und Lederjacke. Bevor er den Raum verließ, schaute er sich im Hotelzimmer um. Es war eine

Angewohnheit und seinem Beruf geschuldet. Erst als er überzeugt war, dass er nichts vergessen hatte, zog er die Tür hinter sich zu. Er lief die winklige Treppe nach unten und stand der überraschten Hotelinhaberin Christin Berger gegenüber.

»So früh am Morgen auf den Beinen? Frühstück, Herr Metz?«

»Gern, Frau Berger.«

Franck Metz nahm an dem Tisch Platz, auf dem ein eingefasstes Porzellanschildchen mit seinem Namen stand. Der Kaffee wurde serviert und der Brötchenkorb stand gefüllt neben ihm. Frau Berger fragte, ob er noch einen Wunsch habe. Dankend lehnte er ab. Seine Gedanken liefen ihm heute davon. Was erwartete ihn? Auf jeden Fall sah er seinen Freund Petersen wieder. Diese Begegnung war längst überfällig. Petersen, mittlerweile Dienstgruppenleiter der Kriminalpolizei in Quedlinburg, hatte ihm mitgeteilt, dass Metz bei ihm und dessen Frau Adele wohnen kann. Ein freundliches und ehrlich gemeintes Angebot, das wusste Metz, dennoch hatte er abgelehnt. Er wollte keine Freundschaft gefährden. Er brauchte einen persönlichen Rückzugsort und seine Unabhängigkeit. Nach dem Burn-out vor drei Jahren und dem mühseligen Wiederhocharbeiten hatte er eine Art Konzept entwickelt. Er liebte die Stunden, in denen er nachdenken konnte, und er hatte sich eingestanden, auch ein wenig menschenscheuer geworden zu sein.

Franck Metz dachte an die Zeit zurück, als sie sich kennenlernten und Freunde wurden. Alles fing mit ihrer Ausbildung an. Sie waren jung und stellten manchen Schabernack an, doch sie hielten wie Pech und Schwefel zusammen. Nach der Ausbildung riss das Leben sie auseinander. Dennoch vollbrachten sie das Kunststück, sich nicht aus den Augen zu verlieren. Mal verband sie ein gemeinsamer Fall, mal schrieben sie sich oder telefonierten.

Metz dachte an seine Arbeit als Kriminalkommissar und später dann als Hauptkommissar. Es war sein Wunsch gewesen, durch die harte Polizeiausbildung zu gehen, und er wusste immer noch, dass er diesen Beruf nicht missen wollte. Dennoch hatte die Polizeiarbeit von ihm weit mehr gefordert, als Körper und Psyche leisten können. Die Einsicht kam erst Jahre später in der langen Erschöpfungsphase seines Burn-outs. Drei Jahre waren seit der Diagnose vergangen. Er hatte sich wieder gefangen, kam auf die Beine. Jetzt wollte er testen, ob eine Eingliederung überhaupt noch erreichbar war oder ob er über das Thema Pensionierung nachdenken musste. Metz schüttelte kurz den Kopf, nein, daran wollte er nicht denken, jetzt nicht. Er hatte um

Versetzung gebeten, die sein Dienstherr gewährte. Dem Zufall war es zu verdanken, dass der neue Einsatzort Quedlinburg war, wo Petersen Dienstgruppenleiter war. Das klang nach Zukunft in seinen Ohren. Doch zunächst musste er herausfinden, ob er in der Lage war, zwölf Monate Dienst zu verkraften. Laut einem Telefonat mit Petersen fiel die Verbrechensstatistik von Quedlinburg minimal aus.

Nach dem ausgewogenen Frühstück im *Hoken* und mit der aktuellen Zeitungslektüre versorgt, stand Metz auf. Mit einem knappen Handzeichen verabschiedete er sich von Frau Berger.

»Bis heute Abend, Herr Metz. Haben Sie sich fürs Abendessen eingetragen?«, rief sie ihm hinterher.

Metz drehte sich um.

»Ich weiß nicht, was mir mein Tag bringt. Deshalb ...«, setzte Metz zu einer Erklärung an, aber Frau Berger kam ihm zuvor.

»Sie werden in Quedlinburg etwas finden, wo man anständig essen kann. Da mache ich mir keine Sorgen. Ich wollte Sie nur erinnern.« Frau Berger wirkte ehrlich besorgt.

Metz dankte noch einmal, dann verließ er den *Hoken*. Mit gefülltem Magen war ein Fußweg von zehn Minuten nicht der Rede wert. Die Temperaturen fühlten sich nach Herbst an, offenbar wegen des nächtlichen Temperatursturzes. Er sollte sich beeilen, in der Polizeidirektion einzutreffen, bevor es zu regnen begann. Metz lief die *Marktstraße* entlang, weiter über den *Marschlinger Hof* und bog nach rechts auf die *Weststraße* ein, die in einem kleinen Linksknick zur *Schillerstraße* wurde. Er betrat das graue und eher trist wirkende Polizeipräsidium. Ein anscheinend übelgelaunter Polizeibeamter mittleren Alters versah den Dienst im Eingangsbereich. Ein Blick auf die Schulterklappe verriet Metz, dass er einen Oberrat vor sich hatte.

»Guten Morgen«, sagte Metz mit fester Stimme.

»Morgen«, kam eine mürrische Antwort zurück.

»Mein Name ist Metz. Dienstgruppenleiter Petersen erwartet mich.«

Der übellaunige Diensthabende musterte Metz kurz. Dann griff er nach dem Telefonhörer und rief Petersen an.

»Zimmer 202, die Treppe rauf, dann links«, schnarrte der Beamte hinter der Scheibe. Franck Metz fand das angegebene Büro.

Noch bevor er anklopfen konnte, wurde die Tür stürmisch aufgerissen und schon fand er sich in einer herzlichen Umarmung wieder. Die Männer klopften sich auf die Schultern, schüttelten sich fest die Hände. Nach einer Ewigkeit ließen sie voneinander ab. Petersen zog den Neuankömmling in sein Büro, bot ihm einen Stuhl an und setzte sich ihm gegenüber.

»Lass dich anschauen.« Petersens eindringlicher Blick wanderte über Franck. »Wie lange ist das jetzt her, dass wir uns nicht mehr gesehen haben?«, fragte Petersen.

Beide Männer waren nahezu gleich groß. Petersen maß 1,81 m und war kräftig gebaut. Einen kleinen Bauchansatz wies er dank Adeles Kochkünsten auf. Das ehemals dunkle Haar wurde zunehmend grauer und lichter.

Metz überragte ihn nur um einige Zentimeter. Immer noch breitschultrig, aber schlank. Wie früher trug er seine Haare viel zu lang. Seine blauen, intensiven Augen ließen die Musterung über sich ergehen. Petersen war nicht nur einmal froh gewesen, wenn diese Augen aufgetaucht waren und ihn aus der Klemme geholt hatten. Franck hatte immer noch seine vollen, sinnlichen Lippen, aber im Gesicht war er kantiger geworden. Die Wangenknochen zeichneten sich stärker ab. Wenn er Franck ansah, konnte Petersen nicht glauben, dass er ein Burn-out erlitten hatte. Nur ein Schatten unter den Augen verriet es, aber es konnte Einbildung sein. Franck schien immer noch Sport zu machen, seine Haut sah frisch und leicht gebräunt aus.

»Bist du jetzt endlich mit deiner Musterung fertig?«, wies ihn Franck scherzhaft zurecht. »Und um auf deine Frage zurückzukommen, ich glaube, vier Jahre ist es jetzt her. Nach der Riesenrazzia.«

Petersen winkte ab. Er hatte drei Beamte bei dieser Sache verloren. Monate später wurden sie wegen Berufsunfähigkeit pensioniert. Dabei waren sie dicht dran gewesen, den Fall zu lösen. Eine Bande, die nur Juweliere im Harz ausraubte. Trotz systematischer Ermittlungsarbeit blieb ein schaler Beigeschmack zurück, wenn man Petersen darauf ansprach. Aber diese alten Kamellen wollten sie keinesfalls aufwärmen.

»Seit wann bist du hier in Quedlinburg?«, wollte Petersen wissen. »Zufrieden mit deiner Bleibe?« Petersens Blick ruhte auf Metz. »Adele freut sich, wenn du bei uns wohnst.«

»Ich bin erst seit zwei Tagen hier. Fürs Erste bin ich zufrieden mit dem Zimmer und dem Service, glaub mir. Und ich bin im *Hoken* jederzeit erreichbar.«

Metz hatte die quirlige Adele lebhaft vor Augen. Soweit sich Metz erinnerte, wollte sie Lehrerin für Kunsterziehung werden.

»Wie geht es Adele?«, fragte Metz, um die Flut von Petersens Fragen zu durchbrechen. Vor fast zwanzig Jahren hatten sie sich ihr Jawort gegeben.

»Seit drei Jahren ist sie stellvertretende Direktorin eines Gymnasiums und die Arbeit hört nicht auf.« Petersen sprach die Worte mit stolzgeschwellter Brust aus.

»Ich komme vorbei. Versprochen. Allein deswegen, weil mir Adele unbedingt das Wort *Hoken* erklären muss«, fügte Metz augenzwinkernd an.

»Ich weiß, ihr passt kulturhistorisch zueinander«, meinte Petersen grinsend und klopfte seinem Freund noch einmal auf die Schulter. »Bei mir hat sie wenig Chancen. Ich bring jede Jahreszahl durcheinander.« Petersen war Geschichte völlig egal. Er lebte im Hier und Jetzt.

»Ich kann dir nur sagen, sie kann dir interessante Geschichten erzählen. Aber heben wir uns das für später auf, bei einer guten Flasche Rotwein. Adeles Spezialgebiet ist übrigens Quedlinburger Geschichte.« Petersen ging quer durch sein Büro zu der Kaffeemaschine und schenkte Kaffee in zwei Tassen. Eine davon gab er dem Hauptkommissar. Frisch und heiß mochten ihn beide Männer gern.

Metz überflog die Einrichtung seiner neuen Dienststelle. Hell und großzügig geschnitten. Zwei Fenster mit Fensterbänken, auf denen weiße Blumenübertöpfe standen. Typisch in der Form, individuell in der Farbe. Franck wusste aus der langen Zeit seiner Freundschaft, dass Petersen keinen grünen Daumen hatte. Die Pflanzen in den Töpfen kränkelten vor sich hin. Metz' Blick fiel auf den Schreibtisch, der mit einigen dünnen Aktenheftern belegt war. Behutsam stellte er die geleerte Kaffeetasse ab. Die Zeit von Small Talk war beendet.

Petersen wusste von Metz' Erkrankung. Nach den letzten Einsätzen, bei denen Metz Leib und Leben riskierte, musste er ruhiger treten. Das verlangten die Therapeuten und Ärzte. Metz selbst, das wusste Petersen ebenso, wollte sich von einer monströsen Stadt, deren sich aufbäumender Kriminalität, gepaart mit der galoppierenden Schnelligkeit des Versagens in politischen Entscheidungen, die auf keinen Beamten Rücksicht nehmen, nicht brechen lassen. Metz wollte sich dem nicht beugen. Er wollte sich das nicht mehr antun und hatte sich für eine Versetzung entschieden. Dass er hier seinem Freund begegnete, war dem Zufall zu verdanken.

»Und dann kommst du ausgerechnet zu uns?« Petersen lachte mit feinem Spott in der Stimme. Schalk blitzte aus seinen Augen. Petersen verfügte über die Finessen der Scharfzüngigkeit.

»Ich habe meine Hausaufgaben gemacht«, konterte Franck. »Seit du Dienstgruppenleiter bist, ist die Aufklärungsrate bei den Delikten am Menschen bei einhundert Prozent.«

»Na, na. Noch sind zwei schwere Diebstähle und eine räuberische Erpressung anhängig«, gab Petersen zu bedenken. »Außerdem ist rund um die Uhr die ständige Observierung eines Sexualstraftäters abzusichern. Der tägliche Schreibkram und Kleinkram können auch nicht vernachlässigt werden, außerdem der Telefondienst, der die Kollegen täglich fordert. Ach, du kennst das doch, ich brauch dir das nicht zu erklären.«

»Nein, das brauchst du nicht«, lenkte Metz ein. »Dennoch, genau deswegen bin ich für ein Jahr versetzt. Wem bin ich zugeteilt?« Fragend zog Metz seine rechte Augenbraue in die Höhe. Er sah, dass sich Petersens Lippen zu einem Grinsen verzogen. Früher war das ein untrügliches Zeichen dafür, dass Petersen gleich eine Überraschung parat hatte.

Petersen ließ diese Frage an sich vorüberziehen. Einen kurzen Moment überprüfte er seine Entscheidung, aber es blieb bei dieser.

»Du bekommst mein bestes Pferd an deine Seite«, versicherte er seinem Freund.

Die rechte Augenbraue von Franck Metz blieb in ihrer erhöhten Position.

»Du überträgst mir die Verantwortung?« Metz traute seinen Ohren kaum. Er war ehrlich überrascht, damit hatte er nicht gerechnet.

»Genau. Vertrau mir, du schaffst das.« Petersen ließ keine Ausrede zu.

»Wenn du das sagst«, antwortete Metz ironisch.

Petersen überhörte den Einwurf. »Du kennst dich doch mit Pferden aus?«

Metz nickte. Seine Großeltern, die in der Dordogne leben, besaßen einige dieser wundervollen Tiere. In seiner Kindheit hatte Franck Metz reiten gelernt.

Petersen strich sich gedankenverloren über die Oberschenkel. Das machte er immer dann, wenn er seinem Gegenüber etwas schmackhaft machen wollte, erinnerte sich Metz schlagartig.

»Es gibt doch diese Vollblüter, die immer voranstürmen ohne jede Rücksicht? Die den Kopf in den Nacken werfen, auf Konfrontation aus sind, deren Wildheit und Unzähmbarkeit einen aber faszinieren können?« Petersen legte den Kopf schräg. »Und trotzdem sind diese Vollblüter mit Geduld nach der Ausbildung die Besten auf der Koppel? Und vor allen Dingen die verlässlichsten!«

Metz warf den Kopf in den Nacken, als wenn er es nicht glauben konnte.

»Und einen Wildfang, wie du ihn eben beschrieben hast, habt ihr hier?« Franck Metz' Miene blieb skeptisch.

»Jepp. Haben wir. Wie gesagt, einsatzfreudig, zäh, ausdauernd, unvergleichlich kompromisslos und schnell. In allem. Manchmal muss ich ihn leider dafür rügen.« Petersen griff zum Hörer und wählte eine Nummer. »Sofort zu mir.« Petersens Ton duldete keinen Aufschub. Kurz darauf klopfte es. »Herein!«, rief Petersen.

Ein schmaler und hochgewachsener Polizist betrat das Büro und schloss die Tür. Ein knappes Nicken für Petersen und in Richtung Metz.

Franck Metz musterte den Mann. Er schätzte ihn auf Ende zwanzig. Auf dessen kantigem Gesicht traten die Wangenknochen scharf hervor. Hauptkommissar Metz vermutete, dass die Einsatzwilligkeit jede überflüssige Kalorie auffraß. Der Kurzhaarschnitt war akkurat ausgeführt. Lange Wimpern, um die ihn die Mädchen beneideten, graue Augen. Für einen Mann hatte der Polizist eine zierliche Nase und volle Lippen. Die blaue Polizeiuniform saß tadellos. Die Schulterklappen zierten drei blaue Sterne. Ein weißes Haar hing in der Höhe des Knies auf der Uniform. Franck Metz tippte auf ein Haustier, das sich hier verewigt hatte.

»Dienstgruppenleiter Petersen. Sie wollten mich sprechen?«, fragte er mit kräftiger Stimme. Sein Blick war voller Neugier, als er für einen Moment den vor ihm sitzenden fremden Mann in Augenschein nahm.

»Ich möchte Ihnen Hauptkommissar Metz vorstellen. Er ist von der Kripo und für ein Jahr hierher versetzt. Ab sofort sind Sie ihm unterstellt. Sie halten sich zu seiner Bereitschaft.« Petersen sah den Polizisten scharf an. »Irgendwelche Fragen, Jäger?«

»Welches Fahrzeug steht uns zur Verfügung?«

Petersens Kopf ruckte in die Höhe, seine Augen nahmen einen drohenden Ausdruck an.

»Der BMW. Und lassen Sie es gesagt sein: Sie sind auch für dessen Sicherheit verantwortlich.«

Jäger stand für den Bruchteil einer Sekunde stramm, mit einem Anflug eines Grinsens auf seinem Gesicht, welches er unverzüglich versteckte. Metz sah es und schmunzelte in sich hinein. Auf jeden Fall schien Polizeiobermeister Jäger Autos zu mögen.

Jäger verstand die Worte seines Chefs als ultimative Erlaubnis, entlassen zu sein. Nachdem Jäger die Tür von außen geschlossen hatte, erhob sich Petersen und bat Metz, ihm in das angrenzende, jetzt unbenutzte Büro zu folgen.

»Dein Büro. Ich nehme an, es wird dir recht sein?«

Franck Metz glaubte, ein schelmisches Flackern in Petersens Augen wahrzunehmen. Er kannte seinen Freund gut genug und war sich sicher, dass er sich nicht irrte. Ein wenig Kontrolle bevorzugte Petersen also doch. Sei's drum, dachte Metz.

»Der Kollege, der vor dir hier arbeitete, ist seit letztem Sommer im Ruhestand. Seit dieser Zeit steht es leer. Richte dich ein und wenn du etwas brauchst, sag mir einfach Bescheid. Jäger wird hier ebenfalls seinen Schreibtisch haben. Bevor ich es vergesse, Franck, du musst nachher deine Waffe abholen. Vergiss auch nicht deinen Dienstausweis.« Petersen gab ihm einen freundschaftlichen Klaps auf die Schulter. »Ach, und denk an die obligatorische Schießübung. Trag dich in die Liste ein«, riet er ihm noch, bevor er die Tür zu seinem Büro schloss und Metz allein ließ.

Er war Petersen dankbar, dass er die Sache mit den Schießübungen nur nebenher erwähnte. Seit seiner Erkrankung hatte er keine Pistole mehr angefasst.

Metz sah sich in dem Büro um, das trist und unbewohnt wirkte. Die Fenster ließen sich zum Innenhof des Polizeipräsidiums öffnen. Er hatte in seinem Polizeialltag in vielen Büros arbeiten müssen. Viele davon hatten nicht den Komfort, den es hier gab. Nach außen öffnende Fenster, moderne Technik, genügend Raum und natürliches Licht. Sogar in einem Büro, in dem die Heizung regelmäßig bei Winterbeginn ausfiel, hatte er gearbeitet. Die Arbeit war die reinste Zumutung gewesen. Zu allem Überfluss war es ein harter Winter gewesen. Ein Mädchen war entführt worden. Ihr Vater, ein selbstständiger und tatkräftiger Monteur, konnte den Gedanken nicht ertragen, dass die Sonderkommission, der auch Metz angehörte, nicht einsatzbereit war und die Kollegen erkrankten. Der Monteur besorgte die fehlenden Teile der Heizungsanlage und baute sie selber ein. Zwei Tage später hatte das Team die Tochter befreit.

Metz nahm den mittlerweile vergilbten Stadtplan von der Wand, faltete ihn zusammen und warf ihn in den Abfallkorb. Dann stellte er die scheußlichen Blumentöpfe von der Fensterbank.

»Hm, gleich«, äußerte sie sich schlaftrunken zu den Ansichten des Weckers, der sie aus den Träumen riss. Ungeachtet ihrer Worte klingelte er einfach weiter.

Es blieben zwei Möglichkeiten, zumindest laut der Beurteilung der Synapsen aus der Chefetage. Entweder verkroch sie sich unter dem dicken Kopfkissen oder sie stand schlicht und ergreifend auf. Schweren Herzens entschied sie sich für Letzteres. Dabei überlegte sie, ob sie es in ihrem Leben noch einmal lernte, besser aus dem Bett zu kommen. Sie kannte sich nicht anders. Jeder Tag musste begonnen werden. Schließlich arbeitete sie nicht unter Tage in einer Silbermine in den Anden oder schuftete auf dem Feld wie zu Großmutters Zeiten, tröstete sie sich. Ihre Selbstständigkeit versetzte sie in die Lage, jederzeit die Mitarbeiter anzurufen, um ihnen mitzuteilen, dass sie heute anderweitig beschäftigt sei.

Bei diesem Gedanken musste sie lächeln. Was wohl die Mitarbeiter dazu sagen, fragte sie sich. Sie würden sich mit fragenden Gesichtern anschauen und sich ernsthaft sorgen, denn schließlich galt sie als die Zuverlässigkeit in Person. Das hörte sie aus den Gesprächen heraus, die ihre Mitarbeiter miteinander führten. Nur mit meiner Pünktlichkeit hapert es, dachte Emilia schuldbewusst. Dennoch galt genau diese Unpünktlichkeit als sichere Prognose, dass die Chefin jederzeit die Apotheke betritt.

Emilia stand entschlossen auf und entnahm dem Schrank ein frisches Handtuch. Damit verschwand sie im Badezimmer. Die Dusche stellte sie auf abwechselnd heiß und kalt und nach einer kräftigen Bürstenmassage fühlte sie sich ausgesprochen tatkräftig. Sie agierte oft bis in den späten Abend, ja bis in die Nacht hinein, wenn es sein musste, und das trat öfter ein, als sie es sich bei Übernahme der Apotheke vorgestellt hatte. Sie stellte die Dusche ab und griff nach dem Handtuch. Nach dem Abtrocknen und dem Eincremen schaute sie aus dem Fenster und verwarf ihre bisherige Tagesgarderobe.

Der graue Morgenhimmel versprach Regen. Bisher war der Herbst mit seinen leuchtenden Farben ein Trostpflaster auf ihrer sonnenhungrigen Seele gewesen. Sie bevorzugte die Wärme und die Sonne. Lieber buchte sie eine Reise in die Karibik als zum Nordkap. Das komplette Gegenteil meiner Schwester, dachte sie amüsiert.

In den letzten zwei Wochen wirkte der Altweibersommer belebend auf die Psyche und gaukelte ihr vor, dass die dunkle Jahreszeit noch in weiter Ferne lag. Aber die Natur hatte ihren eigenen Willen.

Emilia griff in den Schrank und holte ein wärmendes Wollkleid mit bunten Farben für den Tag heraus. Ihre schulterlangen Haare flocht sie zu einem dicken Zopf. Danach lief sie eilig und barfuß die Treppe nach unten in die Küche. Es war nicht ihr eigenes Haus, sondern ihr Elternhaus.

Ihre Eltern, beide Rentner, machten einen ausgedehnten Auslandsurlaub und in der Zwischenzeit kümmerte sie sich um die Blumen.

Plötzlich krachte ein Körper an die Scheibe des Terrassenfensters. »Hufeland.« In ihrer Stimme schwang leichter Tadel mit.

Emilia öffnete die Terrassentür und ließ den kräftigen schwarzen Kater mit den weißen Pfoten herein. »Wann lernst du endlich, wie jeder deiner Art, sich vor die Tür zu setzen und abzuwarten, bis der Mensch die Tür öffnet?«, fragte sie ihn rhetorisch. Der Kater lief zu seinem Fressnapf. Miauend schaute er sie an. Emilia öffnete die Dose mit dem Katzengesicht und kratzte den Inhalt in den Fressnapf.

Sie war mit Katzen, Hühnern und Tauben aufgewachsen. Es gab eine kurze Zeit in ihrer Jugend, in der sie ernsthaft überlegt hatte, Tiermedizin zu studieren.

Der Kaffee lief durch die Kaffeemaschine. Sein Aroma wirkte belebend. Ihre Tasse stand bereit. Sie schnitt frisches Obst in eine Schale und mischte es mit Haferflocken, dann gab sie Milch dazu. Ein Blick in Richtung Kater verriet ihr, dass er sein Frühstück beendet hatte. Schnurrend lief ihr Hufeland um die Beine und forderte seine Streicheleinheiten.

Nach dem Frühstück stellte sie das Geschirr in die Spülmaschine und räumte die Lebensmittel in den Kühlschrank. Hufeland ließ sich das kurze Kraulen nicht entgehen. Doch sie musste zum Dienst, endgültig. Der Kater miaute und suchte sich anschließend sein Plätzchen, exakt neben dem Katzenkörbchen. Sie zog die Stiefel an, nahm ihre Jacke und die Tasche, schloss die Haustür ab und stieg in ihren weißen Audi.

Normalerweise genoss sie die halbstündige Fahrt auf der *Landstraße Nr. 242* Richtung Quedlinburg. Heute jedoch vermasselte ihr das Regenwetter das Vergnügen. Sie konzentrierte sich auf den Verkehr und passte sich der Geschwindigkeit an, dann bog sie ins Stadtzentrum ab. Emilia fuhr durch etliche Einbahnstraßen, bis sie in die *Breite Straße* einbog und durch den Torbogen fuhr, hinter dem – von der Straßensicht verborgen – ihr Parkplatz lag. Ihre Arbeitsstelle befand sich im Zentrum der Stadt.

Nirgendwo erblickte man, von diesem Punkt aus betrachtet, moderne Wohnanlagen. Quedlinburg war und ist über die Landesgrenzen hinaus berühmt. Man nennt sie auch die Stadt der tausend Fachwerkhäuser. Nahm man es genau, gab es eintausenddreihundert davon. Quedlinburg gilt somit als die Fachwerkstadt Deutschlands. Die Stadtväter hatten spät, aber nicht zu spät für die Bausubstanz, begonnen, den historischen Stadtkern zu restaurieren. Eine unverwechselbare Altstadt lässt bares Geld in die Stadtkasse fließen.

Emilia parkte und betrat ihre Apotheke durch den Hintereingang. In der Stadtchronik stand, dass es sie seit dem Jahre 1578 gab. Diese

Mauern hatten mehr als nur einer Familie das Überleben im Laufe der Jahrhunderte gesichert. Jeder der Herren der Zunft hatte die Apotheke nach seinen Vorstellungen geführt. Emilia Sander, die jetzige Besitzerin und erste Frau in der langen Reihe der Apothekerkollegen, tat es ihren Vorgängern nach. Noch vor vierzig Jahren hatte diese Apotheke zu den modernsten der Stadt gehört. Emilia Sander hatte sie vor drei Jahren gekauft. Nach monatelangem Renovieren und Restaurieren ließ sie ein modernes Computersystem installieren und die Telefonleitungen auf den zeitgemäßen Stand bringen. Die Mitarbeiterinnen erhielten einen modernisierten Aufenthaltsraum mit einer Übernachtungsmöglichkeit. Ihr eigenes Büro wurde ihr zweites Zuhause und, wenn sie ehrlich war, oft auch ihr einziges.

Emilia Sander begrüßte ihre Mitarbeiterinnen mit einem kurzen Nicken oder einer leichten Berührung. Die Apotheke war bereits geöffnet und die Mitarbeiterinnen beschäftigt.

»Guten Morgen, Frau Weiß. Alles in Ordnung?« Emilia Sander schaute ihrer Angestellten kurz über die Schulter, die die abgegebenen Rezepte im Warenlager sortierte. Diese nickte und wies auf die vielen Medikamentenverschreibungen, die vor ihr lagen. Camilla Weiß wirkte zart wie eine Elfe. Alles an ihr war grazil. Ihr Knochenbau, ihre Mimik und ihre Gestik. Nur eines nicht, sie trug eine Brille mit einem dicken schwarzen Rahmen auf der Nase. Trotz oder vielleicht genau deswegen stand ihr dieser Kontrast.

»Ich bereite die Hauslieferungen vor.«

»Wenn Sie mich brauchen, ich bin im Büro«, erwiderte Emilia Sander.

Frau Weiß beschäftigte sich weiter mit der Arbeit. Nachdem Emilia Sander die Offizin, so nennt man die Theke für die Ausgabe von Medikamenten aller Art, linker Hand liegen ließ, nahm sie die drei Stufen mit nur einem Schritt. Dahinter lag ihr Büro. Bei dem Anblick ihres immensen Schreibtisches verschlug es ihr dann doch die Lust auf die Arbeit. Lag am letzten Freitagnachmittag auch dermaßen viel Unerledigtes darauf?, fragte sie sich überrascht. Sie erinnerte sich nicht. In ihrem Berufsleben sollte sie sich eine Sekretärin leisten. Zumal es in der Fachpresse dazu interessante Berichte gab, wie viel Zeit ein Apotheker spart, wenn er in der finanziellen Lage ist, sich eine Sekretärin zu leisten. Dennoch brauchte man die richtige, und definitiv war kein Spielraum im momentanen Budget.

Emilia hängte ihre Jacke in den Schrank und entnahm ihm einen frisch gestärkten weißen Kittel.

Zuerst fuhr sie den Computer hoch. Ihr Telefon klingelte. Es folgte die Anfrage, ob ein Vertreter vorbeikommen könnte.

»Nächsten Montag um 09:00 Uhr ist mir recht.« Der diesbezügliche Eintrag in ihrem Schreibtischkalender erfolgte prompt. Sie konnte es sich nicht leisten, Termine nicht einzuhalten oder zu vergessen. Kaum hatte sie den Hörer aufgelegt, klingelte es erneut. »Guten Morgen, Frau Zahn«, erwiderte sie die Begrüßung. »Was kann ich für Sie tun?« Die Apothekerin hörte aufmerksam zu. »Die Lieferung an Sie ist mit der Fahrerin bereits unterwegs.« Emilia Sander schaute zum Fenster. »Wegen des Wetters könnte es zu einer Verspätung kommen«, räumte sie ein. »Aber sorgen Sie sich nicht«, beruhigte die Apothekerin ihre Kundin und legte auf.

Sie ließ ihre schmale langgliedrige Hand auf dem Hörer liegen. Irgendwann sollte sie doch eine Sekretärin einstellen. Allerdings nicht jetzt. Sie rief sich zur Ordnung. Bei der erneuten Anfrage einer Kosmetikfirma fiel es ihr schwer, diese zu beantworten. Brauchte sie Muster für eine Anti-Age-Creme? Emilia Sander atmete hörbar aus. Eine Falte mehr oder weniger verunstaltet kein Gesicht. Aber Geschäft ist eben Geschäft und sie bestellte, wonach die Kunden verlangten.

Leise öffnete sich die Bürotür und Violett stand mit einer dickbauchigen Kanne in der Hand im Büro.

»Wo ist Ihre Tasse, Chefin? Ah, ich sehe sie.« Violett zog die Teetasse unter einem Haufen abgelegter Papiere hervor und goss duftenden goldbraunen Tee ein. Sie stellte die Kanne auf das mitgebrachte Stövchen, machte das Teelicht darunter an und fragte nach den Papieren zum Vernichten.

Emilia Sander schob ihr einen Stapel alter Anzeigen zu.

»Ansonsten bin ich die nächste Stunde für niemanden zu sprechen. Ich muss das hier aufräumen, komme, was wolle.« Sie deutete auf die vor ihr liegende Arbeit.

»In Ordnung.« Violett drehte sich an der Tür um. »Frau Sander, ist der Entwurf für den Maler fertig? Laut Ihrer Planung soll er doch am Mittwoch anfangen.« Violett sah ihrer Chefin an, dass sie das vergessen hatte. »Ich erinnere Sie an eine Sekretärin, wir könnten eine brauchen.«

»Da haben Sie recht, aber im Moment geht es nicht.« Stellte sie eine Sekretärin ein, musste sie sich von einer ihrer Mitarbeiterinnen trennen. Und das kam nicht in die Tüte. Damit hatte sie nichts gewonnen. »Nachher besucht mich meine Nichte, sie bringt den Entwurf mit.« Emilia Sanders Stimme klang zuversichtlich. Sie konnte sich auf ihre Nichte verlassen.

„Gut, ich bin in der Offizin." Violett verließ das Büro.

Emilia Sander widmete sich dem dringenden Bedürfnis, der Chaostheorie die Stirn zu bieten. Eine Stunde später war der gesamte Schreibtisch ordentlich, nichts Überflüssiges lag mehr auf ihm. Emilia hatte den Tee ausgetrunken und stand seit einer Minute am Fenster. Sie schaute auf das pulsierende Leben draußen vor der Apotheke. Gerade kam wieder die kleine Bimmelbahn auf Rädern an ihrem Fenster vorbei. Dicke Regentropfen klatschten an die Scheiben. Auf den Wetterbericht konnte man sich nicht mehr verlassen. Leichter Regen sollte in den Morgenstunden fallen. Jetzt sah sie dem stürmischen Wind zu, wie er die knorrigen Bäume, die an der Kirche *St. Benedikti* standen, peitschte. Fröstelnd drehte sich Emilia um und überblickte ihr gemütliches Büro. Sie hatte nicht vor, bei diesem Sturm die Apotheke zu verlassen.

Eine Frau im hellen Trenchcoat eilte mit geöffnetem Regenschirm Richtung Marktplatz. Sie mühte sich redlich ab, die Gewalt über ihren Schirm zu behalten. Ihr Ziel war das Rathaus. Erleichtert, es endlich erreicht zu haben, zog sie die hölzerne Tür auf, nicht jedoch ohne vorher einen missbilligenden Blick auf *Abundantia* zu werfen. Diese zierliche Sandsteinskulptur prangte über der Eingangstür, fast verdeckt vom Efeu, der die Vorderfront des Rathauses besetzt hielt.

In der Zeit der römischen Mythologie verehrten die Menschen diese Dame. Sie durfte sich die Göttin des Überflusses nennen. Die Stadtväter früherer Jahrhunderte hatten die Skulptur an der Außenfassade des Rathauses angebracht, genau über der Eingangstür. Sie sollte Wohlstand für die Bürger der Stadt bringen.

Heute jedenfalls schüttete *Abundantia* ihr mit Regen gefülltes Füllhorn über allen Eintretenden aus. Hoffentlich kein böses Omen, dachte die Frau.

»Was für ein Sauwetter«, schimpfte sie leise vor sich hin.

Krachend fiel die Tür hinter ihr ins Schloss. Der diensthabende Pförtner kam aus seiner Portiersloge und hielt ihren Büroschlüssel bereits in der Hand.

»Aber wer wird denn mit dem Wetter hadern«, besänftigte er sie. »Frau Beyer, wenn Sie eintreten, scheint doch immer die Sonne.«

»Hoffentlich sind Sie zu allen Damen des Hauses so charmant.« Ihr erhobener Zeigefinger tadelte ihn scherzhaft. »Und vor allen Dingen zu *Abundantia*, die Dame da oben scheint heute nicht bester Laune zu sein.« Sie wies hinter sich und verdrehte die Augen.

»Selbstverständlich bin ich zu allen Damen des Hauses galant«, beteuerte der weißhaarige schlanke Endsechziger. »Jedoch scheint das heutzutage nicht mehr in Mode zu sein. Die anderen Damen des Hauses schütteln meine Worte ab wie Hunde, die sich Wassertropfen abschütteln.« Sein Gesichtsausdruck verriet, dass er in diesem Punkt seine Hoffnung begraben hatte.

Frau Beyer lief eilig die Treppe hinauf, nicht ohne dem Pförtner einen angenehmen Dienst zu wünschen, und wissend, dass er ihr so lange hinterherschaute, bis sie die Biegung der Treppe erreicht hatte.

Die Renovierungsarbeiten des Rathauses hatten erst in diesem Jahr begonnen. Die Planer schafften es trotz vieler Widrigkeiten, die Normen des Denkmalschutzes auch in einem altehrwürdigen Haus wie dem Rathaus einzuhalten. Die Zimmerdecken waren nicht sonderlich hoch, dennoch mit Stuck verziert und elfenbeinfarben getüncht. Die Wände erstrahlten in einem Farbton reifer Aprikosen. Die Doppelfenster waren von ihren altmodischen und staubigen Vorhängen befreit worden. Jetzt hingen weiße Bistrogardinen, die die Fensterscheiben knapp bedeckten. Das alte Büromobiliar hatte man ausgebessert und aufpoliert. Gleichermaßen die Holzdielen, die mindestens zwei Zeitepochen hinter sich hatten. Nicht nur das Bürgerbüro erhielt moderne Computerbildschirme und Drucker, auch andere Abteilungen des Rathauses kamen in diesen Genuss.

Frau Beyer öffnete die Tür zum Bürgerbüro. Prüfend überschaute sie die Schreibtische ihrer Mitarbeiterinnen. Auf jedem stand ein Blumenstrauß. Jeden Montagmorgen wurden sie frei Haus von der Floristin Frau Palme geliefert. Viele Blumensträuße konnten nach dem Wochenende nicht mehr verkauft werden, aber zum Wegschmeißen waren die Blumen dennoch zu schade. Es hatte Frau Beyer Zeit und Mühe gekostet, den Bürgermeister von der optischen Gestaltung zu überzeugen. Doch die Mühe zahlte sich aus. Die Blumen gaben dem Büroalltag Frische und Natürlichkeit. Für die Floristin sprang aus dieser Vereinbarung kostenfreie Werbung heraus und ihr blieben die Kosten für die Entsorgung der Sträuße erspart. Außerdem hatte Frau Palme eine dekorative Grünpflanze als Leihgabe gesponsert. Für ihren Blumenladen war die Pflanze zu monströs geworden. Hier hatte sie den Platz ausgesucht und kümmerte sich weiterhin um die Pflanze.

Frau Beyer schloss die Tür zum Bürgerbüro und betrat ihr eigenes Büro, gleich auf der anderen Seite des Flures. Dort hing sie den regennassen Mantel an den Kleiderständer und öffnete den Schirm zum Trocknen. Nachdem sie den Computer hochgefahren hatte, griff sie nach der Kaffeetasse und ging zum Aufenthaltsraum ihrer Kolleginnen, um sich Kaffee zu holen.

Der sogenannte Aufenthaltsraum war eine nicht unbedeutende Ecke, die früher das Archiv beherbergt hatte. Seit der Umstrukturierung und der Reduzierung von Personalressourcen wurde diese Ecke mit Leben gefüllt. Hinter vorgehaltener Hand nannten sie diese *Kaffeeoase*. Die von der Sparpolitik verschonten Kolleginnen wussten, worauf es ankam und dass sie sich aufeinander verlassen konnten. Zuweilen dachte Viktoria Beyer, dass ihr Dasein überflüssig war, nur dass ihre Stelle eben vorhanden war. Und doch, sie kümmerte sich um das Wohlergehen ihrer Schäflein und kämpfte wie eine Löwin für ihr Rudel. Die Mitarbeiterinnen profitierten von dem beneidenswertesten Büro des Rathauses, wenn nicht sogar des Landkreises. Es gab warmes Wasser, eine kleine Spüle und einen Kühlschrank. Im Allgemeinen ein Standard, im Öffentlichen Dienst jedoch hart erkämpft.

Frau Beyer stand vor der Tür der sogenannten Kaffeeoase. Bereits durch die geschlossene Tür drangen die Stimmen ihrer Mitarbeiter. Wie ein eingesperrter Entenschwarm, dem kurzfristig der Fuchs einen Besuch abgestattet hatte, dachte sie. Sie öffnete die Tür und setzte sich an ihren angestammten Platz. Die gängigen Themen waren das Wochenende, das wieder zu kurz gewesen war, das Wetter und die Männer. Frau Meierding war dabei, den Kollegen Kaffee einzuschenken. Viktoria Beyer stellte ihre Tasse dazu. Ein Teller mit aufgeschnittenen Bienenstichstückchen stand auf dem Tisch. Beherzt griff sie zu.

»Ich bin 08:30 Uhr beim Chef zur Besprechung. Wenn es ein Problem gibt, wisst ihr, wo ihr mich erreicht.« Alle schauten sie fragend an. »Der Bürgermeister hat eingeladen, er will seinen Dank aussprechen, dass der Umbau reibungslos verlaufen ist. Außerdem wird der neu eingestellte Hausmeister vorgestellt. Und ein Glas Sekt ist auch geplant.« Die Chefin des Bürgeramtes zog die Stirn in Falten. »Wenn man dem Salonlöwen vom Bürgermeister glauben darf.«

»Ach, der Kleine«, ließ Frau Manstermann vernehmen, »wenn ich dem im Treppenaufgang begegne, dann bekommt der einen roten Kopf, der bis zum Halsansatz geht.« Sie schüttelte den Kopf. »Möchte wissen, wie weit der reicht«, murmelte sie vor sich hin. Aber weil sie das immer sagte, kicherten alle Kolleginnen. Sogar Viktoria Beyer musste lächeln.

Der *Kleine* war der Vorzimmermann des Bürgermeisters und klein war eine maßlose Untertreibung. Herr Löwe wies ein Gardemaß von wenigstens einem Meter neunzig auf. Trotz seiner vierzig Jahre wirkte er jungenhaft. Und es schien, dass Herr Löwe nicht nur bei Frau Manstermann reagierte. Fatalerweise tuschelten alle im Rathaus, dass Herr Löwe etwas für ältere Damen übrighatte. Frau Beyer bezweifelte dies im Stillen.

»Herr Löwe ist einfach nur höflich«, stellte sie sachlich fest.

Mittlerweile war es kurz vor Dienstbeginn. Der Kuchen wurde abgedeckt, die Kaffeetassen abgestellt und jede Mitarbeiterin begab sich an ihren Schreibtisch.

Viktoria Beyer ging zurück in ihr Büro, nicht ohne sich ihre Tasse mit dem heiß geliebten Elixier aufzufüllen. Ein letzter Blick zum Fenster sagte ihr, dass die Welt anscheinend in Wind und Regen unterzugehen drohte.

Die kurze Weile einer freien Stunde in der Apotheke war endgültig vorbei. Rosa Bach stellte ein Telefonat durch.

»Markt-Apotheke, Sie sprechen mit Frau Sander.« Je mehr Emilia Sander zuhörte, desto mehr kribbelte es in ihrem Bauch. Nach der Zusage, morgen Vormittag in der Krankenhausapotheke vorzusprechen, legte sie den Hörer auf.

Überrascht und etwas aufgeregt war sie nun doch. Der Tag hatte so trist begonnen und kaum zwei Stunden später hatte sie einen echt großen Fisch am Haken. Lange Zeit hatte sie sich für die Belieferung der Krankenhausapotheke beworben. Ständig vertröstete man sie, fast hatte sie ihre Bewerbung vergessen. Und jetzt? Alles auf Anfang oder noch einmal über Los. Zu gern hätte sie gewusst, welchem Zufall sie das verdankte. Fest stand, dass sie einen Termin bei Dr. Richter hatte. Lief morgen alles zur beiderseitigen Zufriedenheit, dann belieferte sie in Zukunft die Krankenhausapotheke. Emilia sinnierte eine Weile über dieses derart verlockende Angebot und erwischte sich dabei, dass sie ein Grinsen im Gesicht hatte. Trotzdem sagte sie sich: Ein Bär will erst erlegt werden, bevor man sich auf das Bärenfell setzen kann.

Erneut klingelte das Telefon. Sie nahm den Hörer ab und erkannte die Stimme ihrer Freundin Tess. Ihr glockenhelles Lachen verriet sie regelmäßig.

»Hast du an die Kosmetikartikel für unsere Feier gedacht?«, begann Tess fröhlich die Konversation, wie es ihre Art war. Auf überflüssige Worte verzichtete sie oder ließ sie unter den Tisch fallen.

Bevor Emilia ausführlich antworten konnte, wurde sie durch ein Handzeichen an der Bürotür aufgefordert, sich um eine dringende Angelegenheit zu kümmern.

»Natürlich, ich habe alles zusammengestellt. Wenn der Regen ein wenig nachlässt, bringe ich dir das Paket rüber ins Rathaus. Vielleicht machen wir eine Mittagspause zusammen?« Die Handzeichen wurden drängender. »Tess, ich werde in der Offizin gebraucht«, vertröstete sie ihre Freundin.

Nachdem Emilia den Hörer aufgelegt hatte, beeilte sie sich und lief flott die drei Stufen in den Verkaufsraum hinunter. Im Eingangsbereich wartete mit ungeduldiger Miene ein Herr. Trotz seines Alters von annähernd achtzig Jahren strotzte Herr Berthold vor Gesundheit. Sie erinnerte sich, dass er ihr einmal anvertraut hatte, niemals im Leben ernsthaft krank gewesen zu sein. Sein Gesicht wurde teilweise von einem beachtlichen Bart verdeckt, der dem Weihnachtsmann Ehre machen würde. Herr Berthold trug ein schwarz-weiß gemustertes Sakko, dessen Schnitt nicht mehr in Mode war. Die dunkle Bundfaltenhose zierte eine Fahrradspange am rechten Hosenbein. Die Füße steckten in Schuhen, denen der momentane Regen nichts anhaben konnte. Herr Berthold kam gern und regelmäßig in die Apotheke. Stolz zeigte er die neuesten Errungenschaften, die er für sein Herbarium zusammentrug. Er war ein eifriger Wanderer, der unzählige Blumen und Kräuter im Wald sammelte, darunter außergewöhnliche Exemplare. Sorgfältig präparierte er die Pflanzen. Hatte er sich belesen und genügend Wissen über sie angeeignet, kam er stets in diese Apotheke, um sich alles bestätigen zu lassen. Mit der Zeit wurde es ein Spiel zwischen ihnen. Emilia Sander nahm liebend gern die willkommene Herausforderung an.

Etwas abseits der anderen Kunden hatte Herr Berthold seine getrockneten Pflanzen auf einem weißen Baumwolltuch ausgebreitet.

»Frau Sander, wie geht es Ihnen? Wir haben uns lange nicht gesehen«, begrüßte er die Chefin der Markt-Apotheke.

»Danke der Nachfrage. Wann haben wir uns eigentlich das letzte Mal gesehen?«, fragte Emilia Sander.

»Ach, ich glaube, im Frühling«, kam die prompte Antwort. Herr Berthold vergaß nie etwas.

»Das scheußliche Wetter hat Sie nicht aufgehalten vorbeizuschauen? Da freue ich mich.« Das meinte Emilia ernst.

»Keineswegs. Und wenn Sie an die Präparate denken, nein, die habe ich trocken eingepackt«, erwiderte Herr Berthold zufrieden und schaute Emilia spöttisch an. »Frau Sander?« Verschmitzt leuchteten seine wachen Augen auf. »Was halten Sie von dieser kleinen Schönheit?« Herr Berthold zeigte auf eine der ausgebreiteten Pflanzen.

Vorsichtig nahm die Apothekerin sie in die Hand und drehte die getrocknete Pflanze behutsam zwischen ihren Fingern. Die Dolde war gelb. Ihre herzförmige Blüte umfasste den gesamten Stängel, mehrere Körbchen reihten sich in einer lockeren Doldentraube. Eindeutig ein Korbblütler. Die Randblüten waren zungenförmig, die Stängelblätter wechselseitig angebracht, schmal und eiförmig. Emilia Sander war sicher, eine *Pulicaria Dysenterica* in der Hand zu halten. Umsichtig legte sie diese erste Droge beiseite. Die nächste hatte einen etwa zehn Zentimeter langen Blütenstand, aus dem sechs dichtblütige Ähren wuchsen. Der dazugehörende Stängel dreikantig, die Schläuche sahen braun aus und bei einer vorsichtigen Berührung fühlten sie sich rau an. Das war eindeutig *Carex flacca,* das wusste Emilia. Diese Pflanzen gediehen in Sumpfgebieten und auf Feuchtwiesen.

Aufmerksam sah Herr Berthold der Apothekerin zu. Immer hegte er die Hoffnung, dass sich der imaginäre Punktestand zu seinen Gunsten veränderte.

»Mit Sicherheit sind diese Pflanzen nicht aus Ihrem bekannten Sammelterritorium«, sagte sie und schenkte Herrn Berthold ein charmantes Lächeln. Bisher hatte Emilia Sander nicht ein einziges Mal danebengelegen. Was ist eine Apothekerin wert, wenn sie sich über Pflanzen kein zweifelsfreies Urteil bilden kann?

Herr Berthold fühlte sich keinesfalls ertappt. Mit qualvoller Ungeduld ließ er die Apothekerin nicht aus den Augen. Und er vermutete, dass er das Spiel wieder verloren hatte.

»Frau Sander, wie mir scheint, haben Sie einfach den besonderen Riecher.« Herr Berthold war ein anständiger Verlierer. »Diesmal habe ich die Pflanzen bei einem Ausflug im Schloss Dieskau bei Halle an der Saale gesammelt«, räumte er ein.

Emilias Vermutung bestätigte sich. Bestimmend legte sie den Zeigefinger an die erste Pflanze.

»Das ist das Große Flohkraut.« In ihrer Stimme war nichts als Sicherheit. Jetzt wies sie auf die zweite Pflanze. »Und das ist die blaugrüne Segge.«

Herr Berthold wirkte sprachlos und sah nun doch aus, als wenn sie ihm einen selbst gebrannten Kräuterschnaps anbieten sollte. Er riss die Hände nach oben, und es machte ihm nichts aus, dass die in der Apotheke stehenden Kunden ihn verdutzt anschauten. »Sie haben recht, Frau Sander. Ich habe mir, wie immer, recht viel Mühe gegeben, aber Mühe allein reicht ja bekanntlich nicht. Sie haben wieder drei Punkte gewonnen.«

»Ach, Herr Berthold, Sie sind der Einzige in meiner Umgebung, der sich überhaupt die Mühe des Sammelns, des Trocknens und des Bestimmens macht. Letztendlich unterziehen Sie sich auch noch einer kleinen Fachsimpelei. Sehen Sie es sportlich, ich freue mich auf eine weitere Runde Pflanzen-Schach mit Ihnen.«

Überrascht des vollen Lobes straffte er seinen Körper und sammelte liebevoll die Pflanzen wieder ein.

Hatte der tapfere Pflanzenliebhaber doch tatsächlich gedacht, dass sie diese Pflanzen, die nur an einem speziellen Ort in einer bestimmten Region wachsen, nicht kannte? Er konnte nicht wissen, dass Emilia Sander während des Studiums eine Seminararbeit geschrieben hatte über eben diese Pflanzen, die um das Schloss Dieskau wuchsen. Sie brachte es nicht übers Herz, ihn ohne Honorierung ziehen zu lassen. Das war sie ihm einfach schuldig.

»Einen Augenblick bitte. Ich habe noch etwas für Sie«, sagte Emilia zu ihm und ging ins Labor.

In der Zwischenzeit gesellte sich Violett zu Herrn Berthold. Sie wollte ihm Trost spenden, denn die Enttäuschung stand ihm ins Gesicht geschrieben.

»Herr Berthold«, versuchte sie, sein angekratztes Ego aufzubauen, »Sie werden bestimmt noch ein paar Punkte aufholen, vertrauen Sie sich selbst.«

»Sie haben ja gut reden, junge Frau. Ich weiß gar nicht mehr, wo ich das nächste Mal sammeln soll«, erwiderte er schweren Herzens. Er durchschaute den Trostversuch von Violett.

Emilia kehrte mit einer prall gefüllten Tüte, die ihr Apothekenlogo zierte, zurück.

»Ein besonderes Dankeschön bin ich Ihnen schuldig.« Sie drückte ihm die Papiertüte in die Hand.

Mit einem Seufzer und einem Nicken nahm er das Geschenk entgegen. Wie die Gentlemen der alten Schule bedankte er sich und wünschte den Damen einen angenehmen Tag. Mit durchgedrücktem Rücken schritt er zur Ausgangstür, die sich automatisch hinter ihm schloss. Durch die Fenster beobachtete Emilia Sander, wie er seinen Mantelkragen hochklappte und forschen Schrittes davonging.

Das Wetter besserte sich keinesfalls. Es sorgte eher dafür, dass nur wenige Kunden die Apotheke besuchten. Ruhigen Gewissens verabschiedete sich Emilia Sander aus der Offizin, um sich wieder ihrer Büroarbeit zu widmen.

Nach einiger Zeit klopfte es an der Tür.

»Herein!«, rief Emilia.

»Kann ich das Rosenwasser bestellen?«, fragte Rosa Bach zaghaft. Sie hielt eine Kanne Tee in den Händen. Sie hatte die etwas füllige Frau mit den auffallend grünen Augen erst vor Kurzem eingestellt. Ihr Zeugnis als Pharmazieingenieurin war außerordentlich, dennoch hatte sie sich noch nicht an das Team gewöhnt und sprach oft leise.

Innerlich zuckte Emilia zusammen, weil sie die Teekanne in Frau Bachs Händen sah. Laut der Meinung des Mitarbeiterteams trank sie viel zu wenig. Ihre Mitarbeiterinnen hatten sich verschworen. Unaufgefordert bekam die Chefin deshalb jede Stunde entweder eine Tasse Tee oder einen Kaffee hingestellt.

»Danke für den Tee.« Wie schnell doch eine Stunde vergehen kann, wunderte sie sich. »Ordern Sie eine ausreichende Menge des Rosenwassers«, entschied sie.

Dann probierte sie den Tee und überwand sich, die Tasse auszutrinken. Jetzt musste sie sich an die Mammutaufgabe wagen, die vor ihr lag. Zum diesjährigen Weihnachtsadvent sollten ihre Mitarbeiterinnen diese Morsellen herstellen. Dem historischen Rezept war sie selber auf die Spur gekommen, als sie beim Herumstöbern auf dem verstaubten Dachboden der Apotheke ein Buch gefunden hatte. Es enthielt unter anderem auch ein äußerst aufschlussreiches Rezept über die Marzipanherstellung. Gemeinsam mit ihrem Team hatte sie die Arbeitsweise probiert und die Herstellung trainiert. Rosa Bach hatte diese Kunstfertigkeit perfekt beherrscht und den Auftrag erhalten, sich um die Morsellen für den Weihnachtsadvent zu kümmern. Ohne Farbstoffe, ohne Duftstoffe, ohne E-Stoffe. Rund, mit Rosenwasser parfümiert und zum Abschluss in Kakao gewälzt, waren die Morsellen eine geschmackliche Offenbarung.

Unerwartet tummelten sich Sonnenstrahlen im Büro und malten Muster an die Wände. Es hatte aufgehört zu regnen. Die Sonne schien vom Himmel. Entschlossen verstaute Emilia Sander die Tüten mit den Kosmetikartikeln in ihrem Arztkoffer, um sie ins Rathaus zu bringen.

Urplötzlich riss jemand die Bürotür auf. Es war ihre langbeinige und langmähnige Nichte Leonie, die ohne jede Vorwarnung hereinstürmte. Herzlich gab sie ihrer Tante einen Kuss auf beide Wangen. Das galt als Begrüßung und Einleitung zugleich.

Leonie Sander studierte in Berlin Geschichte, dennoch hatte ihre Mutter im letzten Semester rigoros festgelegt, dass Leonie eine Pause braucht. In dem Telefonat, das Emilia mit ihrer Schwester geführt hatte, hieß es wörtlich:»Der Gesundheitszustand von Leonie lässt mich befürchten, dass das Kind durch ihr andauerndes Studium die Farbe von alten Geschichtsbüchern annimmt und das Reden verlernt. Eines so erschreckend wie das andere.« Emilia kannte ihre Schwester nur zu gut. Eigensinnig und hartnäckig duldete sie keine Widerworte. Das wusste auch Leonie. Emilia hatte ihrer Nichte ein Praktikum als Stadtführerin in Quedlinburg für die Dauer eines Semesters besorgt. Und wenn sie Leonie ansah, besaß ihre Nichte wieder eine gesunde Hautfarbe und sprach fast ohne Unterlass. Gab es Emilias Zeit her, dann schaute sie zu einer festgelegten Uhrzeit aus dem rechten Fenster ihres Büros. Es bestand die realistische Chance, dass Leonie mit ihrem quittengelben Regenschirm auf das Einschussloch in der Außenfassade der Apotheke deutete, stets umringt vom Publikum. Die Touristen schauten dann gebannt zu der fest in der Fassade steckenden Steinkugel hinauf. Emilia wusste, dass Leonie anschaulich erklärte, dass diese Kanonenkugel aus der Zeit der Belagerung durch die damals herrschende Äbtissin stammte.

»EM, ich habe nicht viel Zeit, aber den Zeitstrahl habe ich dir fertiggemacht.« Seit ewigen Zeiten nannte ausschließlich Leonie sie EM, da Leonie als Kleinkind den langen Vornamen Emilias nicht aussprechen konnte, sie kam nur bis EM. »Wenn du dem Maler den Entwurf zeigst, wird er damit etwas anfangen können«, behauptete Leonie beherzt.

Einen Zeitstrahl in der Apotheke zu haben, war eine ansprechende Idee, aber es gab drängendere Probleme zu lösen, nämlich einen Hausmeister einzustellen, dachte Emilia, behielt den Gedanken jedoch für sich. Doch darauf nahm Leonie keine Rücksicht. Ganz die Mama, dachte Emilia amüsiert angesichts der familiären Bande. Dennoch blieb Leonies Meinung unumstößlich: Der Zeitstrahl wird sich positiv auswirken, weil jeder Quedlinburger ihn sehen will und zusätzlich die Touristen. Die Hartnäckigkeit lag in der Familie.

Entschlossen entrollte Leonie den Entwurf auf dem Glastisch. Interessiert schaute Emilia ihr über die Schulter. Und was sie sah, verursachte ein angenehmes Prickeln. Praktisch veranlagt nahm Leonie ohne Umstände den knallroten Briefbeschwerer und setzte diesen auf das Ende der Papierrolle. Das andere Ende beschwerte sie mit der leeren Porzellantasse.

Der Zeitstrahl sollte einen Zeitraum von vierhundert Jahren Geschichte veranschaulichen. Beginnend im Jahr 1578 bis in die Gegenwart. Leonie hatte zwei Zeitstrahlen gewählt und diese übereinandergelegt. Der obere nahm die geschichtlichen Punkte ins Visier und der untere war für die einzelnen Apotheker vorgesehen. Erwartungsvoll blickte Leonie ihre Tante an.

»Ich bin überrascht. Ehrlich! Und kann mir jetzt besser vorstellen, wie die Kunden im Verkaufsraum stehen und dem Zeitstrahl Beachtung schenken«, meinte Emilia fasziniert. »Außerdem wird man sich wieder bewusst, wie viel ein Gebäude aussagen kann. So eindrucksvoll hatte ich es mir gar nicht vorgestellt«, gab sie zu.

Leonie errötete und kratzte sich verlegen mit dem Kugelschreiber, den sie in der Hand hielt, am Kopf.

»EM, ich denke, ich habe das alles korrekt aus deinen dicken Apothekerbüchern recherchiert. Hauptsache ist jetzt, dass du einen fähigen Maler nimmst und keinen, der mir die Jahreszahlen durcheinanderbringt!« Ein Blick auf ihre Armbanduhr brachte Leonie dazu, sich in aller Eile zu verabschieden. »Bevor du fragst, natürlich habe ich alles wieder zurückgestellt.« Leonie stand auf. »Ich muss jetzt los.«

Überrascht hob Emilia den Kopf.

»Wohin denn?« Zu spät erkannte sie, dass sich Leonie ein Lächeln nicht verkneifen konnte. Ihre Nichte schüttelte den Kopf und ließ ihre langen Haare fliegen. Emilia wollte sich nicht in die Mutterrolle drängen. »Entschuldige, Leonie. Seid Ole in Amerika ist, übernehme ich gern die Mutterrolle bei dir. Aber ich weiß, du bist erwachsen, genau wie Ole. Eine Antwort bist du mir dennoch schuldig.«

»Das stimmt, Tante.« Leonie wusste genau, dass Emilia dieses Wort nicht ausstehen konnte, weil es sie so alt wirken ließ, meinte ihre Tante. Das war natürlich Blödsinn. Da war sie sich mit Ole einig.

»Wie geht's Ole überhaupt?«, fragte Leonie, um abzulenken und in seichtes Fahrwasser zu gelangen.

»Bestens, soweit ich es zu hören bekomme. Vielleicht kommt er Weihnachten zu Besuch.«

»Dann muss er uns in Berlin unbedingt besuchen. Hat er noch seine alte Adresse oder ist er weitergezogen? Ich bin nämlich dran mit Schreiben.«

»Das ist vernünftig.« Emilia schaute Leonie erstaunt an. »Ich meine, dass ihr euch schreibt. Meines Wissens ist er noch unter der alten Adresse zu erreichen. Nutzt ihr denn kein Handy oder das Internet?«, fragte Emilia irritiert.

»Nö, wir schreiben uns Briefe«, antwortete Leonie mit einem seltsamen Gesichtsausdruck. Argwöhnisch sah Emilia sie an. Bei diesem Anblick brach Leonie in herzliches Lachen aus. »Das war ein Scherz, natürlich nehmen wir das Handy. Aber wir schreiben uns auch mal 'ne Karte. Du kennst doch Mama, sie liebt diese von Hand geschriebenen Postkarten.« Leonie verdrehte ihre Augen und Emilia schmunzelte. Jeder in der Familie kannte diese Schwäche von Emilias Schwester, die mitunter zu liebevollem Spott führte. Leonie rollte die Papierrolle zusammen und war im Begriff, sie in der Papphülse zu verstauen. »EM, ich muss los.« Klackend fiel die Bürotür unsanft ins Schloss.

Leonie schaffte es immer wieder, ein Lächeln auf ihr Gesicht zu zaubern.

Emilia trat ans Fenster, um sich zu vergewissern, wann der nächste Regenschauer zu erwarten war. Flüchtig erhaschte sie einen Blick auf Frau Palme, deren Blumengeschäft schräg gegenüber der Apotheke lag. Frau Palme hatte stets eine passende Blumenauswahl, kreative Gestecke oder besondere Blumensträuße im Angebot. Frau Palme schloss ihr Geschäft ab. Merkwürdig, dachte Emilia, es ist doch Montagvormittag und wegen des Regens war bisher kein Geschäft zu machen. Doch nun schien die Sonne. Warum schloss Frau Palme ab? Sie hatte doch eine Vertretung. Bei dem Gedanken an die Vertretung kräuselte sich Emilias Stirn. Ein Mann, vielleicht Mitte dreißig, war ihre Aushilfe. Hatte sie die Aushilfe im Stich gelassen? Wundern würde es Emilia nicht. Die wenigen Male, die sie der Aushilfe begegnet war, wirkte er irgendwie unterschwellig gereizt. Emilia zuckte die Schultern, es war nicht ihre Angelegenheit.

Bevor es sich das Wetter anders überlegte, sollte sie ins Rathaus gehen und an ihre eigenen Erledigungen denken. Kurzerhand schnappte sie ihren Arztkoffer und nahm die Jacke vom Kleiderhaken. Frau Weiß und Frau Grünberger gab sie Bescheid, wo sie zu erreichen war.

Nach dem kurzen Weg, vorbei an der Kirche *St. Benedikti*, betrat die Apothekerin das Rathaus über die Steintreppe.

»Guten Tag, Frau Sander. Soll ich Sie bei Frau Reuben anmelden?«, fragte der Pförtner.

Emilia Sander war bekannt wie ein bunter Hund.

»Ja, das wäre nett von Ihnen«, dankte sie ihm und lief bereits die Treppe hoch.

Frau Mögsch stöhnte innerlich auf. Sie war erst vor einem Jahr hierhergezogen und hatte das Glück, im Rathaus Arbeit bekommen zu haben. Sie hatte mit einer Kollegin, die sich beruflich verändern wollte, die Arbeitsstelle, die Wohnung und die Stadt getauscht. Sie war die Jüngste der Kolleginnen des Bürgerbüros. Völlig unerwartet tauchte am Informationstresen Frau Palme auf.

»Frau Palme, geht es Ihnen nicht gut?« Frau Mögsch hatte sie eigentlich fragen wollen, ob sie etwas vergessen hatte, aber ein Blick in Frau Palmes Gesicht beunruhigte sie doch. Sie bemerkte besorgt die erweiterten Pupillen.

Ohne Vorwarnung und voller Hektik begann Frau Palme, zu schwadronieren, dabei griff sie nach Frau Mögschs Arm.

»Kindchen, sag mir, wann können wir wieder Hühner fangen? Weißt du nicht mehr, wie das in Thale war ...? Kindchen, wo ist der Brunnen? Los, nun sag's endlich, zeig ihn mir!« Mit diesen Worten krallte sie sich an Frau Mögschs Unterarm fest. Frau Palme ereiferte sich immer mehr, ihre Stimme überschlug sich.

Frau Mögsch zerrte ihren Unterarm zurück und rieb sich diesen mit schmerzverzerrtem Gesicht. Was war denn in Frau Palme gefahren?

»Brauchen Sie Hilfe? Einen Arzt, einen Krankenwagen?«, bot Frau Mögsch an.

Zornig hieb Frau Palme mit der Faust auf den Tresen, dass ein Glas mit Stiften zu Boden fiel und zerbrach. Dann raufte sie sich die Haare und schrie hysterisch. Die einzelnen Kunden, die im Bürgerbüro warteten, wurden still und starrten die beiden an. Frau Palme drehte sich zu dem gaffenden Publikum um, steckte der versammelten Menge die Zunge raus. Hysterisch begann sie zu schreien:

»Los, fangt mich doch! Los, nun fangt mich doch endlich!« Unkontrolliert lief Frau Palme durch die wartenden und völlig entsetzt dreinblickenden Bürger.

Aufgeschreckt durch den Lärm eilte Frau Granath herbei. Dicht gefolgt von Frau Meierding und auch die sonst unscheinbare Frau Mellinger kam herbei. Frau Meierding versuchte zunächst, Frau Palme unter den Arm zu greifen und mit sich ins Bürgerbüro zu ziehen, aber Frau Palme gebärdete sich wie wild, dass Frau Meierding es einfach nicht schaffte.

Frau Mögsch rief vor lauter Schreck den wartenden Kunden zu:

»Ist ein Arzt anwesend? Wir brauchen Hilfe.«

»Frau Mögsch, sorgen Sie draußen für Ruhe und Ordnung und rufen Sie Viktoria an«, wies Frau Meierding sie an.

Dr. Körner, der zufällig im Bürgerbüro war, ließ seine Lektüre im Stich, kam nach vorn und griff Frau Palme unter die Arme. Plötzlich tauchte neben ihm Herr Eiser auf. Ohne viele Worte übernahmen die Männer Frau Palme gemeinsam und brachten sie in den angrenzenden Raum. Sie wollten sie auf einen Stuhl setzen, aber Frau Palme rutschte einfach runter. Ihr Atem ging rasselnd und ihr Gesicht war dunkelrot angelaufen. Dr. Körner nickte auf die stumme Frage von Herrn Eiser und gemeinsam legten sie Frau Palme auf den Boden, die sich in Krämpfen wand und ihren Bauch hielt.

Die Bürotür wurde aufgerissen. Atemlos und mit blassem Gesicht beugte sich Frau Beyer über die am Boden liegende Floristin. Entsetzen lag in dem Blick, als sie ihre Mitarbeiterinnen für den Bruchteil einer Sekunde hilflos anschaute. Frau Palme lag wie tot auf dem Dielenboden. Viktoria Beyer kniete sich neben Frau Palme und versuchte, ihre Hand zu halten. Nur eine hilflose Geste.

»Der Notarzt ist gerufen?«, vergewisserte sie sich, ohne den Blick zu heben und ohne eine Antwort zu erwarten.

Frau Mellinger hatte das erledigt und hauchte ein leises „Ja".

Jetzt hastete der Bürgermeister ins Büro.

»Was ist passiert?«, fragte er sichtlich schockiert, ohne eine Antwort zu erwarten. Jeder im Büro sah, dass sich Frau Palmes Zustand sekündlich verschlechterte. Dr. Körner warf einen beunruhigten Blick auf die am Boden liegende Frau, die sich in Krämpfen wand und auf keine Frage reagierte. Er kniete sich neben Frau Palme.

»Hallo, können Sie mich hören? Ich bin Arzt. Mein Name ist Dr. Körner. Bleiben Sie bei mir. Hören Sie, bleiben Sie bei mir!« Er klopfte ihr auf ihre Wangen, hob ihre Augenlider und richtete den Strahl seiner Lampe auf ihre Pupillen. »Sie muss sofort ins Krankenhaus«, sagte er laut. »Ich befürchte, dass ihre Organe versagen. Atemstillstand!« Sofort beugte er sich über die Frau und begann mit der Herzdruckmassage.

Kurze Zeit später stürmten wie auf Kommando der bereits verständigte Notarzt und die Sanitäter ins Büro. Ein Blick auf die am Boden liegende Frau ließ sie ihr trainiertes Programm ablaufen. Der Notarzt übernahm die Herzdruckmassage. Einer der Sanitäter legte Frau Palme den Zugang für die Kochsalzlösung, ein anderer kümmerte sich um das Anlegen der Blutdruckmanschette. Der dritte Sanitäter protokollierte alle Maßnahmen.

»Verflucht! Männer! Adrenalin! Los, sonst verlieren wir sie.« Die Stimme des Notarztes klang ungehalten.

Frau Palmes Augenlider flatterten. Ihr Körper bäumte sich kurz auf, um gleich darauf zu erschlaffen. Ruhe bereitete sich im Büro aus. Eine Ruhe, in der das Leben kurz innehielt. Vergebens hatten die Sanitäter um das Leben von Frau Palme gekämpft. Letztendlich war ihr Kreislauf zusammengebrochen. Kein weiterer verzweifelter Versuch brachte ihn wieder zum Laufen.

Erschüttert blickte der Notarzt auf und sah in die auf ihn starrenden Gesichter von Frau Beyer, Frau Meierding, Frau Mellinger und Frau Granath. Hinter ihnen stand der Bürgermeister, auch sein Gesicht war kreidebleich.

»Ich öffne jetzt das Fenster für ihre Seele«, sagte Frau Mellinger leise. Sie war diejenige, die das Leben wieder zum Leben erweckte.

Dr. Körner nickte im stillen Einvernehmen. Einer der Sanitäter legte eine silberfarbene Isolierdecke über die Tote. Die Rettungskräfte räumten ihre medizinischen Gerätschaften ein und beendeten den Einsatz.

»Unter diesen Umständen kann ich den Totenschein nicht ausfüllen. Die Polizei muss jetzt eingeschaltet werden«, erklärte der Notarzt mit brüchiger Stimme.

Der Bürgermeister nickte verstehend. Man sah ihm an, dass es ihm schwerfiel, sich zu konzentrieren.

»Die Bürger bleiben vorerst im Warteraum«, verfügte er. »Ich gebe dem Pförtner Bescheid, dass niemand mehr hereinkommt oder hinausgeht. Viktoria, verständigen Sie die Herren von der Polizei.« Bei diesen Worten seufzte der Bürgermeister. »Wenn die Polizei dann noch Fragen hat, schicken Sie sie zu mir. Herr Löwe wird alles Weitere veranlassen.« Mit hängenden Schultern verließ er das Büro.

»Einsatz! Warte unten!« Polizeiobermeister Jäger riss die Tür zum Büro auf und alarmierte den Hauptkommissar.

Franck Metz war einiges gewohnt. Doch bei dieser Kombination aus galoppierender Schnelligkeit und Nuscheln, gepaart mit dem ungewohnten Dialekt der Region, ahnte er, dass ihn nach langem Ausfall ein ‚echter‘ Einsatz erwartete. Der Hauptkommissar griff nach der Lederjacke, ließ die Bürotür hinter sich ins Schloss fallen und eilte die Treppe zum Fuhrpark hinunter. Metz war froh, vorhin eine Runde durch das Präsidium gemacht zu haben. Er wusste deshalb, wo der BMW stand. Der ihnen zugewiesene silbergraue Dienstwagen stand mit laufendem Motor bereit. Metz riss die Beifahrertür auf und setzte sich. Keinen Moment zu früh. Das rasante Anfahren drückte Metz sofort ins Rückenpolster. Jäger fuhr zielorientiert. Souverän, wie es der Kommissar von anderen Fahrern gewohnt war, dennoch gewöhnungsbedürftig.

Noch kurz vor dem Einsatz hatte Petersen seinen Freund zur Seite genommen. Wie nebenbei hatte er die Bemerkung fallen lassen, dass es maßgeblich Jäger zu verdanken sei, dass die bereits ausgebauten Radfahrwege nicht nur schön anzuschauen waren, sondern die Radfahrer sie auch benutzten.»Glaub es oder nicht. Dank der Hartnäckigkeit, der andauernden Präsenz vor Ort und seiner vielen ausgestellten Strafmandate trauten sich die Radfahrer einfach nicht mehr, die falsche Fahrbahnseite oder gar die Fahrbahn zu benutzen, zumindest nicht die hiesigen.« Erst hatte Metz gedacht, dass Petersen scherzte. Ein Blick in Petersens Gesicht hatte ihm gesagt, dass diese Information ernst gemeint war. Laut Petersen kannte der Polizeiobermeister alle Radfahrer dieser Stadt.»Wundere dich also nicht, wenn er während eines Einsatzes abrupt bremst, aus dem Auto stürmt und mit gebieterischer Armbewegung den Delinquenten zur Ordnung ruft. Das Kommando auf der stadteigenen Radfahrschule habe ich ihm übrigens übertragen. Er ist bei den jüngsten Radfahrern heiß begehrt. Ich muss ehrlich sagen, es ereigneten sich weniger Unfälle, bei denen Fahrradfahrer aus der Stadt oder der Umgebung beteiligt sind. Du wirst mit ihm auskommen.« Petersen war sich sicher. Metz hatte ihn dabei skeptisch angesehen. Erklärend hatte Petersen hinzugefügt:»Jäger erinnert mich immer an uns beide, als wir blutjunge Anfänger waren, voller Tatendrang, Illusionen und Gerechtigkeitssinn.« Ein Lächeln, breit wie eine vierspurige Autobahn, hatte sich in Francks Gesicht gestohlen. Ja, wenn er sich zurückbesann, hatten sie beide während der Ausbildung manches Ding gedreht, wofür sie sich auch verantworten mussten.

Hauptkommissar Metz, der fest in den Sitz gepresst wurde, konnte bei ihrem ersten Einsatz nur hoffen, dass sich die Fahrradfahrer vorbildlich benahmen. Das imposante Schloss von Quedlinburg geriet kurz in ihr Blickfeld.

»Hier werden viele Filme gedreht. Mittlerweile in teuren Produktionen.« Der Versuch eines ersten Gesprächs.

Metz fixierte den jungen Polizisten von der Seite und brachte einen kehligen Laut heraus, der alles bedeuten konnte.

Die rasante Fahrt zum Tatort dauerte keine fünf Minuten. Jäger hielt mit quietschenden Reifen vor dem Rathaus, sodass sich der BMW leicht schräg stellte. Einige Passanten blieben stehen und starrten zu ihnen herüber.

Aufatmend, dass es keine Schwierigkeiten gab, vor denen ihn Petersen gewarnt hatte, löste der Hauptkommissar den Sicherheitsgurt und stieg aus. Für eine angemessene Rüge war später immer noch Zeit, vorerst musste ein strenger Blick in Richtung Jäger reichen. Der Polizeiobermeister mit den drei blauen Sternen auf den Schulterklappen gab ihm bewusst oder unbewusst keine Gelegenheit dazu. Der Hauptkommissar warf einen Blick auf die Fassade des Rathauses. Üppig wachsender Efeu umrankte die Rathausfassade. Links neben dem Eingang stand der *Roland*, überall in Deutschland ein Zeichen für den freien Handel. Die wenigen Stufen zum Eingang nahmen er und Jäger im Eilschritt. Die hölzerne Eingangstür des Rathauses ließ die Wärme der letzten Sommertage draußen.

Im Inneren war es angenehm kühl. Der weißhaarige Pförtner schien instruiert zu sein und wies ihnen den Weg, nachdem ihm der Hauptkommissar den Dienstausweis gezeigt hatte. Metz und Jäger nahmen die Treppe und verzichteten unausgesprochen auf den Fahrstuhl. Im ersten Stock war das Bürgerbüro der Stadt untergebracht. Offenbar war es erst vor Kurzem restauriert worden. Franck Metz roch die Frische der Farben. Im Wartebereich saßen ungefähr zehn Personen, als sie eintraten. Die angespannte Atmosphäre in der Luft war greifbar. Alle richteten ihren Blick auf die Polizisten.

Eine Frau auf hochhackigen Schuhen und in einem knallroten taillenbetonten Kostüm kam ihnen entgegen.

»Sie sind von der Polizei?« An ihrem linken Mundwinkel befand sich ein winziger Leberfleck, den sie mit einem ihrer maniküroten Finger leicht rieb. Eine unbewusste Geste. »Kann ich Ihren Dienstausweis sehen?«, fragte sie etwas nervös.

Metz holte den seinen aus der Brusttasche und hielt ihn, dass sie ihn lesen konnte.

»Kripo Quedlinburg, mein Name ist Metz. Das ist mein Kollege Jäger«, sagte er und wies mit einer knappen Geste auf den Kollegen, der einen Schritt hinter ihm stand. Metz las den Namen von ihrem Namensschild ab. *Frau Mögsch* stand auf ihrem linken Kragenrevers.

»Folgen Sie mir«, forderte sie die Polizisten auf.

Im Raum nebenan packten die vier Sanitäter ihre Utensilien zusammen. Franck Metz machte eine Geste, die an Jäger gerichtet war.

Er vertraute intuitiv, dass Jäger sich die Namen der Sanitäter aufschrieb. Jäger war an der Tür stehen geblieben und winkte den ersten der Sanitäter bereits zu sich.

Der Hauptkommissar ging die wenigen Schritte nach vorn und stand vor der abgedeckten Leiche. Zwei Männer standen ihm gegenüber.

»Hauptkommissar Metz, Kripo Quedlinburg«, stellte er sich vor und wandte sich dann an den von ihm linksstehenden Mann. »Und Sie sind wer?«

»Dr. Körner. Ich war zufällig im Bürgerbüro. Ich wollte einen Reisepass beantragen. Da rief die Dame an der Information aufgeregt, ob jemand hier sei, der Arzt ist. Aber ich konnte nicht mehr viel für Frau Palme tun.« Er blickte mitleidig auf die Leiche zu seinen Füßen. Franck Metz schätzte den Mann auf Mitte vierzig. Sein übergewichtiges Erscheinungsbild ließ ihn älter wirken.

»Die Todesursache, Dr. Körner?«, fragte Metz.

»Ein Herzinfarkt. Eine Vergiftung. Sie ist mir förmlich unter den Händen weggestorben. Ich habe so etwas noch nie gesehen.«

»Was haben Sie noch nie gesehen?«, hakte der Hauptkommissar nach. Er hatte bereits sein grünes Heftchen aus der Lederjacke gezogen und setzte den Fineliner auf die erste unbeschriebene Seite. Die Spitze des Stiftes schwebte über dem Papier.

»Na, dass sie schnell gestorben ist. Der Notarzt konnte nichts mehr für sie tun.« Dr. Körner war ratlos. »Ich bin Augenarzt. Wissen Sie«, erklärte er.

Metz notierte die Information. Er setzte zu einer weiteren Frage an, doch die Tür ging auf und Frau Mögsch mischte sich ungefragt ein. Metz merkte, dass sie völlig aufgelöst war.

»Sie hat mich gefragt, ob ich nicht mit ihr Vögel fange. Und ob wir uns verstecken wollen. Ich habe kein Wort verstanden.«

»Sie sind sich sicher, dass sie diese Worte benutzte, Frau Mögsch?«

»Ja, genau. Es klang furchtbar, ihre Stimme klang plötzlich fremd. Dabei kommt sie doch jeden Montag vorbei. Ich wusste gar nicht, was sie von mir wollte. Sie ist sonst immer so nett. Niemals gab es ein Problem. Stimmt doch?«, wandte sie sich an ihre Kolleginnen im Büro, die sich im Hintergrund hielten. Frau Mögschs dezent geschminkte Augen füllten sich mit Tränen und sie begann zu schniefen. Endlich fischte sie ein Papiertaschentuch aus ihrem Kostüm und schnaubte dröhnend hinein. »Entschuldigung«, brachte sie mit weinerlicher Stimme hervor.

»Frau Mögsch, wir reden später noch einmal miteinander.« Franck Metz blickte den Herren zu seiner Rechten an. »Und wer sind Sie?«, fragte er.

»Eiser, Reiner Eiser. Ich bin der zuständige Leichenbeschauer für die Stadt Quedlinburg und das Umland. Meistens werde *ich* gerufen.« Die Betonung lag auf dem *Ich*, was dem Hauptkommissar keinesfalls entgangen war. »Ich war zufällig hier.«

»Zufällig? Bedeutet was?«, hakte Metz nach.

»Es gibt noch andere Bestattungsunternehmen, aber die sind alle kleiner und teurer«, antwortete er arrogant. Anmaßend blitzten seine dunklen Augen auf. Metz musterte den Bestatter. Dieser war groß und hager. Metz schätzte ihn auf Mitte fünfzig. Das hervorstechendste Merkmal in seinem Gesicht war die goldumrahmte Brille. Dem Hauptkommissar kam es vor, als wenn ihn eine schwarze Saatkrähe fixierte. Intelligent, immer auf Beute aus und jeder Zeit bereit, in die Augen zu picken. »Meine Visitenkarte, Herr Kommissar. Nur für den Fall der Fälle.« Ein maliziöses Lächeln umspielte den schmallippigen Mund. Reiner Eiser reichte dem Hauptkommissar eine dunkelblaue Visitenkarte mit weißen Schriftzügen. »Ich denke, Sie werden mit mir sprechen wollen. Aber momentan sehe ich keinen Handlungsbedarf meinerseits. Sie verstehen? Ich werde woanders gebraucht. Bis dann.« Damit hob er seine Hand zu einem imaginären Gruß und wandte sich der Tür zu.

Jäger wollte ihn aufhalten, aber der Hauptkommissar schüttelte kurz seinen Kopf. Der Zeuge lief ihnen nicht davon. Jäger hatte sich bereits die Personalien der potenziellen Zeugen aufgeschrieben und stand jetzt neben seinem Chef.

»Sind alle Sachbearbeiterinnen versammelt? Es fehlt niemand?«, wandte sich Franck Metz an die Damen, die verschreckt und dicht zusammengedrängt an einem der hinteren Schreibtische saßen. Sie schüttelten die Köpfe. Metz sah ihnen an, dass sie unter Schock standen. Dennoch war es wichtig, mit ihnen zu sprechen, so lange alles frisch im Gedächtnis war. Metz wand sich an sie: »Ich muss Sie alle bitten, nichts nach außen dringen zu lassen. Keine Reporter, keine Gespräche mit den anderen Mitarbeiterinnen im Rathaus oder untereinander.« Metz schaute den Damen prüfend ins Gesicht. »Wenn Sie und Ihre Mitarbeiterinnen in der Lage dazu sind, würde ich Sie bitten, am Nachmittag ins Polizeipräsidium wegen der Zeugenaussagen zu kommen.«

»Wenn es Ihnen recht ist, können Sie unsere Aussagen jetzt aufnehmen«, schlug Frau Beyer vor und schaute in die Gesichter ihrer Mitarbeiterinnen.

»Fühlen Sie sich denn dazu in der Lage?« Der Hauptkommissar blieb zweifelnd. Er wusste, dass Zeugenaussagen eine sensible Angelegenheit waren und auch, dass sie kurze Zeit nach einem Verbrechen aufgenommen werden müssen.

»Fangen Sie mit mir an«, bat Frau Beyer. »Mein Büro liegt auf der anderen Seite.«

»Nun gut«, entschied Metz. »Wenn ich hier fertig bin, melde ich mich in Ihrem Büro. Jetzt allerdings ist es angemessen, wenn Sie bitte alle draußen warten. Vorzugsweise im Büro Ihrer Chefin.«

Dr. Körner, der ein Handygespräch beendete, wandte sich an den Hauptkommissar.

»Brauchen Sie mich noch?«, fragte er in der versteckten Hoffnung, dass dem nicht so sein sollte. Metz spürte, dass dem Doktor nicht wohl in seiner Haut war. In seiner Praxis hatte er es sicher mit leichten Fällen zu tun. Jemand, der binnen weniger Minuten mit einer ungewissen Diagnose verstarb, war nicht seine Kragenweite.

»Nein. Wir melden uns bei Ihnen. Machen Sie bitte zu Hause ein Gedächtnisprotokoll. Das würde uns helfen«, bat ihn Metz.

»Sicherlich«, versprach Dr. Körner. Mit knappem Gruß verließ er erleichtert diese Stätte des Todes und ließ die Tür zwischen Warteraum und Bürgerbüro offen.

»Verstärkung kommt gleich.« Jäger ließ Metz wissen, dass er die Leitzentrale angerufen hatte.

Metz beobachtete, dass zwei Polizeihauptkommissare den Warteraum betraten. Jäger trat auf sie zu, um ihnen die Vorgehensweise zu erklären. Wenig später sah Metz, wie die beiden im Gleichklang zu dem nickten, was Jäger erklärte.

Metz kannte die Kollegen, mit denen er ab heute zusammenarbeitete, noch nicht und musste sich auf Jägers Kompetenz verlassen. Er wusste auch noch nicht, dass Reeh und Rükken ein eingespieltes Team waren. Niemand in der Polizeidirektion wagte es, die zwei Hauptkommissare zu trennen. Hinter vorgehaltener Hand nannten die Kollegen sie kurz: *Reehrükken.* Er wusste auch nicht, dass Oberrat Hans Keiler, entgegen seiner zur Schau gestellten Übellaunigkeit, die Einsätze der Kollegen gewissenhaft koordinierte.

»Spurensicherung und Gerichtsmediziner sind auf dem Weg«, teilte Jäger Metz mit, als er die Kollegen eingewiesen hatte und wieder neben Metz trat.

Die Tür zum Büro öffnete sich. Alle Blicke richteten sich auf die Eintretenden. Ein Mann und zwei zierliche Damen in dem Outfit der

Spurensicherung erschienen im Büro. Der Mann des Trios kam auf den Hauptkommissar zu.

»Dr. Wagner«, stellte er sich vor, »Rechtsmediziner. Sie dürften Hauptkommissar Franck Metz sein?«

Schätzungsweise war der Mann über sechzig Jahre alt, mit einem kleinen Bierbauch, der ihm das Atmen erschwerte. Lachfalten um die Augen. Ein vergnüglicher Typ.

»Petersen hat mir einiges über Sie erzählt. Bei jeder Flasche Rotwein, die ich mit ihm geleert habe.« Belustigt schaute er den ihm noch fremden Ermittler an.

Metz kannte Petersens Vorliebe, bei einem Glas erlesenen Rotweins mit einem Freund über Gott und die Welt zu philosophieren. Schließlich hatten sie beide das auch des Öfteren auf diese Art und Weise gehandhabt.

Der Doktor schien ein geselliger und integrer Typ zu sein.

»Treten Sie einen Schritt zur Seite. Schauen wir zunächst einmal, womit wir uns beschäftigen werden«, entschied Dr. Walter.

Es gehörte zu den Pflichten eines Ermittlers, einen Blick auf die Toten zu werfen. Metz wappnete sich davor, denn der Tod hatte kein schönes Antlitz.

Dr. Wagner schob sich am Hauptkommissar vorbei und zog die Decke von der Leiche weg. Neugierig linste Jäger über Metz' Schulter. Dr. Wagner begann mit den Untersuchungen. Nach wenigen Minuten, die Metz jedoch unendlich vorkamen, richtete er sich auf.

»Noch unbestätigt«, begann Dr. Wagner. »Unbestritten, dass ihr Herz versagt hat.« Der Rechtsmediziner blickte dem Hauptkommissar fest ins Auge. »Aber ...«

»Aber?«, hakte Metz sofort nach.

»Nun ja.« Dr. Wagner ließ sich Zeit, als wenn er seiner Skepsis mehr Ausdruck verleihen wollte. Dann rückte er sich die Brille zurecht. »Es ist mir zu rätselhaft. Frau Palme ist dem hier zu schnell erlegen. Ihr äußeres Bild widerspricht dem außerdem. Sie ist ein wenig übergewichtig und unsportlich. Dennoch, irgendetwas ist hier gar nicht koscher. Hauptkommissar, Sie hören von mir.« Damit endete die Ausführung. »Jungs, bringt sie mir bitte zur Gerichtsmedizin.« Mit *Jungs* meinte der Doktor offenbar die Bestatter. Dr. Wagner bewahrte sich einen Humor, den Metz nicht unbedingt teilte. Der Hauptkommissar sah den beiden wortkargen Männern zu, wie sie die Leiche in einen Plastiksack legten, bevor sie die noch vor einer Stunde quicklebendige Frau in den Zinksarg hoben.

Sie wurde am gleichen Tag nach Magdeburg überstellt, denn Quedlinburg besaß kein eigenes gerichtsmedizinisches Institut.

»Wissen Sie«, Frau Beyer verlor keine Zeit und wandte sich sofort an Metz, als sie die Bürotür hinter sich schloss,»zu diesem Zeitpunkt war ich gar nicht hier, sondern beim Bürgermeister.«

»Beschreiben Sie mir bitte den heutigen Morgen. Aus Ihrer Sicht.« Metz nahm aus der linken Innenseite der Lederjacke wieder das kleine grüne Heftchen, welches ihn bei seinen Recherchen ständig begleitete, und machte einige Eintragungen.»Ich höre Ihnen zu«, versicherte er. Auf seinen Zügen lag ein Lächeln, das Viktoria Beyer beruhigte.

»Was soll ich sagen. Meine Mitarbeiterinnen ...«, fuhr sie fort.

»Entschuldigen Sie bitte, ich möchte nur Ihre Version hören«, unterbrach sie Metz. Seine Stimme blieb warm und weich.

»Nun ja.« Viktoria Beyer versuchte, sich zu konzentrieren, was ihr sichtlich nicht leichtfiel.»Was soll ich sagen. Es war wie jeden Morgen.« Sie schüttelte ihren Pagenkopf und fixierte einen imaginären Punkt auf der Tapete gleich hinter dem Ermittler.»Mein Tag fing gegen 07:00 Uhr an. Der Pförtner kann Ihnen das bestätigen. Mit ihm wechselte ich einige Worte. Dann ging ich in mein Büro, habe den Computer hochgefahren und die Mails gecheckt, darunter die, die mir der Bürgermeister geschickt hat. Eine Besprechung um 08:30 Uhr, die ist kurzfristig anberaumt worden. Erst zum Arbeitsbeginn teilte ich meinen Mitarbeiterinnen mit, dass ich beim Bürgermeister zu erreichen bin.« Viktoria Beyer hörte auf zu reden und blickte ins Leere.

»Wie haben Sie erfahren, dass Frau Palme im Büro zusammengebrochen ist?«, fragte Metz mit sanfter Stimme. Mit Absicht vermied er das Wort Tod.

»Irgendwann hat Herr Löwe ein Gespräch zum Bürgermeisterzimmer durchgestellt. ‚Dringend‘, mit diesen Worten hat mir der Bürgermeister den Telefonhörer gereicht. Ich lief sofort runter, ins Büro. Im Warteraum versah Frau Mögsch ihren Dienst. Sie gab mir nur ein Zeichen, dass drinnen das Problem sei. Mein Gott.« Frau Beyers Augen füllten sich mit Tränen und ihre Stimme war belegt, als sie weitersprach:»Jetzt sage ich Problem, aber es war ja Frau Palme. Jemand, den ich kenne, ... kannte«, verbesserte sie sich leise. Die Leiterin des Büros begann zu weinen und suchte in ihrem Schreibtisch nach einem Taschentuch. Sie schnäuzte sich kräftig, als sie endlich eines aus der Plastikverpackung gefingert hatte. Danach verstaute sie es im rechten Träger des BHs. Das sah nicht nur unvorteilhaft aus, sondern sorgte auch dafür, dass sie merkwürdig schief aussah. Metz registrierte auch, dass Frau Beyer vermutlich eine Linkshänderin war. Gedankengänge dieser Art waren in seinem Polizistengehirn fest verankert und durch jahrelanges Training verfeinert.

Viktoria Beyer blickte auf. Sie hatte sich wieder unter Kontrolle. Der Hauptkommissar drängte sie nicht, ihre Aussage schneller zu machen.

»Ich sah Frau Palme am Boden liegen«, fuhr sie nach einer Weile fort. »Sie wand sich vor Schmerzen, war knallrot, die Augen traten aus den Höhlen. Sie sabberte und brabbelte unverständliches Zeug. Es fühlte sich alles unwirklich an«, schloss Frau Beyer ihren Bericht. Die Erschöpfung stand ihr ins Gesicht geschrieben.

»Haben Sie irgendetwas verstanden von dem, was Frau Palme sagte?«

»Nein, wirklich nicht. Es war unverständlich.« Frau Beyer schüttelte den Kopf.

»Inwiefern?«, wollte Metz wissen. Sein Blick ruhte auf ihr.

»Sie wollte fliegen lernen, habe ich verstanden.«

Hatte Frau Mögsch etwas in dieser Art nicht auch schon gesagt? Metz notierte sich seinen Gedankengang.

»Und wie lange dauerte die Besprechung, bis der Herr ...«, Metz suchte nach dem Namen, »Herr Löwe den Anruf durchstellte?«

»Meine Güte, Herr Kommissar. Da stellen Sie aber eine Frage.« Viktoria Beyer schüttelte perplex ihren Kopf. »Ich habe absolut kein Zeitgefühl.«

»Hatte Frau Palme Familie?«, wollte Metz stattdessen wissen.

»Nein. Geschieden, seit Jahren. Ihr Ex wohnt irgendwo an der Küste. Das hatte sie mal erwähnt. Wenn sie die Blumen für uns bringt«, sie stockte, »... gebracht hat. Zwischen uns, das war ein gutes Arrangement.« Frau Beyer verzog betroffen ihr Gesicht, dann begann sie wieder zu weinen. Franck Metz war sich nicht sicher, ob mehr aus Trauer über den Tod von Frau Palme oder über die geplatzte Vereinbarung. »Was passiert denn jetzt weiter?«, wollte die Büroleiterin wissen und begann wieder zu schniefen und das Taschentuch herauszufingern.

»Wir ermitteln, halten Sie sich bitte weiter zu unserer Verfügung. Wenn die Spurensicherung fertig ist, dann können Sie morgen den gewohnten Betrieb wiederaufnehmen. Sie denken daran, wenn Ihnen etwas einfällt, dann rufen Sie uns an.« Bevor Hauptkommissar Metz das Büro verließ, legte er eine Visitenkarte der Polizei auf den Tisch.

Jetzt wollte der Hauptkommissar den Bürgermeister der Stadt sprechen. Erfahrungsgemäß hatten diese bedeutungsvollere Angelegenheiten zu regeln, als sich durch Befragungen und andere Unannehmlichkeiten seitens der Polizei ein Zeitlimit diktieren zu lassen.

»Wissen Sie«, wandte sich Jäger an Metz, »das läuft doch auf ein und dasselbe heraus.« Ohne Hast verstaute er den tragbaren Laptop in der dazugehörigen Tasche. Erst seit Kurzem gehörte es auch in Sachsen-Anhalt zum allgemeinen Standard, dass die Polizei mit modernen Kommunikationsmethoden ausgestattet war. »Als wenn heute einer fliegen könnte?« Jäger schüttelte den Kopf. »Ich glaube, die Gute hatte von irgendwas zu viel genascht.«

»Wir greifen dem Rechtsmediziner nicht vor«, entschied Metz. »Aber spannend dürften der gerichtsmedizinische und auch der toxikologische Befund sein. Zunächst halten wir uns an die offizielle Lesart und gehen erst einmal von Herzversagen aus. Wir befragen den Bürgermeister und schauen uns in dem Blumengeschäft um.«

Metz atmete tief ein und aus. Zu seinen Pflichten gehörten die Anweisungen. Aber es fiel ihm schwer. Von ihm erwartete man, dass die entsprechenden Einsatzbefehle gegeben wurden. Dieser Tatort war seit seinem Zusammenbruch der erste, den er wieder leitete. Metz hatte seine Erfahrungen, seine Praxis. Aber kein Tatort ähnelte dem anderen. Sorgsamkeit war eins der obersten Prinzipien und er wollte auf keinen Fall etwas versieben. Im Geiste strich er eine Art Checkliste ab: Die Protokolle der potenziellen Zeugen lagen vor und mit den Mitarbeiterinnen des Bürgerbüros sprach er am Nachmittag selbst. Metz nahm aus den Augenwinkeln wahr, wie Frau Müller und Frau Weber von der Quedlinburger Spurensicherung arbeiteten. Eingehüllt in ihren weißen Spezialanzügen war es unmöglich, sie zu beschreiben. Er sah ihnen zu, wie sie Beweisstücke eintüteten oder Flächen abpinselten. Metz fühlte sich überflüssig, als er ihnen zusah, deshalb gab er Jäger ein Handzeichen, dass dieser ihm folgen sollte.

Das Büro des Bürgermeisters lag im nächsthöheren Stockwerk. Die Vorzeichen einer Renovierung waren unverkennbar. Übergroße Leitern lehnten an den Wänden. Verschlossene Farbeimer standen nebeneinander auf dem Fußboden. Die Maler, in ihren von Farbe beklecksten Arbeitshosen, hielten miteinander ein Schwätzchen.

»Wenn wir später beim Bürgermeister fertig sind, übernehmen Sie die Befragung der Maler«, wies Metz seinen Untergebenen an. »Vielleicht haben die etwas Ungewöhnliches gesehen.«

Polizeiobermeister Jäger, der einen Schritt hinter Metz die Treppe hochlief, nickte wortlos.

Eine Etage höher angekommen klopfte Metz an und trat ins Zimmer des Sekretärs.

Herr Löwe, hochgewachsen und schlank mit immensem Haar- und Bartwuchs, der seinem Nachnamen alle Ehre machte, leitete das Vorzimmer. Der Raum war eher klein, er war übersichtlich und ordentlich. Der Sekretär trug ein weißes Hemd, das makellos sauber war. Kein einziger Schweißfleck war zu sehen, obwohl es hier unter dem Dach warm war. In der Ecke des Büros stand ein hochmoderner Ventilator und regelte die Temperatur. Diesen Vorteil hatten die Polizisten in ihrem Gebäude nicht. Sie wiesen sich aus.

Herr Löwe stand wortlos auf und klopfte an der Tür zum Bürgermeister. Nach einem lauten »Herein!« folgten ihm die beiden Polizisten. Der Bürgermeister hatte seinen Sitz in einem Zimmer, das mit Stuck an den Decken und knarzenden Dielen ausgestattet war. Im Übrigen war das Büro eher spartanisch eingerichtet. Ein moderner Schreibtisch mit allem, was ein Bürgermeister benötigte, stand mittig im Raum. Zweifelsohne besaß Herr Heine Pragmatismus und stellte sein Amt und seine Person nicht in den Vordergrund. Der Bürgermeister stand am offenen Fenster, er hatte die Ärmel des weißen Hemdes hochgekrempelt. Das Jackett hing über der Stuhllehne. Er drehte sich herum, als sein Sekretär mit den Polizisten den Raum betrat.

»Die Herren von der Polizei«, stellte der Sekretär vor.

»Danke, Herr Löwe. Bitte stellen Sie keine Telefonate durch«, wies ihn der Bürgermeister an. Der Sekretär verließ das Zimmer.

Der Bürgermeister selbst schloss das Fenster und bot den Besuchern die Stühle vor dem Schreibtisch an.

»Was kann ich für Sie tun?«, fragte er höflich, dennoch schien er mit den Gedanken abwesend zu sein.

Herr Heine sah müde aus und Metz vermutete, dass ein Arbeitstag eines Bürgermeisters recht lang sein konnte.

»Sie hatten heute Morgen eine Dienstbesprechung, auf der Frau Beyer anwesend war.« Es war mehr eine Feststellung als eine Frage.

»Ja.« Ungläubig blickte der Bürgermeister auf. »Sie denken doch nicht etwa, dass Frau Beyer etwas damit zu tun hat?«

»Nein, keinesfalls. Wir stehen erst am Anfang unserer Ermittlungen«, beruhigte ihn Metz, leicht irritiert, woher der Bürgermeister diese Vermutung nahm. »Sie ist eine Zeugin. Ich will einen lückenlosen Bericht über die Vorgänge von heute Morgen. Dabei ist es unerlässlich, dass ich weiß, wer wo und wann war, damit ich alles rekapitulieren kann«, stellte Metz klar.

»Ja, selbstverständlich«, pflichtete der Bürgermeister bei.

»Kannten Sie Frau Palme persönlich?«, fragte der Hauptkommissar. Das geöffnete grüne Heftchen hatte er auf dem Schreibtisch abgelegt.

»In der Tat«, lenkte Herr Heine ein, nun bei der Sache, »als Bürgermeister hat man auch das eine oder andere Fest zu eröffnen. Auch, wenn die Vorbereitungen mein Sekretär erledigt. Es liegt einfach in der Natur einer Kleinstadt, dass man denjenigen kennt, der die Blumenarrangements fertigt und pünktlich liefert und der die Stadtkasse nicht allzu sehr strapaziert.« Ein feines Lächeln lag auf seinen leicht gebräunten Gesichtszügen.

»Ansonsten, privat?« Fragend blickte Metz ihn an.

»Nein, außer wenn ich meiner Frau einen Blumenstrauß besorgte. Auch diesen lasse ich, nein, ließ ich bei Frau Palme binden. Da haben wir natürlich ein wenig Small Talk, wie man das neudeutsch nennt, gemacht. Wir redeten über das Wetter, das Geschäft. Über Belanglosigkeiten.« Wieder ließ er ein kleines Lächeln über das Gesicht gleiten.

Franck Metz kam zu dem Schluss, dass es zu den Angewohnheiten des Bürgermeisters gehörte, stets ein Lächeln parat zu haben. Metz kam ein Zitat aus ‚Julius Cäsar‘ von Shakespeare in den Sinn:

»Und Manche, die da lächeln, fürcht' ich,
tragen im Herzen tausend Unheil.«

Doch das stimmte bei Herrn Heine sicherlich nicht. Wenngleich politische Gegner durchaus mit einem Lächeln zu entwaffnen waren. Metz klappte das grüne Heft zu und steckte es ein.

»Sobald die Spurensicherung ihre Arbeit beendet hat, können Sie das Bürgerbüro für die Allgemeinheit öffnen«, versprach der Hauptkommissar und stand auf.

»Danke. Falls die Presse davon Wind bekommt ...?« Der Bürgermeister neigte den Kopf leicht zur Seite. Er sah dadurch wie ein Erdmännchen aus, der jedes Geräusch mitbekommen will.

»Dann verweisen Sie an uns.« Metz und Jäger verabschiedeten sich mit einem knappen Nicken und verließen das Zimmer.

Herr Löwe stand am Kopierer und tippte einige Befehle in das Menü des Gerätes ein. Ihren Gruß erwiderte er mit einem Kopfnicken.

Franck Metz trat aus der Tür und prallte heftig mit jemandem zusammen. Es klirrte und krachte und es roch nach Alkohol, süßlich und nach Kräutern.

Metz blickte auf den Schaden, den er offensichtlich angerichtet hatte und der sich langsam um drei Paar Schuhe verteilte: Polizeischuhe, dunkle Männerschuhe und rote Schuhe mit grünem Band.

»Oh, Pardon.« Mehr brachte Metz nicht heraus. Jäger, er und eine Unbekannte standen in einer dunklen Pfütze, umgeben von gefährlich scharfkantigen Glassplittern, die ihn an Eisberge aus dem hohen Norden erinnerten.

»Ach, das ist doch nicht tragisch«, meinte die Frau, die sich unterdessen bückte. Es blieb beiden Männern nichts anderes übrig, als ihren nach unten gebeugten, verlängerten Rücken zu betrachten. Sie konnten nicht ausweichen. Hinter ihnen befand sich die Tür des Vorzimmers und vor ihnen hockte die Unbekannte.

»Es ist kein Problem, dass die Flasche Kräuterlikör im Eimer ist. Ich habe ausreichend Nachschub. Bedenklicher ist, dass wir alle drei nach Alkohol riechen, als wenn wir eine Destillerie überfallen hätten.« Jetzt stand sie auf und drehte sich um. »Nichts für ungut, meine Herren. Es lag an meiner Ungeschicklichkeit. Ich sag dem Pförtner Bescheid, dass er eine Reinigungskraft nach oben schickt.« Erst jetzt blieb ihr Blick an Jäger und seiner Uniform hängen. »Na, so etwas.« Sie bedachte Jäger mit einem charmanten Lächeln. »Bewachen Sie bitte weiter diese gefährliche Unglücksstelle?« Sie bückte sich und griff nach ihrem Arztkoffer. Mit einem knappen Nicken verabschiedete sie sich.

Zurück ließ sie zwei sprachlose Polizeibeamte. Franck Metz verharrte weiterhin regungslos. Von einer zur anderen Sekunde hatte sich die Welt ausgedehnt. Bei ihm hatte sich eine Empfindung, die er lange für nicht mehr existent gehalten hatte, auf einen Schlag ans Licht katapultiert. Und dieser Empfindung war er schutzlos ausgeliefert.

»Wer war denn das?«, fragte er Jäger tonlos.

»Das ist die Apothekerin von der Markt-Apotheke«, äußerte sich Jäger leichthin. Vorsichtig hob er ein Bein aus der Pfütze, zog den Schuh ab und hielt diesen an die Nase. Wie ein Storch auf einem Bein stehend beschnupperte er ihn. »Nicht unter vierzig Volumenprozent und wer weiß, was da alles drinsteckt. Den würde ich gern in einem Glas probieren.« Jäger schaute seinen Vorgesetzten an. »Das kommt Ihnen bestimmt alles sehr fremd vor? Vor allem am ersten Arbeitstag.« »Nein. Ich habe schon eine Menge erlebt«, wehrte Metz ab. Dennoch dachte er, dass sich dieser Tag befremdlich anfühlt, unwirklich. Besonders nach der letzten Minute.

Die Fahrstuhltür öffnete sich leise surrend. Ein Mann, mit Eimer und Besen ausgestattet, trat heraus. Ein Blick auf die beiden Polizisten schien ihm zu reichen.

»Dann mal raus aus der Sauerei hier, damit ich saubermachen kann.« Mit diesen brummigen Worten scheuchte er sie aus der alkoholischen Pfütze.

Vor der Rathaustür schlug Metz und Jäger gleißendes Sonnenlicht entgegen. Das Wetter hatte sich komplett gedreht. Am Morgen erinnerte es an einen regennassen und kalten Herbst, jetzt zog es alle Register eines Sommertages.

Jäger hatte Hunger. Er warf einen verstohlenen Blick auf seine Armbanduhr. Mittagszeit war fast vorbei, stellte er fest, kein Wunder, dass sein Magen knurrte.

»Lassen Sie uns zu Frau Palmes Blumengeschäft gehen. Danach essen wir eine Kleinigkeit«, schlug Franck Metz vor. Jäger druckste ein wenig herum. »Was gibt es?«, wollte Metz wissen.

»Dienstgruppenleiter Petersen hat Ihnen über die Fahrradsache Bescheid gegeben?«, fragte Jäger. »Ich gebe heute noch einen Kurs für die Kleinen und gegen 16:00 Uhr treffe ich mich mit den Jugendlichen. Wir bereiten einen Parcours vor. Die Genehmigungen von der Stadt liegen seit Monaten vor.« Petersen hatte ihm das in dieser Form nicht mitgeteilt, aber Metz stellte es nicht infrage. »Ich verzichte auf meine Mittagspause«, schloss Jäger bedauernd. »Ich befrage die Maler, bevor die abhauen. Mir sah das aus, als wenn die es heute verdammt eilig haben.«

Petersen lag mit Jägers Beurteilung richtig, musste sich Metz eingestehen. ‚Arbeitet wie ein Besessener‘, rief er sich dessen Worte ins Gedächtnis.

»Dann kümmere ich mich um das Blumengeschäft. Denken Sie dennoch an Ihre Mittagspause«, wies ihn Metz an. »Ein hungriger

Bauch arbeitet nicht immer zufriedenstellend«, ließ ihn der Chef wissen. »Wir treffen uns morgen früh um 08:00 Uhr zur Besprechung.« Der Hauptkommissar wusste, dass der Bericht der kriminaltechnischen Spurensicherung bis morgen früh dauerte, ebenso der toxikologische und der Befund der Rechtsmedizin. »Nehmen Sie den BMW mit, ich brauche ihn nicht.«

Jägers Augen blitzten kurz auf, dann tippte er an seine Uniformmütze und verschwand wieder im Inneren des Rathauses. Franck Metz blickte sich um. Wenn er es nicht besser gewusst hätte, erinnerte nichts an diesem Altweibersommertag daran, dass vor einigen Stunden ein Mensch zu Tode gekommen war. Metz zog seine Schulterblätter, unangenehm berührt von diesem Gedanken, zusammen. Er musste einen klaren Kopf behalten, wenn er sich nicht mehr in den Strudel des Ausbrennens ziehen lassen wollte.

Langsam stieg er die Stufen des Rathausvorplatzes hinab.

Auf dem Marktplatz herrschte ein buntes Treiben. Viele Touristen bevölkerten ihn. Hier und da wurde ein Regenschirm in die Höhe gezeigt, damit die Touristen im Gewimmel nicht ihre Gruppe verloren. Rechts neben dem Rathaus gab es ein Café. Es war in einem schmalen und etwas schrägen Haus untergebracht. Auf Eis und Kuchen, so lecker wie die Tortenstücke auch aussahen, hatte er keinen Appetit. Gleich hinter dem Café lag der *Hoken*. Es wäre einfach, sich ein Sandwich mit auf sein Zimmer zu nehmen und sich auf diese Art zu verkriechen.

Seine Therapeutin wäre keinesfalls erfreut und sähe darin einen Rückschritt. Also sog er die angenehme Luft ein und hörte dem Lärm einer Kleinstadt zu. Er entschied sich für das Hotel *Theophano*.

Franck Metz setzte sich an einen freien Tisch und nahm die Speisekarte in die Hand. Meistens gab es eine kleine Geschichte zu lesen und verkürzte ihm die Wartezeit. Interessiert las Metz, dass Theophano die Ehefrau von Kaiser Otto des II. war. Es war sein erster Fall, der Tag bot Urlaubswetter und er saß in der ersten Hauptstadt Deutschlands. Metz erkannte darin ein gutes Omen.

Ein Kellner in schwarzer Hose und weißem Hemd erschien mit der Geste geschulter Höflichkeit an seinem Tisch.

Franck Metz nahm einen Salatteller, die Tagessuppe und das Fischgericht des Tages. Dazu ein Glas Weißwein. Er erbat sich vom Kellner eine Karaffe Wasser, die er nach einem Moment des Erstaunens serviert bekam.

Metz saß in der Sonne und ließ den Blick über das Treiben auf dem Marktplatz schweifen. Er hatte es sich zu seiner Gewohnheit gemacht, vor dem Essen keinen Alkohol zu trinken. Seit einigen Jahren stieg ihm dieser zu sehr in den Kopf. Erst nach dem Salat gönnte er sich einen Schluck des kühlen Weißweins. Suppe und Fisch waren von exzellenter Qualität. Während des Essens überlegte er, ob er das Angebot seines Freundes Petersen doch annehmen sollte, um vorübergehend bei ihm zu wohnen. Die Einsamkeit im *Hoken* könnte ihm letztendlich schaden, da hatte Petersen vielleicht recht. Trotzdem wollte er es sich nicht zu leicht machen. Im Hotel konnte er seinen Gedanken nachhängen und sie ordnen. Ein gewisses Maß an Einsamkeit war schließlich zu ertragen. Und es wäre auch nicht das erste Mal in seinem Leben, dass er auf sich gestellt war. Was sein berufliches Schicksal mit ihm vorhatte, verbarg es noch. Zunächst blieb er in dieser Stadt mit nicht mehr als vierundzwanzigtausend Einwohnern und würde seinem Beruf nachgehen. Danach gäbe es eine Entscheidung.

Franck Metz wollte nicht mehr viel Verantwortung tragen. Vielleicht für den Kollegen an seiner Seite, der einen guten Kern hatte, aber etwas hitzköpfig wirkte. Er selbst musste noch nicht einmal für den Dienstwagen verantwortlich sein. Nur für sich und den vor ihm liegenden Fall, sofern es denn einen Fall gab. Schließlich lag es im Bereich des Möglichen, dass Frau Palme, die Floristin, eines natürlichen Todes gestorben war. Sie war Mitte fünfzig und nicht zierlich. Der Stress schien ihr ebenfalls nicht unbekannt gewesen zu sein, wenn sich Hauptkommissar Metz die Falten in ihrem Gesicht vergegenwärtigte. Er hatte auch die Krampfadern an ihren Beinen bemerkt. Möglicherweise kam es vom vielen Stehen. Hatte jemand an ihre Handtasche gedacht?, fragte sich Metz urplötzlich. Er holte sein grünes Heftchen aus der Lederjacke und notierte sich diesen Gedanken. Nach dem Zusammenbruch vor vier Jahren vertraute er sich noch nicht in jeder Hinsicht.

Damals hatte sein Burn-out schleichend begonnen. Er hatte unkonzentriert gearbeitet und Fehler gemacht. Einer davon hätte fast einem Kollegen das Leben gekostet. Zu spät hatte er reagiert und konnte von Glück reden, dass der Kollege die Gefahr besser eingeordnet hatte und ihr entschieden begegnet war.

Dieser Gedankengang, der vom Servieren des Kaffees unterbrochen wurde, erinnerte ihn daran, dass Petersen ihn gebeten hatte, die monatlichen Schießübungen nicht zu vergessen. Auch das schrieb er sich ein, allerdings auf die letzte Seite. Hier war Platz für persönliche Anmerkungen, die nichts mit einem Fall zu tun hatten. Nur Organisatorisches. Nach den Stichworten *Blumenübertöpfe* und *Zimmerpflanzen* gesellte sich die Notiz *Schießübung*. Nach der ausgedehnten Pause bezahlte er die Rechnung. Metz zog seine Lederjacke an und ging quer über den Marktplatz. Im Gehen fischte er sein Handy aus der Jackentasche, um sich bei Petersen über den Stand der Dinge zu erkundigen. Metz hörte Petersen zu.

»Es liegen keinerlei Ergebnisse vor. Und bevor du fragst, bei Jäger dauert der Fahrradunterricht bis in den Abend hinein. Ich hatte vergessen, es dir zu sagen. Der Rechtsmediziner hat angerufen. Er murmelte etwas von einer Überraschung, weiter wollte er sich nicht äußern. Kein einziges Wort konnte ich aus ihm herauslocken. Wenn du noch etwas Privates vorhast, dann mach das, sonst kommst du nicht mehr dazu. Die Befragung der anderen Mitarbeiterinnen des Bürgerbüros verschieben wir auf morgen. Der Bürgermeister hat mich angerufen und darum gebeten. Die Frauen stehen unter Schock. Du hast also Zeit.«

Der Hauptkommissar verstaute sein Handy und bog nach wenigen Schritten in die *Breite Straße* ein. Das Rathaus lag jetzt links hinter ihm. Der Blumenladen, den er suchte, befand sich an der Ecke zwischen der *Jüdengasse* und der *Bockstraße*.

Doch er war verschlossen. Der Hauptkommissar bemerkte das Schild mit der Aufschrift: ‚Komme gleich wieder‘. Metz lugte durch die Scheibe ins Innere des Geschäfts. Alles lag im Dunkeln und machte den Eindruck, dass sich heute nichts mehr regen würde. Er klopfte, aber niemand öffnete ihm. Gab es hier keine anderen Beschäftigten? Metz blickte sich um. Nebenan auf der linken Seite befand sich ein Wohnhaus. Rechter Hand ein Juweliergeschäft.

Der Hauptkommissar entschied sich zunächst für das Geschäft und betrat dieses. Die zierliche Verkäuferin blickte erstaunt, als Metz sich auswies, und hatte nur ein Kopfschütteln auf seine Fragen übrig. Sie war erst seit zwei Tagen angestellt und kannte niemanden.

»Mein Chef ist bei einer Messe und kommt am Wochenende wieder«, erklärte sie.

Unverrichteter Dinge verabschiedete sich der Hauptkommissar.

Metz entschied sich, das Schloss mit dem dazugehörenden Schlossberg zu besichtigen. Laut des Reiseführers, den er aufmerksam gelesen hatte, wusste er, dass die romanische Stiftskirche das bedeutendste Bauwerk dieser Stadt war. Als er über den Marktplatz in westliche Richtung ging, sah er das Schloss. Es vermittelte den Eindruck, als throne es auf einem Berg. Sicherlich war von den Baumeistern und deren Auftraggebern beabsichtigt worden, Macht und Stärke weithin zu demonstrieren. Von fast jedem Punkt der Stadt aus sah man das Schloss. Franck kam an einem Fachwerkhaus aus dem 14. Jahrhundert, das in der berühmten Ständerbauweise erbaut worden war, vorbei. Er kannte diese Baukunst aus dem Saarland, außerdem aus verschiedenen französischen Regionen. Am *Word* bog er in die *Carl-Ritter-Straße* ein. Er atmete die Sommerluft ein, die süßlich und würzig zugleich duftete. Sein Blick fiel auf die Lavendelbüsche, die einen Teil der alten Stadtmauer in der *Carl-Ritter-Straße* schmückten, in deren Blütenkelchen sich die Bienen und Hummeln tummelten, um den letzten Tropfen Nektar zu sammeln. Metz bog am Busparkplatz in die *Lange Gasse* ein, in der allmählich der Schlossberg anstieg. Metz wich Passanten aus, die ihm auf den schmalen historischen Bürger-steigen entgegenkamen.

Nach wenigen Minuten Aufstieg stand er auf dem Schlossberg. Er stand vor dem prächtigen Duo von Stiftskirche und Renaissance-schloss. Aus seiner Jackentasche zog Metz den schmalen Reiseführer heraus und blätterte die entsprechende Seite auf. Er hatte sich bereits am Abend zuvor im *Hoken* den Reiseführer durchgelesen. Zum einen Teil wegen der Informationen über Quedlinburg, aber auch um seine Nerven vor dem ersten Arbeitstag zu besänftigen. Die Äbtissinnen herrschten wie Könige mit weltlicher Gerichtsbarkeit und waren nur dem Papst unterstellt. Sie zeichneten sich durch Kriegs- und Friedens-zeiten aus. Offensichtlich waren sie mit ihrer Politik erfolgreich genug, um in dieser Männerdomäne fast tausend Jahre zu bestehen.

Leider waren montags diese Sehenswürdigkeiten geschlossen und Franck Metz musste sich gedulden, um sich über die Schönheit im Innern der Stiftskirche selbst ein Bild zu machen. Leidenschaftlich inte-ressierte er sich für die Historie und freute sich insgeheim auf die Zeit in Quedlinburg, um ihren geschichtlichen Besonderheiten auf die Spur zu kommen. Neben seiner Arbeit wollte er dieses Hobby wiederbele-ben. Er lief weiter und lehnte sich an die Sandsteinbrüstung, die das Schloss umgab. Sein Blick konnte frei schweifen, bis hin zum Brocken. Schaute er von der Brüstung nach unten, sah er die kleinen Häuser, eng aneinandergeschmiegt am Schlossberg. Davor lagen Gässchen und Gassen. Auf der *Kaiser-Otto-Straße* erkannte er den langsam beginnenden Feierabendverkehr. Hob Metz seinen Blick noch etwas weiter an, erkannte er den Abteigarten. Laut den Informationen des Reiseführers befand sich dort wieder eine Gärtnerei, wie in den Zeiten der Äbtissinnen.

Eine Gruppe junger Männer kam auf die Brüstung zu. Sie drängten sich um eine langhaarige Frau, die einen gelben Regenschirm in der

Hand hielt. Metz hörte die Gruppe scherzen. Die Frau zeigte auf den vor ihnen liegenden Abteigarten und begann mit einem kurzweiligen Vortrag.

Metz wollte nicht neugierig erscheinen. Nach einem ausgiebigen Blick auf die Stadt verließ er den eindrucksvollen Schlossberg.

Wieder zurück lief er über die holprigen Pflastersteine, die keinesfalls für High Heels oder italienische Herrenschuhe geeignet waren. Da war es von Vorteil, dass seine geliebten Schuhe aus blauem Leder wohlverwahrt im Hotelzimmer lagen. Eine Eitelkeit, die er nicht abzulegen gedachte. In seiner bescheidenen Freizeit bevorzugte er Schuhe, die er auch sorgsam pflegte. Wegen des Regens am Morgen hatte er überhaupt nicht in Erwägung gezogen, diese anzuziehen. Einen kurzen Moment dachte er an seine Ungeschicklichkeit im Rathaus. Ein kleines vorsichtiges Lächeln stahl sich auf seine Lippen. Vielleicht sah er ja diese Frau noch einmal. Er wünschte es sich. Auf dem Rückweg überquerte Franck Metz die Kreuzung *Carl-Ritter-Straße/Alte Topfstraße* und ging weiter durch die *Hohe Straße*.

Es war bereits später Nachmittag und Zeit, sich an den Schreibtisch zu setzen. Vorher wollte er noch einmal an Frau Palmes Blumengeschäft vorbeigehen.

Die Apotheke hatte Emilia Sander mit altem Charme und festen Mauern empfangen. Nach dem heutigen Vormittag war ihr das nur recht. Und am liebsten hätte sie sich einen Cognac eingeschenkt, denn etwas flau war ihr schon. Heute früh, sie erinnerte sich, sah sie Frau Palme den Blumenladen abschließen. Zu diesem Zeitpunkt hätte Emilia nie gedacht, dass sie die Floristin zum letzten Mal lebend sah. Emilia konnte es gar nicht begreifen. Am Morgen hatte es geregnet und sie hatte sich gewundert, warum Frau Palme ihr Geschäft abschloss. Eine Vertretung gab es ja. Wo war denn diese rechte Hand? Eine Stunde später ging sie selbst ins Rathaus, um ihrer Freundin Tess die gewünschten Präsente vorbeizubringen. Nichts Besonderes, nur Geschenke, die Frauen mögen: Glasnagelfeilen in verschiedenen Pastelltönen, kunstvoll bemalte Pillendosen, Parfümzerstäuber, duftende italienische Seifen, verschiedene Teesorten. Sogar ein paar Dosen voller besonderer Bonbons steckten in den Geschenktüten. Lange hatte Emilia Sander mit sich gerungen, diese zu bestellen. Schließlich ging es bei diesen Bonbons um eine Zuckerlösung, in deren Mitte ein Anissamen lag. Und Zucker ist ein teures Gut, auch wenn es in der heutigen Zeit niemand mehr so sieht. Es hatte Zeiten gegeben, da hatte nur der Apotheker den Schlüssel für die Zuckertruhe. Diese besonderen Bonbons gab es seit über einhundert Jahren. Es gehörte zum Extrawissen eines Pharmaziestudenten. Emilia erinnerte sich daran, dass es Kommilitonen gab, die sich nicht einen Deut darum scherten, sie gähnten in den Vorlesungen von Frau Professorin Dr. Liedermacher, die aus einem gewaltigen Wissensfundus schöpfte. Daher wusste Emilia, dass die Römer die Anissamen in das unwirtliche Germanien mitbrachten, weil sie das schwer verdauliche Essen der Germanen nur schlecht vertrugen und viele von ihnen wurden von Blähungen heimgesucht. Deshalb knabberten die Römer die Anissamen. Diese Bonbons stellt man immer noch in Frankreich her. Und wie früher bietet man sie der Kundschaft in einer ovalen Dose mit herrlich altmodischem Dekor an. Außerdem hatte sie Herrn Heine versprochen, den vorbestellten Likör vorbeizubringen. Athena Grünberger hatte ihr die Flaschen in die Hände gedrückt, als sie zum Rathaus ging.

Nach dem Malheur im Treppenhaus durfte sie keinesfalls vergessen, dem Bürgermeister den Likör zu bringen. Am besten wird es sein, Violett damit zu beauftragen, dann ist das ebenfalls abgearbeitet, dachte Emilia. Versonnen blinzelte sie aus dem mittleren Fenster ihres Büros hinaus auf das Treiben auf den Straßen. Die Apotheke lag an der Schnittstelle zwischen der *Bockstraße* und der *Breiten Straße*. Vor der Apotheke befand sich ein kleiner Platz. An der rechten Seite hatte sich erfolgreich ein Café etabliert. Manchmal ging sie dort essen.

Emilia Sander wandte sich mit einem Seufzer vom pulsierenden Straßenbild ab. Sie hatte zu tun und konnte nicht nur ihre Zeit vertrödeln. Und ihre Schuhe sollte sie ebenfalls wechseln.

Sie ertappte sich, wie sie lächeln musste. Hatte sie mit zwei Männern in einer Pfütze aus Alkohol gestanden? Eine komische Situation, dachte sie. Den jungen Mann kannte sie. Ab und an suchte er die Apotheke wegen der Medikamente für seinen Kater auf. Den anderen Mann hatte sie zunächst gar nicht wahrgenommen.

Das Telefon klingelte und katapultierte Emilia Sander in die Gegenwart zurück. Ein Gespräch mit einem Vertreter. Gleichzeitig klopfte es an die Bürotür. Emilia wusste, dass es bis heute Abend in dem Tempo weitergehen würde. Außerdem brauchte man sie dringend in der Offizin. In der Apotheke drängten sich die Kunden. Dennoch blieb sie gelassen. Sie mochte es, wenn die Apotheke gut besucht war. Nicht

zuletzt deswegen, weil die Kasse klingelte. Das war eine Notwendigkeit. Ihre Mitarbeiterinnen, nicht zuletzt die stille Frau Mandel, ihre
Reinigungskraft, waren auf Emilia Sanders Geschäftssinn angewiesen
und abhängig von dem Gewinn, den sie erwirtschaftete. Der Staat füllte ebenfalls sein Säcklein auf.

Emilia Sander agierte mit Leidenschaft und Engagement in ihrer
Apotheke. Sie sprach gern mit den Kunden. Dennoch gab es auch
Tage, an denen ihre Mitarbeiter Motivation brauchten. Dann gab Emilia
meistens diese Geschichte zum Besten: »Leute, ihr wisst, es gibt eine
andere Apotheke, in der täglich nahezu zweitausend Kunden bedient
werden.« Diesen Satz begleitete sie mit einem Augenzwinkern und
entschärfte ihn zugleich. Ihre Mitarbeiter lächelten daraufhin, weil sie
wussten, wie absurd dieser Satz klang. Dennoch war die Aussage keine Spekulation, sondern wahr. Emilia Sander meinte die Apotheke im
Vatikan, die sie vor einigen Jahren besucht hatte.

Im Verkaufsraum stand ein älteres Ehepaar. Die gut angezogene
Dame mit dem kleinen Hütchen verstrickte Frau Grünberger in ein
Gespräch.

»Das Fußspray ist von Vichy? Ich kann mich darauf verlassen?«,
vergewisserte sich die Kundin bei Frau Grünberger.

»Ja. Natürlich führen wir auch noch von anderen Firmen derartige
Produkte. Möchten Sie eine Probepackung mitnehmen, Frau Dost-Erlenberger?« Athena Grünberger, die Vertretung von Emilia Sander bei
Urlaub oder im Krankheitsfall, reichte der Kundin die Probe. Zögerlich
nahm die Kundin die Packung zunächst in ihre Hand und drehte sie
herum. Dann entschied sie sich. Die Kundin schaute sich nach ihrem
Ehemann um und winkte ihn energisch mit einer Hand zu sich.

»Immer muss man dich suchen!« Ihre Stimme klang gereizt.
Freundlich und den kleinen Tadel wegwischend wie Brotkrümelchen
auf einem Wollmantel wandte sich Herr Dost-Erlenberger seiner besseren Hälfte zu. Er nickte zustimmend, als sie ihm sagte, wofür sie sich
entschieden hatte.

Emilia Sander war sicher, dass es dem distinguierten Herrn mit
dem Hut auf dem Kopf und einem leichten Schal um den Hals schnup-
pe war, welches Fußspray seine Gattin kaufte.

Dienstag

Emilia Sander hasste das allmorgendliche Aufstehen. Auch heute kämpfte sie sich trotzig an die Oberfläche ihres Bewusstseins. Der Wecker konnte von Glück sagen, dass sie ihn nicht ins Jenseits beförderte. Wovon hatte sie geträumt? Oder von wem? Sie griff sich an die Stirn und massierte sie. Langsam fiel ihr der gestrige Abend ein.

Sie hatte sich mit Tess im *Weinberg*, einem gemütlichen italienischen Restaurant, getroffen, gleich neben der Apotheke. Zu dem frischen Salat, der auf gebratenen Auberginenscheiben angerichtet war, und dem Glas Weißwein hatte Emilia nicht nein sagen können. Eigentlich nicht zu viel vom Wein, aber gestern schien sie das eine Glas Wein nicht vertragen zu haben. In ihrem Kopf wüteten die Schmerzen.

Vorsichtig erhob sie sich aus ihrem Bett und ging im Schritttempo unter die Dusche.

Sie hatte mit Tess das sonderbare Ableben der Floristin ausgewertet. Emilia ging Frau Palmes Tod mehr an die Nieren als Tess. Diese hatte die Unterhaltung rigoros mit den Worten geschlossen: »Das ist Gott sei Dank nicht unsere Aufgabe.« Nach einem Schluck des Weißweins hatte Tess gemeint: »Ich kann dir gar nicht beschreiben, wie das Rathaus in heller Aufregung war. Die Befragung von der Polizei. Na, ich weiß nicht. Hast du den Kommissar gesehen? Der scheint nicht von hier zu sein.« – »Nein.« Emilia hatte den Kopf geschüttelt. Vielleicht nicht konsequent genug. »Was ist?«, hatte Tess scharf gefragt. Wieder war Emilia aufgefallen, dass Tess eine gewisse Ähnlichkeit mit Marilyn Monroe besaß. Tess' Körperbau konnte man bedenkenlos als üppig bezeichnen. Der Haarschnitt ihrer blonden Haare und die ausdrucksstarken, immer geschminkten Augen taten ein Übriges. Nur der kleine Leberfleck auf der linken Wange fehlte. Nicht verschweigen

51

konnte Emilia, dass Tess eine bemerkenswerte Eigenschaft besaß, nämlich jede Verunsicherung beim Gesprächspartner aufzuspüren, die dieser aus Versehen von sich gab. Nebensächlich, ob es sich um Zahlen oder menschliche Regungen handelte. Emilia hatte dem Blick ihrer Freundin nicht mehr ausweichen können und ihr die Geschichte mit der zerbrochenen Kräuterlikörflasche erzählt. Es hatte nicht lange gedauert und Tess bekam einen Lachanfall.

Und jetzt erinnerte sich Emilia vollends an den gestrigen Abend und auch daran, dass sie doch noch ein zweites Glas Weißwein getrunken hatte.

Langsam wachten unter der Dusche wieder ihre Lebensgeister auf. Wohlig rekelte sie sich unter dem Wasserstrahl und stellte die Temperatur höher. Sie liebte es, heiß zu duschen. Großzügig schäumte sie sich mit dem Duschgel ein und genoss die Bewegungen, die ihre Hände auf ihrem Körper hinterließen. Dabei gingen ihr die Gedanken von gestern nicht aus dem Sinn.

Die Aufregung, die im Rathaus geherrscht hatte, als Polizei, Leichenwagen, Spurensicherung ihre Arbeit verrichteten, konnte sie sich vorstellen. Laut Tess gab es ab diesem Zeitpunkt keinen einzigen Mitarbeiter mehr, ob Weiblein oder Männlein, der in der Lage war, im Rathaus zu einer organisierten Arbeit zurückzukehren. Dann stießen sie auf das Leben an und widmeten sich einem anderen Thema. Tess erzählte von ihrem Freund. In letzter Zeit war in ihrer Beziehung der Wurm drin, sodass sich sogar Tess' Mutter genötigt fühlte, ihrer Tochter einen Ratschlag zu geben: Auch am Ende dieses Mannes wartet nicht der Tod! Tess und Emilia hatten gestern einheitlich den Kopf geschüttelt und fanden kein Ende beim Lachen. »Ich weiß nicht, woran das liegt, Emilia. Haben die Frauen eine Generation vor uns mehr Lebensgewandtheit? Oder ist das die Altersweisheit? Oder liegt es einfach nur am siebten Sinn?« Tess lächelte amüsiert mit ihren knallrot geschminkten Lippen. »Es steht außer Frage, dass sie nur das Beste für ihre Töchter wollen«, hatte Emilia geurteilt. »Tatsächlich sind Mütter ja wie Knöpfe, sie halten eben die Dinge zusammen«, hatte Emilia am gestrigen Abend hinzugefügt. Sie konnte sich nicht mehr erinnern, wo sie diesen Spruch herhatte. Von einer Handarbeit oder einer Tasse, genau wusste sie es nicht mehr.

Nach der Dusche zog sie erst einmal nur die Unterwäsche an und lief die Treppe nach unten. Kater Hufeland wartete darauf, dass sie ihn hereinließ. Wenn er sich nicht durch das Ranwerfen an die Scheibe bemerkbar machte, hängte er sich gewöhnlich an die Querleiste der

Terrassentür und versenkte seine Krallen im Holz. Was für ihn Stretching der Wirbelsäule darstellte, bedeutete für ihre Eltern ein stetiges Beseitigen dieser Kratzspuren.

Emilia irrte sich nicht. Sie sah den Kater lang gestreckt mit seinen Krallen an der Querleiste der Terrassentür hängen.

Sie öffnete die Tür und ihr stockte der Atem, denn auf dem Abtreter lag ein toter Vogel. Hufeland hatte ihr vom nächtlichen Streifzug seine Beute mitgebracht. Mit zugekniffenen Augen ließ sich der Kater seine dargebotene Kehle kraulen, bis er genug hatte und sich trollte. Emilia bereitete ihr Frühstück zu und stellte das Radio lauter, um dem Wetterbericht zu folgen. Danach räumte sie die Küche auf und zog sich fertig an. Sie sollte sich zum vereinbarten Termin nicht verspäten.

Eine Stunde später parkte sie vor dem Verwaltungsgebäude ihr Auto ein.

Auf den Fluren der Krankenhausverwaltung begegnete ihr kaum Personal. Hinter den verschlossenen Türen hörte sie das Bearbeiten von Computertastaturen, ab und an helles Lachen oder eine dunkle männliche Stimme. Sie lief den Flur entlang, bis sie vor der Tür von Dr. Meier stand.

Emilia Sander klopfte an.

»Herein.« Dr. Meier öffnete diese, bevor sie die Hand auf die Klinke gelegt hatte. Ein strahlendes Lächeln und blendend weiße Zähne waren in sein Gesicht gemeißelt. Immer formvollendet, stets sah er aus, als ob er einem Männermagazin entsprungen war. Kannte man ihn nicht, war man versucht, ihn für einen arroganten Professor zu halten. Aber da täuschte man sich. »Darf ich Ihnen Kaffee anbieten?«, fragte er zuvorkommend und schob ihr, nachdem er sie in einem teuren Sessel Platz nehmen ließ, die geöffnete Keksdose hin.

Emilia Sander hatte sich für den weißen italienischen Hosenanzug entschieden, dazu trug sie spitz zulaufende, knallrote Pumps. Ihre dunkelblonden Haare mit den hellen blonden Strähnen hatte sie sorgfältig zu einem Seitenzopf geflochten. Die dunkle Lieblingssonnenbrille, die mit den getönten Gläsern, hatte sie bereits auf dem Parkplatz auf den Kopf geschoben.

Emilia Sander wusste, dass ihre Freundin Tess die Brille schrecklich fand. Voller Abscheu hatte sie von ihr verlangt, das ‚Ding‘ wieder zurückzugeben. Emilia dachte gar nicht daran und hatte das Ansinnen ihrer Freundin kategorisch abgelehnt. Sie wusste, dass sie mit dieser Brille wie eine perfekte Mischung aus Geschäftsfrau und Grande Dame mit Sex-Appeal aussah. Bei Kaffee, Keksen und einem ungezwungenen Gespräch trog Emilia keinesfalls das Gefühl, dass sich im Büro das Geschäftliche nicht von selbst regelte. Dr. Meier wollte absolute Zuverlässigkeit und die Apothekerin den Auftrag. Nach einer knappen Stunde hatten sie die Einigung, die beide Seiten anstrebten.

»Der Vertrag wird Ihnen zugesandt«, versicherte Dr. Meier. Ein kräftiger Händedruck besiegelte die Vereinbarung.

Zufrieden ging Emilia Sander zurück zum Auto. Am liebsten hätte sie einen Luftsprung gemacht, aber sie wusste, dass Dr. Meier am Fenster stand und hinter ihr herblickte. Bevor sie ins Auto einstieg, drehte sie sich um und hob kurz die Hand zum Gruß. Sie sah, dass sich die Gardine bewegte.

Mit euphorischem Gefühl fuhr Emilia zur Apotheke. Mit diesem Geschäft nahm sie noch mehr Arbeit auf sich, dessen war sie sich bewusst.

Nach der kurzen Fahrt durch die Innenstadt von Quedlinburg kam sie mit einem angenehmen Gefühl in der Apotheke an. Sie begrüßte ihre Mitarbeiterinnen und fragte, ob es ein Problem gab. Frau Grünberger hob die Hand.

»Geben Sie mir fünf Minuten.«

Emilia lüftete ihr Büro und fuhr den Computer hoch. Ihr heutiges Arbeitspensum konnte nur mit Fleiß bewältigt werden.

Athena Grünberger öffnete die Tür und brachte ein Tablett mit einer Tasse Kaffee herein.

»Danke.« Emilia war für den Muntermacher dankbar. »Was gibt es, Frau Grünberger?«

»Herr Fendel hat sich maßlos und vor allen Dingen lautstark aufgeregt.« Frau Grünberger rollte mit den Augen. »Sein vor erst zwei Monaten hier gekauftes Blutdruckgerät sei total im Arsch, ich zitierte gerade, Frau Sander.« Frau Grünberger verstand sich auf die treffsichere Nachahmung Herrn Fendels rüder Art. »Er verlangte auf der Stelle einen Ersatz, erwartungsgemäß kostenfrei!«

»Wie haben Sie entschieden?«, wollte Emilia Sander wissen, obwohl sie es bereits ahnte.

»Ich habe ihm ein anderes Blutdruckmessgerät gegeben, es Herrn Fendel noch einmal gezeigt und mit ihm eine Probe gemacht. Will sagen, ich habe ihn nach allen Regeln der Kunst abgehört.« Frau Grünberger zuckte mit den Schultern. »Und das passte ihm überhaupt nicht«, gab sie zu. Obwohl die heutigen Blutdruckmessgeräte einfach zu bedienen waren, gab es hin und wieder Ausfallerscheinungen.

Emilia Sander nahm sich vor, darüber mit dem Vertreter zu sprechen, und notierte es sich. Sie hatte heute ohnehin eine Menge unerledigter Anliegen auf ihrem Zettel stehen. Mit einem Nicken entließ sie Frau Grünberger. Violett betrat das Büro. Die pharmazeutisch-kaufmännische Angestellte schien es sich zu ihrer persönlichen Aufgabe gemacht zu haben, dass Emilia Sander genug zu essen bekam. Im Stillen musste Emilia lächeln und fragte sich gleichzeitig, wie die Mitarbeiterinnen auf solche Gedanken kamen.

»Es ist *noch* heiße grüne Bohnensuppe da. Und frischer Käsekuchen steht in der Küche.« Emilia hatte genau gehört, dass die Betonung auf dem Wort *noch* lag. Leise schloss Violett die Tür wieder, nachdem sie ihre Botschaft verkündet hatte.

Außer dem Müsli am Morgen und den zwei Keksen bei Dr. Meier hatte die Apothekerin nichts weiter gegessen. Ihr Magen rumorte. Doch sie musste die Arbeiten zu Ende bringen, bevor sie ihrem Appetit nachgab. Vom Käsekuchen ist morgen früh noch ein Stück da, dachte sie hoffnungsvoll und optimistisch. Würde sie alles essen, was die Mitarbeiterinnen ihr hinstellten, würde sie bald nicht mehr in den italienischen Hosenanzug passen. Ein Seufzer des Verzichts entfuhr ihr dann doch. Sie liebte Suppen, Suppen zu jeder Zeit, Suppen aller Art, am meisten mochte sie die Nudelsuppe, wie sie ihre Mutter kochte.

Bei diesem Gedanken fiel ihr Leonie ein und dass sie einen Maler suchen sollte, der Ahnung von seinem Beruf hat. Emilia griff nach dem elektronischen Branchenbuch und begann mit der Recherche nach einem Maler. Nach einer Weile der Suche entschied sie sich. Nach dem Anruf bei der Firma, die sich passend *Deckweiss* nannte, vereinbarte sie einen Termin.

Nach etlichen Telefonaten fühlte sie sich unterzuckert. Emilia Sander stellte den Ordner, den sie in der Hand hielt, ins Regal und ging in die Küche. Entgegen Violetts ungünstiger Prognose gab es immer noch Suppe und ein nur bis zur Hälfte aufgegessener Käsekuchen stand neben der Thermoskanne, die mit heißem Kaffee gefüllt war. Nach ihrer Pause erwartete sie Herrn Gollmanns Nagelprobe. Vor Kurzem hatte sie ein Mikroskop gekauft und es war an der Zeit, es auszuprobieren. Es gab nicht mehr oft Anlässe, die Fertigkeiten und Fähigkeiten des Mikroskopierens nicht zu verlernen. Frau Grünberger und Frau Weiß waren im Verkauf, sodass sie sich Zeit nehmen konnte.

Emilia ging über den gefliesten Gang der Apotheke zur Kellertür. Sie öffnete sie und schaltete das Licht ein. Sie kam nicht umhin, wieder einen Blick auf die Kopie der Urkundenrolle zu werfen. Diese verdiente einen besseren Platz, sagte sie sich. Zumal Emilia die gesamte Geschichte der Markt-Apotheke kannte.

Laut der Stadtchronik waren die Herren Apotheker vor Emilia Sander allesamt keine unbeschriebenen Blätter gewesen. Die Mehrzahl im negativen Sinn. Das unzulänglichste Beispiel war zweifelsfrei Jeremias Budstedt. Dieser Herr war von 1661–1683 Apotheker. Ständig legte er sich mit dem Magistrat an. Zu Recht forderte dieser, dass Budstedt die ihm anvertraute Apotheke ordentlich zu führen hat. Wiederholt wurde Jeremias Budstedt vor die Apothekenkommission zitiert. Die Vorwürfe lauteten stets, dass er das Apothekenpersonal besser zu beaufsichtigen habe, mehr in der Offizin zu sein habe und weniger in seinem Garten. Zu jener Zeit schloss sich der Garten hinter der Apotheke an. Besonders schwer wird dem Magistrat zu schaffen gemacht haben, dass Budstedt die Genehmigung der eigenen Bierherstellung erhalten hatte. Er war mehr mit Bierbrauen beschäftigt gewesen, als in der Offizin die Aufsicht zu führen.

Emilia griff nach dem Paket mit dem Mikroskop und verließ den Keller. Sie trug das Paket ins Labor. Das war ein großzügig geschnittener Raum, der dank eines hohen Fensters lichtdurchflutet war. An den gefliesten Wänden standen Wandregale und Tische, die mit nützlichen Arbeitsgeräten gefüllt waren. Mitten im Labor befand sich ein rechteckiger Tisch, der gekachelt war. Sie begann mit dem Auspacken. Sachte schob Emilia den vorbereiteten Objektträger unter das Mikroskop und stellte es auf ihre Augenschärfe ein.

»Na, wen haben wir denn da?«, murmelte sie vor sich hin und meinte den Nagelpilz, unter dem Herr Gollmann litt. Deutlich sah sie den Übeltäter vor sich auf dem Objektträger. Einen eingefärbten und in gewisser Weise fesselnd anzuschauenden Vertreter der *Onychomykose*. Emilia Sander betrachtete diesen Pilz rein vom biologischen Standpunkt aus. »Man stelle sich die verzweigten Wurzeln eines Baumes vor«, begann einer ihrer Vorträge, die sie in der Apotheke vor interessiertem Publikum hielt. »Allerdings sind die Wurzeln des Baumes der Parasit, der das Fußbett verwüstet«, schilderte sie den Zuhörern. Sie betrachtete die feinen Wurzeln auf dem Objektträger. Ein Parasit. Noch ahnte Herr Gollmann nichts von der Diagnose. Herr Gollmann war der Dirigent der städtischen Bühnen und leitete das Orchester der Stadt. Diesem Kunden musste die Apothekerin mitteilen, dass er viel Geduld und Beharrlichkeit wie sein Orchester beim Einstudieren eines Konzertes benötigen wird. In Gedanken stellte sie dem Kunden bereits eine Liste von Produkten zusammen, die helfen sollten.

Bevor sie ihren Arbeitsplatz aufräumte, reckte und streckte sie sich. Ihre Schultern und der Nacken fühlten sich verspannt an. Es wurde Zeit, dass der Urlaub ihrer Eltern bald zu Ende war und sie wieder in ihrem eigenen Bett schlafen konnte. Emilias Blick fiel auf den Kalender an der Tür, dieses Jahr waren Seenlandschaften abgebildet. Eine trostlose Fotoarbeit, wie sie empfand.

Sie wollte längst ihren geschätzten Apothekerkollegen, der die 1a-Apotheke besaß, darauf ansprechen. Das Fotografieren war Julius Kuglers Leidenschaft. Wenn sie es geschickt anstellte, designte er Fotokalender, die in beiden Apotheken ausgelegt werden konnten. Emilia dachte auch an ihre Nichte. Die Zeit als Stadtführerin hier in Quedlinburg neigte sich dem Ende entgegen. So lange wohnte Leonie in Emilias Stadtwohnung. Vor vier Wochen entschied Emilia, sich im Elternhaus einzuquartieren. In der Zeit des Urlaubs ihrer Eltern hätte sie pendeln müssen, allein wegen Hufeland. Außerdem musste jemand bei den Eltern nach dem Rechten sehen. Die Zimmerpflanzen waren zu versorgen und der Garten musste bewässert werden. Organisatorisch war das die perfekte Lösung. Nächste Woche kamen ihre Eltern aus dem Urlaub zurück. Bei ihren Dehnungsübungen glitt Emilias Blick über die Regale. Sorgenvoll blieb dieser auf der dritten Reihe von oben hängen. Sie ging an das Regal heran und beäugte die Gläser genauer. Besonders das eine.

»Das darf doch nicht wahr sein! Jesus, das darf doch nicht wahr sein!«, rief sie aus. Fassungslos starrte die Apothekerin auf das Glas mit der Aufschrift ‚Pikrinsäure'. Harmlos aussehend stand das dunkle Glas zwischen der hochgiftigen Oxalsäure und dem todbringenden Quecksilber im Wandregal. Kristallisierte Pikrinsäure aus, war der Umgang mit ihr riskanter als Dynamit und TNT zusammen. Trotzdem war Pikrinsäure in jeder Apotheke unverzichtbar. Man benutzte sie zum Anfärben von Präparaten oder zum Fixieren von Flüssigkeiten.

Emilia Sander musste handeln.

Keinesfalls wollte sie in die Stadtchronik eingehen als Apothekerin, die ein mittelalterliches Städtchen komplett mit Mann und Maus in die Luft gejagt hatte. Emilia schüttelte diesen unerfreulichen Gedanken aus dem Kopf und erinnerte sich an eine Randbemerkung aus einer der Vorlesungen ihres ehemaligen Dozenten für Toxikologie. Wehmütig dachte sie an die Vorträge bei Professor Dr. Uriens. Bei keiner Vorlesung hatte sie gefehlt und bei keiner hatte sie gepatzt. Eine zweite Halifaxkatastrophe sollte es nie wieder geben. Im Jahr 1917 war ein französischer Munitionsfrachter mit dem norwegischen Schiff *Imo* zusammengestoßen. Dabei kam es zum Brand und dadurch zu verheerenden Explosionen. Es heißt, dass auf dem amerikanischen

Kontinent zwischen den Sezessionskriegen und dem 11. September 2001 niemals mehr Menschen umgekommen waren, als bei diesem von Menschen verursachten Ereignis. Entschlossen schob Emilia Sander das Mikroskop beiseite und griff zum Telefon.

»Polizeidirektion Quedlinburg«, meldete sich eine mürrische Stimme.

»Markt-Apotheke, mein Name ist Sander. Die Pikrinsäure in meiner Apotheke ist auskristallisiert.«

Für einen Moment herrschte Totenstille auf der anderen Seite der Leitung. Emilia erlag fast der Versuchung, einen chemischen Kurzvortrag zu halten, aber der Diensthabende fasste sich nach der Pause, die ihr wie eine Ewigkeit erschien. Sie hörte, wie er sich räusperte und ihr dann die Anweisung durchgab:

»Der Kampfmittelbeseitigungsdienst meldet sich in Kürze bei Ihnen, bleiben Sie vor Ort und bewahren Sie Ruhe!« Er legte auf und ließ eine verwirrte Apothekerin sprachlos zurück.

Wenn die Bewältigung solcher nervenden Ereignisse anhielt, war zu befürchten, dass sie zu ihrem einundvierzigsten Geburtstag im nächsten Jahr um einige Falten reicher sein würde. Mit einer Hand wischte Emilia die erschreckende Vision fort. Jeder Tag hat bekanntlich seine eigene Plage. Wer hatte das doch gleich gesagt? Sie wusste es nicht mehr. Das Telefon klingelte und sie schreckte auf. Es meldete sich ein Beamter des Kampfmittelräumdienstes. Er ließ sie mit sonorer Stimme wissen, dass die Pikrinsäure nicht bewegt werden durfte. Emilia Sander runzelte die Stirn, als wenn sie das nicht wüsste!

»Die Pikrinsäure wird in Kürze abgeholt!« Der Beamte hatte aufgelegt, bevor sie antworten konnte.

Emilia Sander ging in die Offizin, um ihre Mitarbeiter zu instruieren. Nach wenigen Minuten hielt ein Streifenwagen vor der Apotheke. Die Beamten kamen durch die Tür und zeigten ihr ihre Dienstausweise.

»Wir beginnen mit der Evakuierung und der Absperrung.«

Emilia Sander blieb nichts anderes übrig, als sich den Maßnahmen zu beugen. Ein zweiter Streifenwagen hielt und weitere Polizisten stiegen aus dem Auto. Hinter diesem kam ein schwarzes Auto zum Stehen. Ein groß gewachsener Mann kam auf sie zu und wies sich aus.

»Wo befindet sich die Pikrinsäure?« Der Chef der Truppe. Unnahbar und ganz der Aufgabe verpflichtet.

Die Apothekerin führte ihn ins Labor. Ihre Gedanken schossen Purzelbäume. Hier wurden sonst Salben gerührt, Zäpfchen gegossen oder Pilzerkrankungen festgestellt. Jetzt war ein Beamter in den Räumen und übernahm das Oberkommando. Die Apothekerin wies auf die Pikrinsäure. Systematisch angeordnet standen in dem Wandregal die ganz großen Nummern der Pflanzenheilkunde, der Toxikologie und der Chemie.

Der drahtige Mann, an dem es nicht eine Fettzelle zu geben schien, besah sich den Schuldigen mit unerschütterlicher Ruhe. Er hob das Funkgerät an den Mund und bellte in einem Ton, der keinen Widerspruch duldete oder infrage stellte, einen Befehl hinein.

Zwei Männer, in dicken silbernen Schutzanzügen, die einen schwarzen Kasten trugen, öffneten die Tür zum Labor und setzten den Kasten im Labor ab. Sie nickten Emilia Sander kurz zu und hatten doch nur Augen für die Pikrinsäure. Gern hätte Emilia zugeschaut. Aber der Chef der Truppe drehte sich zu ihr um.

»Kommen Sie, die beiden bekommen das ohne uns hin.« Zuversichtlich klopfte er seinen Kollegen auf die Schulter, dann begleitete er Emilia nach draußen.

Die Apotheke war bereits evakuiert. Kunden und Mitarbeiter standen in vermeintlich sicherer Entfernung vor der Apotheke. Emilias Blick suchte und fand Frau Mandel, die noch vor wenigen Minuten im Hof herumgewerkelt hatte. Sie kümmerte sich, neben ihren anderen Aufgaben, liebevoll um den Blumenschmuck auf dem Hof. Emilia hob die Hand und winkte ihr zu. Frau Mandel erwiderte die Geste.

Die Menschenmenge stand hinter der weiträumigen Absperrung und harrte geduldig der Dinge. Neben Emilia stand ein Mann, der einen Fotoapparat in der Hand hielt.

»Gerda!«, sagte er, »das wär doch was, wenn ich hier das Foto des Jahres schieße? Vielleicht ist da, in dem schwarzen Kasten, der Killervirus drin? Oder eine Bombe? Schau doch mal, Gerda, steht da auf dem Fahrzeug nicht *Bombenräumkommando*?«

Emilia Sander drehte sich um und blickte in das genervte Gesicht seiner Frau. Gott sei Dank antwortete Gerda ihm nicht. Der Apothekerin kam es vor, als labten sich fremde Menschen am Unglück der Anderen. Die Gespräche uferten aus und trieben ihre Blüten. Emilia hörte nicht mehr hin. Ihr Blick richtete sich auf den Eingang der Apotheke. Es dauerte keine fünf Minuten und die Männer in den Sicherheitsanzügen trugen vorsichtig den schwarzen Kasten in ihr Spezialfahrzeug. Der Chef des Bombenräumdienstes winkte die Apothekerin zu sich.

»Das war's. Wir schicken einen Bericht und die Rechnung.« Bei diesen Worten stahl sich ein dünnes Lächeln in sein Gesicht und gab ihm das Aussehen eines Frettchens.

Außer einem Nicken war Emilia Sander zu keiner Reaktion fähig. Langsam fuhr das schwarze Auto über das holprige Stadtpflaster davon. Die Polizisten begannen, die Absperrungen abzuräumen. Nur zögernd löste sich die Menschenmenge auf. Die Apotheke war wieder freigegeben und Emilia Sander beobachtete, wie die Kunden vorsichtig zurückkehrten, ganz so, als ob sie erst wieder Vertrauen fassen müssten. Ein Hauch Lavendel aus den Blumenkübeln vor den Hauseingängen ließ Emilia Sander sehnsuchtsvoll an den vergangenen Sommer denken. Scharf zog sie die Luft ein. Es roch nach Holz und gefallenen Blättern, nach Pilzen und nach gerösteten Kastanien. Bevor sie wieder in die Apotheke ging, warf sie noch einen kritischen Blick auf das Auslagenfenster. Zweifellos war es für den Herbst noch nicht gerüstet.

Franck Metz war am Morgen erholt im Zimmer des *Hoken* aufgewacht. Er dehnte sich kurz und stand auf. Nach einem Gang zur Toilette begann er mit den morgendlichen Sportübungen.

Morgens brauchte er Zeit für sich, bevor er auf Betriebstemperatur hochfuhr. Er war jetzt vierundvierzig Jahre alt. Betrachtete er sich im Spiegel, hatte er immer noch eine sportliche Figur. Sein Gesicht bezeichnete er als markant. Die blonden, etwas gewellten Haare trug er länger, als es in der Polizeivorschrift stand. Das Rauchen hatte er vor Jahren aufgegeben. Und er bereute es nicht. Nach den Bauchübungen duschte er, rasierte sich sorgfältig und zog sich an. Die anderen Kleidungsstücke verstaute er ordentlich im Kleiderschrank. Eine gewisse Ordnung hatte er sich zu eigen gemacht. Bevor er das Zimmer verließ, legte er seinen Männerduft an und griff nach der Lederjacke. Leise ging er die Treppe zum Frühstücksraum hinunter. Wieder war er der erste Gast zu dieser frühen Stunde. Frau Berger, die das Hotel gemeinsam mit ihrem Mann leitete, servierte ihm ein ausreichendes Frühstück. Außerdem legte sie ihm die *Mitteldeutsche Zeitung* neben seinen Brotkorb.

Metz gönnte sich zuerst den Kaffee. Er wusste, dass die Hotelchefin extra für ihn früh aufstand und sein Frühstück vorbereitete. Zwei der drei Brötchen belegte er mit einer Menge an Rührei. Erst nach dem Frühstück griff er nach der Zeitung und schlug sie auf. Er überflog den allgemeinen Teil, danach studierte er aufmerksam den Lokalteil.

Er gab sich nicht den trügerischen Hoffnungen hin, darin nichts über den Tod der Floristin zu lesen. Es waren genügend Menschen im Bürgerbüro, von denen der eine oder andere dachte, daraus ließe sich Kapital schlagen. Es lag einfach in der Natur des Menschen. Metz entfuhr ein Seufzer. Natürlich gab es laut der Zeitung einen Bürger, namens X, der alles beobachtet hatte, alles gesehen hatte. Dieser Zeuge erhob schwere Vorwürfe gegenüber der Polizei. Die Zeugen waren wie Verbrecher behandelt worden, ihre Daten wurden aufgenommen, wo sie doch alle nur ehrenwerte Bürger seien. Metz zog die rechte Augenbraue nach oben. Es missfiel ihm, was er hier las. Er würde Petersen darauf ansprechen, dass sich Polizeisprecher und Presseabteilung um diese Angelegenheit kümmern sollen.

Ordentlich faltete Metz die Zeitung zusammen, schob seinen Stuhl an den Tisch und gab den Hotelzimmerschlüssel an der Rezeption ab. Vor dem Hotel holte er tief Luft und atmete ein. Nach dem stundenlangen leichten Regen letzte Nacht wirkte die Luft wie frisch gewaschen. Es war 05:00 Uhr morgens und die Stadt machte auf ihn einen verschlafenen Eindruck. Metz ging über den *Marktkirchhof.* Das Blumengeschäft lag dunkel und verlassen da. Das Schild mit der Aufschrift ‚Komme gleich wieder‘ hing nicht mehr im Fenster. Metz lief weiter. Seine Schritte lenkten ihn zum *Kornmarkt* und er blieb vor der Apotheke stehen. Die alten Straßenlaternen verbreiteten nur spärliches Licht. Metz betrachtete die Fassade in dem matten Licht.

An der Vorderfront der Apotheke sah er zwei Rundbögen. Über ihnen gab es Vorsprünge, die mit eigenen Giebeln gekrönt waren. Das gesamte Gebäude war in einem Altrosaton gestrichen. Gotik oder Renaissance, er konnte den Stil nicht eindeutig einordnen. Über dem Eingang stand die Jahreszahl 1578. Der Eingangsbereich war sorgfältig gefliest und am rechten Teil war ein Fahrradständer eingelassen. Eine geschmiedete Äskulapschlange wand sich kunstvoll um den Fahrradabstellplatz. Das Bild eines Apothekermörsers war mit andersfarbigen Steinen auf dem Boden eingefasst. Zwei duftende Lavendelbüsche standen rechts und links neben der Automatiktür. Sie erinnerten ihn an seine Heimat. In der Dordogne, wo er immer noch gern die Ferien verbrachte, gab es viele Lavendelfelder, genau wie in der Provence. Mit Wehmut dachte er an seine Heimat. Er sollte wieder einmal seine Großeltern besuchen, noch lebten sie. Sein Blick lief an der Fassade nach oben. Auf der linken Seite der Front steckte eine Kanonenkugel. Metz fragte sich, wie diese Kugel an diese Stelle gekommen war. Die Apotheke stand innerhalb der Stadtmauer, geschützt durch die Marktkirche.

Metz ging die Straße weiter und kam zum *Marschlinger Hof.* Der kleine Umweg hatte keine fünf Minuten gedauert. Die siebenhundert Meter bis zur *Schillerstraße,* wo das Polizeipräsidium seinen Sitz hatte, konnte er getrost zu Fuß gehen, mehr als zehn Minuten benötigte er dafür nicht. Der *Marschlinger Hof* zog sich und dehnte sich bis zur *Weststraße,* in die er nach rechts einbog. Am *Stauffenberg-Platz* wechselte er die Straßenseite und bog in die *Schillerstraße* ein.

Der Hauptkommissar betrat das Präsidium. Keiler blickte verdrossen auf. Metz fragte sich, ob Keiler strafversetzt sei. Nachdem er eingelassen wurde, lief Metz die Treppe hoch zu seinem Büro.

Petersen war eher ein Langschläfer und begann niemals vor 08:00 Uhr seinen Dienst, als Dienstgruppenführer konnte sich Petersen das erlauben. Metz schloss das ihm noch nicht vertraute Büro auf. Immerhin hatte er am vorherigen Tag bereits einige Einkäufe getätigt. Noch am späten gestrigen Nachmittag hatte er das Büro eingerichtet. Zweckmäßig, überschaubar. Den einzigen Luxus, den er sich gönnte, waren eckige Pflanzentöpfe aus Holz. Er hatte sie mit ausgefallenen Kakteensorten bepflanzen lassen. Aus Erfahrung wusste er, dass er diesen Gewächsen eine Menge zumuten konnte. Gleichzeitig schätzte er an ihnen, dass sie mit wenig auskamen. Sie erhielten ihren Platz auf dem Fensterbrett, wo sie Sonne tanken konnten. Außerdem hatte er einen Stadtplan besorgt und an die Wand angebracht. Für seine persönliche Freizeit hatte Franck Metz einige Bücher gekauft. Unweit vom Markt hatte er gestern einen Buchladen entdeckt. Neben einem weiteren Buch von Shakespeare, seinem bevorzugten Lieblingsdichter, dessen Dramen er nicht nur besaß, sondern auch gelesen hatte, hatte er diesmal eine Komödie aus dem Regal genommen. Darüber hinaus einen schmalen Band über die historische Abhandlung der Stadt, schließlich wollte er ein Jahr hier verbringen. Zum Schluss war ihm noch ein Büchlein mit Harzsagen in die Hand gefallen. Bei einem Glas Wein hatte er es sich am Abend zuvor mit den Harzsagen in der Hand im Ohrensessel bequem gemacht.

Franck Metz öffnete die Fenster und hängte die Lederjacke über den Bürostuhl. Jetzt fuhr er den Computer hoch. Auf seinem Schreibtisch lag eine Akte. Der Name *Palme* stand darauf. Er öffnete sie und las die Berichte, die diese Akte enthielt, gewissenhaft durch.

Jäger kam mit zwei Kaffeetassen ins Büro. Zweimal schwarz, Kaffeesahne in den kleinen Plastikbecherchen hatte er vorsorglich in die Hosentasche gesteckt. Er wusste schließlich nicht, wie der Hauptkommissar Kaffee trank. Franck Metz lehnte die Milch dankend ab. Jäger nahm vor dem Schreibtisch Platz. Schweigsam tranken die Männer. Petersen trat durch die Verbindungstür.

»Morgen, Männer«, sagte er und blickte sich um. »Man sieht, du hast es dir eingerichtet«, stellte er sachlich fest. »Ich habe von eurem Einsatz gehört. Welche Erkenntnisse habt ihr für mich?«

»Nach Aktenlage sieht momentan alles nach einem normalen Tod von Frau Inge Palme aus. Sie ist 58 Jahre alt. Seit zwei Monaten beliefert sie das Rathaus mit Blumen, das ist ein Arrangement zwischen dem Bürgerbüro und ihr. Beide Seiten profitieren, eine Win-win-Situation. Seit zwanzig Jahren ist sie geschieden und lebt seit zehn Jahren in Quedlinburg. Geschäftlich scheint auf den ersten Blick nichts Ungewöhnliches. Sie hat viele Aufträge, dass sie eine Aushilfe einstellen musste. Zumindest habe ich die letzte Information von Frau Berger.«

»Du meinst die Hotelchefin vom *Hoken*?«, vergewisserte sich Petersen. Metz nickte und fuhr mit seinem Bericht fort:

»Aber ich habe niemanden erreicht. Das Schild ‚Komme gleich wieder' hing gestern noch im Fenster. Laut der Zeugin Berger hatte das Geschäft niemals wegen Urlaub oder Krankheit geschlossen, so lange sie sich erinnern kann. Den gerichtsmedizinischen Befund erwarte ich heute, mit dem toxikologischen werden wir uns gedulden müssen. Der Rettungsarzt denkt an einen überraschenden Herztod. Der Rechtsmediziner schließt es ebenfalls nicht aus.« Metz klappte die Akte zu. »Heute Morgen«, fuhr der Hauptkommissar fort, »war das Schild nicht mehr aufgehängt. Ich denke, wir werden nachher vorbeischauen.« Dabei blickte er Jäger auffordernd an.

Nach dem Treffen mit den Fahrradkids hatte er im Büro Informationen zusammengetragen. Metz bot ihm jetzt die Chance, sie Petersen zu präsentieren.

»Die Personalien aller Bürger, die sich zu dieser Zeit im Bürgerbüro aufhielten, wurden von Reehrükken und mir aufgenommen.« Jäger hatte keine Skrupel, seine Kollegen beim Spitznamen zu nennen. »Ebenso die Namen der anwesenden Mitarbeiter«, fuhr er fort. »Es herrscht die allgemeine Meinung, dass Frau Palme außer sich war. Hektisch, aufgeregt. Einer der Zeugen äußerte mir gegenüber die Vermutung, dass Frau Palme unter Drogen stand. Sie soll, ich zitiere

den Zeugen, ‚nicht mehr alle Tassen im Schrank gehabt und hirn-
verbranntes Zeug gequatscht' haben. Darin waren sich alle Zeugen
einig«, schloss Jäger seine Ausführungen. Er hob den Blick.

Petersen fasste sich an seine Nasenwurzel und massierte diese
mit zwei Fingern.

»Haben wir etwas aus dem Labor?«, fragte er gespannt.

»Nein, noch nicht«, antwortete Jäger.

»Wie sieht es mit den Fingerabdrücken aus?«, wollte Petersen
wissen.

»Werden überprüft. Bisher noch nichts, was uns betrifft.« Mit seinen grauen Augen fixierte Jäger Petersens Mund.

»Was sagte die Gerichtsmedizin?«

»Nur ein vorläufiger Bericht«, gab Jäger Auskunft. »Habe ich Ihnen
auch zugeschickt.«

»Todesursache?« Petersen war wie ein Terrier. Einmal zugebis-
sen, ließ er nicht ab.

»Vergiftung.« Diesmal antwortete Metz schneller.

»Vergiftung? Welcher Art? Lasst mich nicht im Regen stehen. Der
Staatsanwalt will Erklärungen von mir.«

»Noch nicht klar definierbar«, erwiderte Metz.

Petersen verschränkte die Arme im Nacken.

»Todeszeitpunkt?«

»Gegen 11:00 Uhr. Plus minus zehn Minuten«, antworteten Metz
und Jäger gemeinsam.

»Ein kleines Zeitfenster?«, hakte Petersen nach.

»Ein sehr kleines Zeitfenster«, bestätigte Metz. »Am Tatort hatten
sich weder Totenflecken noch Leichenstarre gebildet.«

»Über die Person, was habt ihr da?« Petersen ließ nicht locker.

»Jäger setzt sich gleich daran.«

»Ihr seid auf dem richtigen Weg. Ich bereite eine kurze Presseer-
klärung vor. Mir sitzt der Staatsanwalt im Nacken. Braucht ihr noch
etwas?«, wollte Petersen wissen.

»Heute schon Zeitung gelesen?«, fragte Metz und wies mit einem
kurzen Kopfnicken auf die Zeitung, die Jäger aus der Kantine mitgebracht hatte.

»Ich weiß, worauf du hinauswillst. Die Presseabteilung sitzt bereits
dran. Noch was?«

»Keiler. Was ist mit dem?« Metz sah Petersen herausfordernd an.

»Hans Keiler?« Petersen zuckte mit den Schultern. »Er ist ein ausgezeichneter Einsatzleiter. Da lass ich nichts auf ihn kommen. Aber

zum Lachen ging der schon immer in den Keller.« Das Thema war für Petersen beendet. »Was braucht ihr noch?«

»Einen Schreibtisch für Jäger.«

Petersen nickte zustimmend.

»Sieht wieder nach einem Büro aus, in dem gearbeitet wird. Bevor ich es vergesse. Wenn ihr meine Espressomaschine nutzen wollt, dann macht das einfach.« Franck Metz wusste, dass Petersen der Genuss von Kaffee heilig war. Niemals würde er sich einen Kaffee aus dem Automaten holen und auch nicht aus der Kantine. Das war seine Marotte. Lieber trank er gar keinen, als einen schlechten. »Und wegen des Schreibtisches«, Petersen nickte in Richtung Jäger, »ich mach den Anruf.« Danach war nur noch das Klacken der Tür zu seinem Büro zu hören.

»Ich will alles über Frau Palme wissen. Ihre Familie, Freunde, Mitarbeiter, auch ehemalige, Sexpartner, auch ehemalige. Nicht zu vergessen sind Anruflisten, E-Mails. Gab es mit irgendwem Streit? Wir müssen den Toxikologen fragen, ob und wie viel Alkohol im Blut ist. Wir sollten auch den weißhaarigen Pförtner nicht vergessen. Jede noch so kleine Kleinigkeit.« Metz runzelte seine Stirn. Im Wesentlichen hatte Petersen recht. Sie hatten nichts in der Hand. Noch nicht. Sie hatten momentan nur einen Tatort, von dem sie noch nicht einmal genau wussten, ob es denn ein Tatort oder doch nur ein Unfallort war. »Wie war die Arbeit mit den Fahrradschülern?«, fragte Metz höflich und unerwartet.

Jäger hob verdutzt den Kopf.

»Gut«, brachte er überrascht hervor.

»Dann machen wir uns an die Arbeit. Das Erste, was man bei Kriminalisten lernt, ist das Laufen. Treppen rauf, Klinken putzen, Treppen wieder runter, später wiederkommen. Vergessen Sie nicht, sich alles genau aufzuschreiben. Sonst müssen Sie noch einmal laufen. Das Zweite ist, dass es mit einem Zeugen wie in einer Beziehung ist, man muss sich vertrauen.«

Franck Metz hoffte, dass die Ergebnisse der Bluttests vom Opfer am Abend auf seinem Schreibtisch liegen würden. Der Ermittler steckte sich sein grünes Heftchen ein und nahm die Lederjacke in die Hand.

»Dann holen wir die Aushilfe aus den Federn.«

»Äh, Sie sagten doch, ich soll alles über Frau Palme ...?«, fragte Jäger nach.

»Später, Jäger.« Metz winkte ab.

Sie verließen das Präsidium und Jäger fuhr sie bis vor Inge Palmes Blumengeschäft. Es war eine Stunde vor Geschäftsbeginn. Sie klopften an der Ladentür, dennoch blieb alles dunkel im Geschäft. Sie hörten oder sahen niemanden. Metz verzog das Gesicht.

Ein Mann in einem Anzug verließ den Nebeneingang. Flink stellte Hauptkommissar Metz seine Fußspitze zwischen den Türspalt. Beide betraten den Hauseingang.

Ein Mehrparteienhaus, wie sich herausstellte, als Metz und Jäger sich umsahen. Es war frisch renoviert, denn es roch nach Farbe. Ein schmiedeeisernes Treppengeländer führte in die oberen Stockwerke. Eine Frau lehnte am Türrahmen, der an der gegenüberliegenden Seite zu einem Garten hinausführte. Sie hatte den Polizisten den Rücken zugedreht und rauchte. Sie trug Sandalen zum Schnüren und ein leichtes Sommerkleid. Franck Metz und Jäger näherten sich ihr. Der Hauptkommissar klopfte an einen metallenen Briefkasten. Er wollte die Frau nicht erschrecken.

Langsam drehte sie sich um und starrte die zwei Polizisten an, die ihre Dienstausweise bereits in der Hand hielten.

Die Frau trug ihre knallroten Haare kurz geschnitten. Ihre braunen Augen hatte sie auffällig geschminkt. An ihrem Hals prangte unübersehbar ein frischer Knutschfleck. Jägers Augen weiteten sich, als er das sah.

»Kripo Quedlinburg. Mein Name ist Metz und das ist mein Kollege Polizeiobermeister Jäger«, erklärte Metz. »Wir haben einige Fragen an Sie.«

Fast gelangweilt drehte sich die Frau vollends zu ihnen um und musterte sie von Kopf bis Fuß.

»Was haben Sie denn für Fragen?« Die Frau starrte die Polizisten unverhohlen an.

»Sie kennen hier die Leute, die in den umliegenden Wohnungen wohnen?« Höflich neigte Metz den Kopf leicht zur Seite. Die Frau wirkte aber unschlüssig. »Wir wollten zu demjenigen, der im Blumengeschäft *Palme* als Aushilfe arbeitet. Aber da ist noch geschlossen. Wissen Sie, wo wir denjenigen finden können?« Metz' Stimme klang einschmeichelnd.

»Ach, der ist nicht da«, sagte die Rothaarige gelangweilt.

»Woher wissen Sie, dass er nicht da ist?« Metz blieb bei seiner Körperhaltung.

»Na, das hat er mir letzte Woche erzählt. Äh, dass er bald von hier abhauen wird.« Die Rothaarige war offensichtlich genervt.

»Wieso abhauen? Hatte er mit irgendwem Streit? Mit seiner Chefin?«, wollte Metz wissen.

»Na, das weiß ich doch nicht. Ich wohne oben, unterm Dach, und kann auf die Hinterhöfe sehen. Es hat sich einfach ergeben, dass wir einmal, vielleicht zweimal ins Gespräch kamen. Er wollte hier nur ein paar Monate bleiben und dann weiterziehen. Das ist so einer, der es nirgendwo lange aushält.« Sie trat ihre zu Ende gerauchte Zigarette aus und bückte sich, um die Kippe aufzuheben. Dabei blieb es nicht aus, dass beide Männer ihr Dekolleté betrachteten. »Und recht hat er, was soll man denn hier. Jeden Tag die gleiche Scheiße.« Für sie endete das Gespräch und sie schickte sich an, ihres Weges zu gehen.

»Bedaure, Frau ...?« Der Hauptkommissar wartete auf eine Antwort.

»Schindler, Monika Schindler. Wohne seit fünf Jahren in der obersten Etage. Können Sie gern nachprüfen. Hausfrau, frustrierte Hausfrau, wenn Sie es genau wissen wollen.«

»Und was machen Sie?«, wollte Metz wissen.

»Was ich mache?« Sie schaute den Hauptkommissar verständnislos an. »Sie meinen den lieben langen Tag lang?«

Metz nickte.

»Nichts, das ist es ja eben.« Sie atmete vernehmlich aus. Ihre Stirn zog sich an der Nasenwurzel zusammen und sie verschränkte die Arme. Metz warf sie einen wütenden Blick zu.

»Was können Sie uns über Ihren Nachbarn sagen?«

»Der Reno, der ist in Ordnung. Sieht zwar nicht toll aus. Sein Benehmen lässt auch zu wünschen übrig, aber er tut keiner Fliege was. Und so heißt er ja auch.«

»Wie heißt er?«, fragte Metz irritiert. Die Ermittler schienen Glück zu haben, denn die frustrierte Hausfrau präsentierte ihnen den Namen der Aushilfe auf dem Silbertablett.

»Reno Engel, sagte ich doch bereits.« Arglos und wieder extrem gelangweilt blickte sie von einem zum anderen.

»Wohnt dieser Reno Engel nicht bei Frau Palme?«, wollte Metz wissen.

Jäger wurde das Gefühl nicht los, dass der Hauptkommissar es regelrecht auskostete, den Namen *Reno Engel* auszusprechen.

»Nein, der wohnt nicht bei Frau Palme.« Sie wirkte verblüfft.

»Wo wohnt er denn?«, bohrte Franck Metz nach.

»Der wohnt genau daneben. Das ist die kleine Wohnung mit dem schmalen Garten. Das geht wie hier nach hinten raus. Nur ist es nicht saniert. Nur die Vorderansicht. Typisch, wenn das Geld alle ist, bleibt alles, wie es ist. Vorne hui und hinten pfui.« Schnippisch griff sie in die

Tasche des geblümten Kleides und holte sich eine weitere Zigarette raus. »Ham die Herren Feuer?«, fragte sie provozierend und hielt die Zigarette hin. Sie sah die Polizisten an. Ihr Blick wirkte auf einmal nachdenklicher. Der Hauptkommissar verneinte. Missbilligend holte sie ihr Feuerzeug doch noch hervor. »Ist was passiert?«, fragte sie zwischen zwei Zügen, die sie tief inhalierte.

»Wir untersuchen die Umstände, die zum Tod von Frau Palme geführt haben«, äußerte sich Metz sachlich.

»Wenn Sie wollen, dann zeige ich Ihnen von oben den Garten?«, fragte sie, auf einmal unsicher geworden. »Hat denn Reno was damit zu tun?« Schwang eine gewisse Spur Angst in ihrer Frage mit oder hatte sich Franck Metz verhört?

»Das wissen wir nicht. Wir würden ihn gern befragen. Also wenn Sie seinen Aufenthaltsort kennen, dann sagen Sie ihn uns einfach.« Franck Metz stand vor ihr und schaute ihr unverwandt ins Gesicht.

»Nein, das weiß ich nicht. Ich weiß nur, dass er einer ist, der es nirgendwo lange aushält. Sie verstehen?« Sie senkte den Blick.

»Was meinen Sie damit genau?« Metz blieb hartnäckig.

»Er ist oft nach seiner Arbeit weggefahren, manchmal habe ich ihn in der Nacht zurückkommen hören. Öfter hat er sich auch freigenommen.«

»Woher wissen Sie das, Frau Schindler?«

»Er hat gern mit mir eine geraucht.«

»Gestern? Hat er da auch eine mit Ihnen geraucht?«

»Nein. Draußen im Gemeinschaftsgarten. Er kam manchmal einfach über den Gartenzaun.«

»Dann stimmt es also nicht, dass Sie nur ein-, zweimal mit ihm geraucht haben?«, bohrte der Ermittler nach.

»Nein, wir rauchten schon öfter«, gab sie kleinlaut zu. »Aber nicht jedem kann man alles erzählen.« Schuldbewusst senkte sie ihren Blick. »Bevor Sie fragen: Gesehen habe ich ihn seit Tagen nicht mehr.« Sie stieß die Tür vollends auf und ließ die Männer in den Garten treten.

Eine Oase inmitten der Kleinstadt. Der üppige Wuchs von Kletterrosen, Rosen und Lavendel erstaunte nicht nur Metz. Jäger stieß ein überrraschtes »Wow« aus.

»Wer hat denn diesen Garten angelegt?«, fragte der Ermittler, obwohl er die Antwort ahnte.

»Frau Palme. Sie wohnt ja gleich nebenan. Früher soll alles ihr gehört haben. Sie hat einen Teil verkaufen müssen, wegen irgendeiner Geldzahlung. Ich weiß es nicht genau. Aber sie hat ein Händchen fürs Grüne. Finden Sie nicht auch?«

Franck Metz nickte bestätigend.

Jeder Laie sah, dass dieser Garten gepflegt war. Sie hatte sich um die Gärten gekümmert, egal, ob sie noch ihr gehörten oder nicht. Bemerkenswert, dachte Metz. Uneigennützigkeit war eine ihrer Charaktereigenschaften, die man in der heutigen Zeit selten sah.

»Zeigen Sie uns bitte noch zum Schluss Ihren Gartenausblick«, bat Metz sie.

Frau Schindler ließ sich das nicht zweimal sagen. Im sportlichen Tempo lief sie den beiden Polizisten bis zur vierten Etage voran. Ohne aus der Puste gekommen zu sein, schloss sie ihre Wohnungstür auf und begleitete die Männer bis zu ihrem Wohnzimmerfenster. Dort öffnete sie die Balkontür.

Metz und Jäger traten hinaus. Vor ihnen lag der gesamte Innenkomplex der vier Wohnhäuser mit dem Hinterhofgarten. Neben dem eben besichtigten Innenhof lag, schmal wie ein Handtuch, Frau Palmes Garten. Ein Apfelbaum genau in der Mitte mit einer ausreichenden Baumscheibe und ringsherum nur frisch gemähten Rasen. Der gepflegte Rasen widerspiegelte Frau Palmes Sachverstand. Franck Metz vermutete, dass Frau Palme ihr Leben den Pflanzen gewidmet hatte. Für Familie blieb offenbar keine Zeit oder kein Platz.

»Frau Schindler, wenn Ihnen noch etwas zum Aufenthaltsort von Reno Engel einfällt ...«, wandte er sich der Zeugin zu, die hinter ihm stand.

»Ja, ja. Ich weiß.« Frau Schindler griff nach einem Kaugummistreifen, der auf dem Wohnzimmertisch lag. Sie nahm ihn aus der Verpackung und steckte ihn in den Mund. Sie begann gelangweilt, darauf herumzukauen.

Metz hatte gesehen, was er wollte. Mit einer Kopfbewegung in Richtung Jäger wandte er sich ab. Hinter ihnen fiel die Tür leise ins Schloss.

»Was denken Sie?«, fragte Jäger, kaum dass sie die erste Stufe der Treppe mit dem schmiedeeisernen Geländer betreten hatten.

»Frau Palme hatte jedenfalls ein Händchen fürs Grüne. Es ist alles hervorragend gepflegt«, räumte Jäger ein. Jetzt zeigte er mit dem Daumen auf die verschlossene Tür hinter ihnen. »Ich bin mir sicher, dass die mit dem Engel nicht nur geraucht hat.«

»Was spricht dafür?«, wollte Metz wissen.

»Der frische Knutschfleck.« Jäger dachte daran, dass sie noch nicht einmal versucht hatte, diesen zu verbergen.

»Aber das ist nur eine Vermutung, mehr nicht«, stellte Metz richtig.

»Zugegeben«, gestand Jäger ein.

»Wir gehen durch den Garten zu Reno Engel und überraschen ihn«, sagte Metz und ein feines Lächeln legte sich um seinen Mund.

⤚

Metz und Jäger traten durch eine kleine weiße Holzgartentür, die unverschlossen war. Sie durchquerten den Garten, bis sie die Rückfront des Blumenladens erreichten. Durch zwei Terrassenfenster konnte man ins Innere des Blumenladens blicken. Metz und Jäger schirmten die Augen ab, um besser durch die Scheiben des Terrassenfensters zu schauen. Nichts regte sich im Inneren. Metz trat nach hinten zurück. Sein Blick galt jetzt der verwahrlosten Häuserfassade. Frau Schindler hatte recht. Die vordere Häuserfront war saniert, aber für die hintere Fassade hatte das Geld nicht gereicht.

Metz klopfte an die Holztür, die mit einem Türklopfer aus Messing versehen war. Metz nahm es mit Verwunderung zur Kenntnis.

Nichts regte sich. Fast wandten sich die Ermittler ab, da wurde die Tür aufgerissen. Ein Mann mit Bartstoppeln, verwuschelten Haaren und zerknittertem T-Shirt in kurzen Boxershorts stand schlaftrunken in der Tür.

»Was ist?«, maulte er sie an. Seine Kinnmuskeln traten hervor.

»Sind Sie Reno Engel?«, fragte Metz.

»Wer will'n das wissen?« Der Mann gähnte ungehemmt und kratzte sich am Hintern.

Metz zog den Dienstausweis aus der Lederjacke und hielt ihn hoch, dass sein Gegenüber blinzelnd darauf starrte.

»Ich bin Hauptkommissar Metz. Das ist mein Kollege Polizeiobermeister Jäger. Wir müssen Sie sprechen.«

»Schon wieder?«, begehrte Engel auf.

»Was bedeutet das?«, wollte Metz, hellhörig geworden, wissen.

»War doch gestern auf dem Revier«, moserte Engel sie an und blickte verständnislos von einem zum anderen.

Franck Metz zog eine Augenbraue nach oben. Er sah Jäger an, der aber verneinend den Kopf schüttelte.

»Sie waren gestern auf dem Polizeipräsidium? Weswegen?«

»Ich habe eine Vermisstenanzeige aufgegeben. Aber die haben gesagt, dass ich viel zu zeitig bin. Nach maximal 24 Stunden kann ich das tun.«

»Wen wollten Sie als vermisst melden?«

»Meine Chefin.«

»Ihre Chefin?«, echote Metz.

Engel fuhr sich mit einer Hand durch die Haare.

»Sie haben wohl auf Ihrem Revier keine Ordnung? Gestern Abend noch war ich dort und habe meine Chefin als vermisst gemeldet. Ich wurde mit den Worten: ‚Das hat noch Zeit' wieder weggeschickt. Und jetzt, meine Herren, beantworte ich keine Fragen mehr, wenn Sie nicht auf meine antworten.« Demonstrativ verschränkte er seine Arme vor der Brust und blickte von einem zum anderen.

»Sie haben aber doch mit einem Polizeibeamten gesprochen?«

Metz' Stimme wurde kratziger, bemerkte Jäger.

»Ja klar. Aber man hat mich abblitzen lassen. Es liegen nicht genügend Anhaltspunkte für eine Gefährdung vor, hat der gesagt. Und jetzt is' es mir egal.«

»Frau Palme ist gestern gestorben«, gab Franck Metz bekannt und achtete auf Engels Reaktion.

Fassungslos starrte Reno Engel die beiden Männer an.

»Aber gestern früh haben wir doch noch zusammen gefrühstückt«, erklärte er.

»Sie sind als Aushilfe bei ihr eingestellt gewesen?«, fragte Metz, nachdem er Engel genügend Zeit gegeben hatte, seine Fassungslosigkeit zu überwinden. Auch Jäger ließ keinen Blick von ihm.

»Sie ist tot?« Engel starrte Metz an. »Ohne Scheiß?«

Der Hauptkommissar ließ sich nicht aus der Ruhe bringen.

»Beantworten Sie die Frage. Sie sind als Aushilfskraft im Blumengeschäft eingestellt?«

»Ja, ja. Es sollte nur vorübergehend sein.« Fahrig strichen seine Hände durchs Haar. Widerborstig blieben diese aber stehen.

»Seit wann arbeiten Sie hier?«

»Seit drei Monaten.«

»Sie haben gestern also mit Frau Palme gefrühstückt? Und was ereignete sich dann?«

Engel starrte Metz an. Nur langsam begann er zu sprechen, als müsse er sich erst erinnern.

»Na, dann habe ich mich in den Transporter gesetzt und habe die Blumen vom Großmarkt abgeholt. Eine Riesenbestellung. So wie die Chefin es mir aufgetragen hatte.«

»Wo ist der Großmarkt?«, wollte Metz wissen.

»In Magdeburg«, antwortete Jäger. Engel nickte.

»Was haben Sie danach gemacht?«

»Dann habe ich alles verstaut. Im Kühlhaus. Im Laden. Und ich musste mich um das Auto kümmern. Das hat gedauert. Danach hatte ich freie Zeit.«

»Haben Sie sich nicht gefragt, warum der Blumenladen ohne Kundschaft war?« Metz blieb unbeeindruckt.

Engel zuckte mit den Schultern und kratzte sich wieder am Hintern.

»Nee, eigentlich nicht. Jeder macht sein Ding.«

Metz ließ sich mit dieser Aussage nicht abspeisen.

»Sie haben sich nur zum Frühstück gesehen?« Metz fixierte Engels Augen. Er beharrte auf einer Antwort.

»Ja doch, Mann. Sag ich doch.« Latente Aggressivität flammte auf. Engel entzog sich Metz' durchdringendem Blick und schaute zum Apfelbaum.

»Ja, aber wenn sie kurz mal weg war, geht mich das ja nichts an«, lenkte Engel ein.

»Sie halten sich zu unserer Verfügung. Verlassen Sie bitte nicht die Stadt. Das Blumengeschäft bleibt vorerst geschlossen.«

»Ja. Heute ist Dienstag, da ist sowieso Ruhetag. Deswegen wollte ich ja ausschlafen.«

»Ausschlafen? Nachdem Sie noch gestern Abend eine Vermisstenanzeige aufgeben wollten? Waren Sie denn nicht in Sorge?«, wunderte sich Metz. »Sie kann ja bei einer Freundin gewesen sein. Ihnen muss sie davon nichts erzählt haben.«

»Pff. Freundin. Die kannte nur ihren Blumenladen und die Gärten hier draußen.«

»Was gehörte zu Ihren Arbeitsaufgaben, Herr Engel?«

»Montags, mittwochs und freitags bin ich auf dem Großmarkt. Dort habe ich die bestellten Blumen abgeholt. Hierher in den Laden gebracht. Ausgeladen, alte Blumen entsorgt. Manchmal habe ich auch den Auftrag von ihr bekommen, Blumen oder Pflanzen bei Kunden abzuliefern. Mehr war es nicht.«

»Und Sie hatten einen Arbeitsvertrag mit Frau Palme geschlossen?«, wollte Metz wissen.

»Der war bereits vorbereitet. Wir haben es immer wieder verschoben.«

»Wir?«, fragte Metz. Er glaubte kein Wort von dem, was Engel sagte.

»Ja, es beruhte auf Gegenseitigkeit. Ich wollte nicht lange bleiben.«

»Ihre Personalien, Herr Engel.« Engel drehte sich um und schlurfte ins Haus, die Tür ließ er angelehnt.

Kaum war er außer Sichtweite, flüsterte Jäger Metz zu: »Der wollte gar nicht wissen, wie sie gestorben ist!«

Franck Metz schüttelte leicht den Kopf und legte seinen Zeigefinger an den Mund.

Reno Engel kam zurück. In der Hand hielt er ein abgenutztes Portemonnaie. Er klappte es auf und zog den Ausweis hervor. Jäger sah seine Fingernägel, unter denen Reste schwarzer Erde hingen. Jäger stand dicht vor ihm, dass er den sauren Atem und den beißenden Schweiß des anderen roch. Er nahm mit flacher Atmung den Ausweis entgegen und notierte sich die Angaben.

»Ach, wie ist sie denn gestorben?« Engel fragte mit rauchiger Stimme, in der unverhohlene Neugier mitschwang.

»Bedaure. Das können wir Ihnen nicht mitteilen. Sie sind kein Angehöriger«, wies ihn der Hauptkommissar in die Schranken.

Indes hegte Jäger Zweifel, ob der Hauptkommissar das eben Gesagte bedauerte. Er glaubte es nicht.

»Wenn dann nichts weiter ist«, Reno Engel zuckte emotionslos mit den Schultern, »dann hau ich mich wieder aufs Ohr.« Grußlos drehte er sich um und machte die Tür mit der Ferse zu. Krachend fiel die Tür ins Schloss.

Franck Metz zog seine Stirn in Falten und schüttelte unmerklich den Kopf. Für den Moment gab es keine Informationen mehr herauszuholen. Metz drehte sich um und sah den vollen Apfelbaum im Garten von Frau Palme. Ohne zu zögern, pflückte er zwei Äpfel. Einen gab er Jäger, in den anderen biss er knackend hinein.

»Was machen wir nun?«, wollte Jäger wissen.

Metz ließ sich beim Kauen nicht stören. Erst als er nur noch den Apfelstiel übrighatte, antwortete er:

»Wir werden später im Büro unsere Hausaufgabe machen«, dann warf er den Stiel auf den Rasen, »und diese Vermisstenanzeige lesen. Des Weiteren brauche ich die Laborberichte der Gerichtsmedizin, der Toxikologie und der Spurenauswertung. Jäger, übernehmen Sie das? Ach, und bereiten Sie die Zeugenaussagen von Frau Schindler und Reno Engel vor.« Jäger rauschten die Ohren vor so viel Arbeit, die es zu erledigen galt. Er hatte Mühe, vor lauter Aufregung nichts zu vergessen. »Vorher sollten wir im Rathaus vorbeischauen. Sie befragen den Pförtner und die Maler, vielleicht hat jemand etwas gesehen.«

Mittwoch

Langsam wachte Emilia Sander in ihrem ehemaligen Jugendbett im Haus ihrer Eltern auf. Ohne vom Wecker die frühe Uhrzeit aufgezwungen zu bekommen, denn heute leistete sie sich den Luxus, auszuschlafen. Gähnend streckte sie sich. Wovon hatte sie letzte Nacht geträumt? Fast schien es ihr, als wenn sie sich an Bord der *Mayflower* befunden hätte. Oder hatte sie an der Seite von *Sir Francis Drake* ein spanisches Segelschiff gekapert? Sie fühlte sich wie gerädert.

Schuld war sie allein. Natürlich war es wieder spät geworden. Die monatliche Steuerabrechnung duldete keinen Aufschub. Noch nicht bearbeitete Rezepte galt es abzurechnen und selbst die Apothekenzeitung, die monatlich erschien und als eine Weiterbildungslektüre galt, las sich nicht von allein. Unaufschiebbarer Schriftverkehr war zu beantworten. Auch wenn es nicht mehr nötig war, die Briefe mit Federkiel zu schreiben und mit Postpferden befördern zu lassen. Gegen 22:00 Uhr war Emilia endlich im Zuhause ihrer Eltern angekommen. Auch dieser weitere, deutlich kleinere Haushalt musste ebenso geführt werden. Also hieß es für sie gestern Abend noch, einen Stopp beim Supermarkt einzulegen. Effizient hatte sie ihren Minimaleinkauf erst kurz vor Ladenschluss erledigt.

Jetzt warf sie jedoch die Bettdecke von sich. Nach einer ausgiebigen Dusche, dem Frühstück, dem Zeitungslesen, dem Ritus zwischen Hufeland und ihr fuhr sie in die Apotheke.

Der heutige Tag schien eine Verheißung der letzten Sommertage des Jahres zu werden. Die Luft war angenehm warm. Sie parkte das Auto auf dem Hof und betrat die Apotheke durch den Hintereingang. Emilia Sander begrüßte die Mitarbeiterinnen und ging dann ins Büro, dort zog sie ihren Arbeitskittel über und ging zielstrebig in die Offizin.

Wie es in einer Apotheke üblich war, galt es, die täglichen kleinen Wehwehchen erträglicher zu machen und zu versuchen, die echten Leiden zu lindern. Emilia blickte besorgt Frau Haase an, als diese an der Reihe war, und erkannte die winzigen Zahnpastareste auf Frau Haases Oberlippe. Der Herpesvirus hatte wieder zugeschlagen.

»Stress im Rathaus?«, fragte die Apothekerin.

Jedes Mal versuchte Frau Haase, den Herpes selbst zu kurieren, bevor der Schmerz sie dann doch in die Apotheke trieb. Frau Haase nickte. Sie sah blass aus und fuhr sich ständig übers Gesicht. Emilia sah deutlich, dass ihr linkes Augenlid zuckte.

»Sie können sich das nicht vorstellen. Und dazu noch die Sache mit Frau Palme.« Sie sprach die Worte immer schneller aus.

Emilia Sander wusste, dass Frau Haase sensibel auf Veränderungen aller Art reagierte.

»Sie möchten die gleiche Salbe wie beim letzten Mal?«, fragte sie und holte die entsprechende Schachtel. »Sie sollten mehr auf Ihre innere Stärke achten.« Frau Haase nickte flüchtig. »Denken Sie über Alternativen nach. Im kommenden Frühjahr gebe ich wieder einen Kurs zur Entgiftung und Entsäuerung. Es gibt Möglichkeiten, den Herpesvirus besser zu behandeln«, informierte Emilia Sander sie.

Angestrengt versuchte Frau Haase, nicht den linken Mundwinkel zu bewegen, als sie zugab:

»Sie haben recht. Ich muss das ändern. Wissen Sie«, sie beugte sich vor und flüsterte, »diesmal war es garantiert, als ich hörte, dass wir eine Tote im Bürgerbüro haben. Sie wissen ja, ich arbeite oben im Rathaus.« Emilia Sander erinnerte sich, dass man seine schulpflichtigen Kinder bei ihr anmelden musste. »Wenn ich nur daran denke, welche Türklinken ich am Montag angefasst habe. Nein, nein, ich will es gar nicht wissen.« Frau Haase gehörte zu den empfindsamen Seelen, die nur ein Ekelgefühl brauchten und der Virus schlug zu.

»Waren Sie denn vor dem Tod Frau Palmes da oder später?«, fragte Emilia, mehr um sie abzulenken, als dass die Information für sie bedeutsam gewesen wäre.

Immer noch aufgewühlt erklärte diese:

»Unglücklicherweise genau zu dem Zeitpunkt. Der Bestatter war zur Stelle und ein Arzt, ich glaube sogar, das war unser Augenarzt, Dr. Körner. Da brauchte ich meine Hilfe nicht noch anbieten. Die beiden Herren schleppten Frau Palme durch die Tür. Wenn ich bedenke, was ich da gesehen habe und bedenkenlos vorbeigegangen bin. Und Mord soll es gewesen sein. Haben Sie davon noch nicht gehört? Es stand in der Zeitung.«

»In der Zeitung?« Emilia winkte ab. »Man soll nicht alles glauben, was darin steht. Sie haben niemanden gesehen, der sich seltsam benahm oder den Sie nicht kennen?«, fragte Emilia nach.

»Nein, alles Quellenborger, wie wir unter uns sagen.« Frau Haase verzog schmerzhaft ihr Gesicht. »Ah, mein Herpes. Ich kann leider gar nicht so schnell erzählen, wie ich möchte.«

Emilia zweifelte keinesfalls an diesen Worten.

»Die Polizei kümmert sich bereits. Ich denke, der Vorfall wird sich aufklären. Ich bin mir da sicher. Hier, bitte, Ihr Geld.« Freundlich hielt sie der Kundin das Wechselgeld entgegen. Emilia beobachtete Frau Haase, wie diese nach dem Verlassen der Apotheke die Verpackung aufriss und den Herpes mit der Salbe betupfte.

Nach zwei Stunden Arbeit in der Offizin löste Frau Grünberger sie ab.

»Danke, dass Sie für mich eingesprungen sind.«

Emilia Sander hatte nicht nachgefragt. Sie wusste, dass die Mitarbeiter nur in dringenden Angelegenheiten von der Möglichkeit Gebrauch machten, private Dinge während der Arbeitszeit zu erledigen. Nun wollte sie sich wieder der Büroarbeit widmen, als es an der Bürotür klopfte.

»Herein!«, rief Emilia.

Ein Mann in Arbeitskleidung betrat das Büro.

»Marx«, sagte er, als Frau Sander aufschaute. »Marx ohne Engels. Ich bin der Maler«, vervollständigte er seine Vorstellung.

Jetzt erst erinnerte sich die Apothekerin.

»Ah, ja, der Maler. Nehmen Sie bitte Platz.«

Emilia gab ihm die Hand und wies auf die Couch. Sie überspielte gekonnt, dass sie den Termin mit dem Maler vergessen hatte. Seine Arbeitskleidung war mit Farbresten verkrustet und das machte auf sie keinen ordentlichen Eindruck. Dass sich Herr Marx ausgerechnet mit Marx und Engels nur ohne Engels verglich, war außerdem sehr gewagt. Jeder war für seine Werbung selbst verantwortlich. Emilia runzelte leicht die Stirn und hoffte, dass nur die überheblich war.

»Ich habe Ihre Annonce in der Zeitung gelesen«, begann die Apothekerin und betrachtete den Maler. Ihr Gegenüber sah keinesfalls wie Marx aus. Er glich eher einem Abziehbild von Popeye, bevor dieser den Spinat gegessen hatte. Marx blickte sie aus seinem zerknautschen Gesicht an. Etwas störte sie an ihm, aber sie konnte es nicht einordnen.

»Hm«, war das Einzige, was er von sich gab.

Herr Marx gehörte zu der wortkargen Sorte der Harzer. Auf die Schnelle bekomme ich keinen anderen, dachte sie. Das Projekt *Zeitstrahl* sollte zum Ende der nächsten Woche abgeschlossen sein. Zumindest wenn es nach Leonies Plänen ging. Sie selbst fand den Zeitplan verlockend, zum einen, weil sie kommendes Wochenende keinen Notdienst hatte und dafür dann Zeit war, die kleinen LED-Leuchten anzubringen. Ein Freund aus ihrer Studienzeit hatte zugesagt, vor seinem Urlaub zu helfen. Emilia mochte gar nicht daran denken, wenn ihr Zeitplan ins Wanken geriet. Sie nahm Leonies Entwurf vom Schreibtisch und entrollte diesen vor Herrn Marx.

»Das ist das Exposé.« Emilia ließ dem Maler die notwendige Zeit, um sich den Auftrag anzusehen. »Übernehmen Sie den Auftrag?«, fragte sie.

Der Maler hatte zunächst einen Blick darauf geworfen und zerknautschte sein Gesicht weiter. Er kratzte sich am Hinterkopf und zog seine Stirn in Falten, soweit das ohnehin zerknautsche Gesicht dieses hergab.

»Bis wann soll«, er machte eine ruckartige Bewegung mit dem Kinn, »ähm ... das Gemälde fertig werden?«, fragte er vorsichtig.

Emilia Sander versagte es sich, die Augen zu verdrehen. Ein Glück, dass Leonie das nicht hörte. Emilia traute ihr zu, das Vorhaben selbst umzusetzen.

»Es handelt sich um zwei Zeitstrahlen!«, korrigierte sie entschieden.

»Na, dann eben das. Das hat von mir noch keiner gewollt. Nur eben Wände streichen«, brummte der Maler mürrisch.

Emilia Sander versuchte es noch einmal. Das sollte der letzte Versuch mit Herrn Marx ohne Engels werden.

»Wollen Sie den Auftrag oder soll ich jemanden anderen beauftragen? Soweit ich mich an die Annonce erinnere, werben Sie mit dem Slogan: *Übernehme ungewöhnliche Aufträge.*« Es scheint damit nicht weit her zu sein, dachte Emilia.

»Bis wann wollen Sie das noch mal an der Wand haben?«, fragte er nach.

»Bis zum nächsten Montagabend.« Sie wusste, dass es kurzfristig war. »Sie können erst nach Dienstschluss in die Apotheke.«

»Mit Zulage? Ich meine, es ist ja fast Nachtarbeit!« Bauernschläue zeigte sich auf dem zerknautschten Gesicht.

»Wie viel stellen Sie sich vor?« War der Preis zu hoch, konnte sie sich die Extravaganz nicht leisten.

Emilia setzte ihr Pokergesicht auf. Der Preis wurde ausgehandelt. Sie einigten sich und besiegelten ihren Vertrag mit einem Handschlag. Herr Marx ohne Engels verabschiedete sich.

Erleichtert atmete Emilia aus und rollte den Entwurf zusammen, der den Maler nicht sonderlich interessiert hatte. Der Zweifel packte Emilia, aber momentan blieb ihr nichts weiter übrig als abzuwarten, ob sie die richtige Entscheidung getroffen hatte. Vorsichtig verstaute sie die Rolle wieder auf dem Schrank. Dabei fiel ihr Blick auf eines ihrer Fenster.

Erstaunt blickte sie durch die blitzblanke Scheibe. Sie wand ihr Gesicht nach links. Auch die anderen Fenster im Büro waren geputzt worden. Frau Mandel kümmerte sich nicht nur um den alltäglichen Schmutz, ohne Anweisung zu erhalten. Offensichtlich hatte Frau Mandel in der Zeit, wo sie selbst in der Offizin bediente, genutzt. Wie aufs Stichwort sah Emilia den quittegelben Regenschirm am Fenster vorbeischaukeln. Gefolgt von einer Schar Touristen.

Franck Metz schaute sich im Warteraum des Bürgerbüros um. Einige Stühle, zwei Tische, etwas Werbung, ein Papierkorb. Frau Palmes Pflanze stand am Fenster. Dort bekam sie genügend Sonnenlicht. An der Stirnwand verschönerten Aquarellbilder den Raum. Die Motive stellten die verwinkelten Gassen Quedlinburgs dar. Auf der gegen-überliegenden Wandseite hingen drei Fahndungsfotos der Polizei. Metz trat an sie heran. Alle Plakate waren älteren Datums. Das Landeskriminalamt aus dem benachbarten Bundesland bat die Bürger um Mithilfe. Versuchter Mord im Zusammenhang mit Raubüberfällen in zwei Städten. Die Polizei warnte die Bevölkerung davor, selber einzugreifen, da die Täter bewaffnet waren, las Metz. Eine Belohnung von fünfzigtausend Euro war ausgewiesen.

Jäger hatte die Befragung der Maler beendet. An seinem Gesicht erkannte Metz, dass Jäger nichts Interessantes gehört hatte.

»Chef, die haben alle nichts gesehen oder gehört. Wie die drei Affen. Und auch wenn ihnen etwas merkwürdig vorgekommen wäre, dann würden sie nichts sagen. Sie mischen sich nicht in etwas ein, was sie nichts angeht.«

Franck Metz schaute ihn irritiert an.

»Ihre Meinung oder die der Befragten?«

Jäger gestand, dass es eher seine Meinung war.
»Ziehen Sie niemals voreilige Schlüsse«, mahnte Metz. »Und sonst? Etwas Brauchbares?«
»Nein.«
»Und der Pförtner?«
»Der hat heute keinen Dienst.«
Metz verzog unzufrieden das Gesicht.
»Dann lassen Sie uns ins Büro fahren. Wir haben eine Menge Arbeit vor uns.«

Metz schloss das Büro auf. Die Tür knallte gegen den zweiten Schreibtisch. Gemeinsam verschoben ihn die Männer, sodass Bürotür und Zimmertür von Petersen in ihrem Blickfeld lagen. Das Ableben der Floristin wurde jetzt offiziell als Fall betrachtet. Metz setzte seinen Vorgesetzten Petersen darüber in Kenntnis, dass Engel am Tag zuvor eine Vermisstenanzeige aufgeben wollte, aber abgewiesen worden war.
»Die Aktennotiz ist nicht auffindbar«, gab Metz zu Bedenken.
Petersen atmete langsam ein und aus und nickte wortlos. Metz wusste aus früheren Zeiten, dass das kein gutes Zeichen war, für wen oder was auch immer.
Petersen ging zu dem zuständigen Kollegen. Leise wies er ihn an, dass die Aktennotiz von Reno Engel zu finden war.
Es kam im Polizeialltag nicht vor, dass Informationen, Notizen oder Zeugenaussagen einfach verschwanden. Es erwies sich als ein unglückliches Versehen. Aber so etwas war genau wie die Suche nach der Stecknadel im Heuhaufen, nämlich zeitraubend.
Nach dem Donnerwetter von Petersen fand sich die Vermisstenanzeige in einem noch nicht geschredderten Haufen von Papieren wieder. Die Praktikantin, die den ersten Tag im Polizeipräsidium Dienst gehabt hatte, hatte die Aktennotiz versehentlich in die Abfallbox gelegt. Ein für sie bedeutendes Telefonat hatte sie davon abgehalten, mit dem Vernichten von Papierabfall fortzufahren. Sie durfte den Arbeitsplatz verlassen, weil ihre Mutter schwer gestürzt war. Im Krankenhaus stellte sich heraus, dass außer einem Beinbruch und einer Gehirnerschütterung nichts Dramatischeres passiert war. Die Praktikantin kehrte zurück ins Präsidium, um ihre Arbeit zu beenden. Doch zuerst musste

sie den Auffangbehälter für das zerhäckselte Papier leeren. Genau in diesem kleinen Zeitfenster fand der Kollege im Stapel des noch zu schreddernden Papierberges die gesuchte Aktennotiz.

Man erzählte sich später in der Polizeikantine, dass der Kollege das Stück Papier an seine Brust drückte und vor sich her murmelte. Der genaue Wortlaut war unbekannt, aber das Gesicht soll Glückseligkeit ausgestrahlt haben, berichtete Jäger, als er mit zwei Tassen Kaffee im Büro 202 die Tür schloss.

In der Zwischenzeit hatte sich Metz dem gerichtsmedizinischen Bericht, der bereits auf seinem Schreibtisch lag, gewidmet. Das, was er las, überraschte ihn mehr, als er selbst erwartete.

Frau Palme starb an einer Vergiftung. Im Blut fand die Gerichtsmedizin Spuren von Scopolamin. Franck Metz las sich die chemische Zusammensetzung von Scopolamin durch. Letzten Endes trat der Tod durch Atemlähmung ein. Die Analyse, wie hoch die Blutwerte waren und was letztendlich die tödliche Dosis war, lag noch nicht vor. Hier musste Einiges berechnet werden. Als tödliche Dosis, so stand es im Bericht, sind laut einschlägiger Literatur fünfzig Milligramm angegeben. Dennoch können auch niedrigere Dosen bereits zu Atemlähmung führen und letztlich zum Tod. Vergiftet durch ein noch nicht eindeutig identifiziertes Gift. Im Bericht stand zwar Scopolamin, aber es gab verschiedene Pflanzen, die dieses Gift enthielten.

In den nächsten Tagen erwartete der Ermittler den vollständigen Bericht. Egal, wie dieser ausfiel, es war die Frage zu klären, wo Frau Palme mit dem Gift in Berührung gekommen war. Gibt es eine allgemeine Bedrohung für die Bevölkerung? Wie kommt man an dieses Gift? In welcher Form? Kann man es einfach kaufen? Metz klappte die Akte zu. Das ist eine Gelegenheit, der Apothekerin zu begegnen, entschied er. Er wusste noch aus seiner Studienzeit und diversen Weiterbildungen, dass Giftmorde statistisch gesehen selten waren und wenn, wurden sie eher von Frauen ausgeführt. Diese brauchten keine oder wenig körperliche Gewalt anzuwenden, meistens merkten die Opfer nicht einmal, dass sie vergiftet worden waren. Und es waren immer Beziehungstaten.

Das Blut des Opfers wurde bereits im kriminaltechnischen Institut untersucht und die Ergebnisse sollten in einigen Tagen vorliegen. Der Tatort musste nicht zwangsläufig das Bürgerbüro gewesen sein. Den Zeitpunkt zu kennen, wann das Gift eingenommen wurde, wäre interessant. Aber Metz kannte das spezielle Gift noch nicht, also konnte er den Tatort nicht einkreisen. Nach einem Motiv war bisher nicht gefragt worden, weil es keinen Fall gegeben hatte. Das war jetzt anders. Wenn er den Tatort, die dazu passenden Spuren, das Motiv und den Zeitpunkt hatte, dann war der Tathergang rekonstruierbar. Aber eben erst dann.

Metz blätterte in der Akte, die Jäger nach Reno Engels Befragung zusammengestellt hatte. Er vertiefte sich in den Berichten, die Jäger säuberlich in der Akte abgeheftet hatte. Schwarze Schrift auf weißem Papier, alle Blätter Computerausdrucke. Jäger hatte auch nicht auf eine Zusammenfassung verzichtet. Der Bericht enthielt jedoch nichts wesentlich Neues. Es sei denn, man räumte der Aussage von Frau Mögsch mehr Platz ein. Frau Mögsch hatte ausgesagt, dass Frau Palme bereits am Morgen im Bürgerbüro gewesen war und die Blumen gebracht hatte. Sie hatte es sich nicht nehmen lassen, die Blumensträuße in die passenden Vasen zu stellen. Das machte sie immer und ließ sich auch nicht davon abbringen. Frau Palme schnitt die Blumensträuße frisch an. Wie sie das an jedem Montagmorgen machte. Mit der Zeugin Meierding diskutierte Frau Palme über irgendein Kuchenrezept. Ein völlig normaler Montagmorgen. Doch kurz nach Öffnung des Bürgerbüros kam Frau Palme völlig durchgedreht wieder. Sie hatte Frau Mögsch nach deren Angaben angemacht mit den Worten:»Kindchen, sag, wann können wir wieder Hühner fangen gehen? Weißt du nicht mehr, wie das in Thale war ...? Kindchen, wo ist der Brunnen? Los, nun sag's endlich, zeig ihn mir!«

Frau Mögsch war nie mit ihr in Thale gewesen. Außerdem war unklar, was es mit den Hühnern auf sich hatte. Mehr wusste Frau Mögsch nicht zu sagen. Die Zeugin Frau Manstermann hatte dem späteren Opfer ein Glas Leitungswasser eingeflößt. Zunächst war Frau Palme noch in der Lage gewesen, aufrecht auf einem Stuhl zu sitzen, später hatten die Kolleginnen sie auf den Fußboden gelegt. Frau Palmes Zustand wurde immer dramatischer. Außer den Puls zu messen, einer Herzdruckmassage und der durchgeführten Mund-zu-Mund-Beatmung durch den Notarzt wurden keine weiteren Handlungen an der dann Verstorbenen unternommen. Zu der vorbereiteten Infusion war es nicht mehr gekommen, denn der Tod war vom Notarzt kurz nach seinem Eintreffen festgestellt worden.

Franck Metz drehte seine Gedanken hin und her, er jonglierte mit ihnen wie die Fußballer mit ihrem runden Leder. Was blieb am Ende übrig, als fester unumstößlicher Bodensatz? Eine am Morgen scheinbar gesunde Frau, die bei einem kurzen Aufenthalt im Bürgerbüro trotz medizinischer Hilfe nicht zu retten war. Der Kreislauf hatte aufgegeben.

Frau Palme hatte ungewöhnlich erweiterte Pupillen und ihr Wesen war wie ausgewechselt. Und das in einer kurzen Zeitspanne. Sie hatte von anwesenden Personen nichts erhalten, soweit sie das zu diesem Zeitpunkt feststellen konnten. Frau Palme hatte wirres Zeug von sich gegeben, was nicht einzuordnen war. Laut der Gerichtsmedizin hatte sie Weißbrot mit Butter und schwarzer Johannisbeermarmelade gegessen, Tee mit Zucker getrunken.

Falsch, dachte Franck Metz, erst bei ihrem zweiten Besuch im Bürgerbüro wirkte Frau Palme verändert. Er sollte herausfinden, was zwischen dem ersten und dem zweiten Besuch passiert war. Wo war sie, was hat sie getan, gab es Zeugen?

Die Tür vom Büro wurde aufgerissen. Jäger trug einen Bildschirm in seinen Händen. Im Schlepptau folgte ihm ein Mann in einem blauen Arbeitskittel, der den Computer trug.

»Wie ich sehe, werden Sie nicht mehr lange ohne Ihre Augen auskommen müssen?« Die kurze Zeit hatte ausgereicht, um den Hauptkommissar erkennen zu lassen, dass Jäger sich computertechnisch bestens auskannte.

»Ich habe gleich mal den Kollegen mitgebracht, der hilft beim Einstöpseln. In einer Stunde sind wir fertig.«

Die beiden begannen, den Bildschirmarbeitsplatz einzurichten. Der Hauptkommissar wollte nicht im Wege sein. Außerdem konnte er sich nicht mehr konzentrieren.

»Jäger, wenn Sie mich suchen, ich bin über Handy erreichbar.«

Jäger nickte und der Hauptkommissar verließ das Büro.

Die Monate nach seinem Zusammenbruch waren schwer zu ertragen gewesen für ihn und auch für die Menschen, die ihn bis dahin begleitet hatten. Für manch einen langjährigen Freund war es zu schwer. Mit der Zeit ließen die Freundschaften nach. Es gab weniger Besuche, weniger Telefonate, weniger E-Mails, die er erhielt und die er schrieb. Er war nur mit sich beschäftigt. Nichts hatte mehr den vertrauten Rhythmus. Alles war anders, nirgendwo in seiner Psyche kannte er sich noch aus. Er eckte in sich überall an, überall waren Mauern und Wände, die ihn aufhielten. Er hätte weglaufen können vor sich, wenn er sich denn aufgerappelt hätte. Doch auch dazu fehlte ihm die Kraft. Die Kraft, sich und sein bisheriges Leben festzuhalten. Es kam ihm vor, als wenn es ihm durch die Finger zerrann. In einem langen, zeitaufwendigen und mühevollen Prozess lernte er sich wieder kennen, sich zu verstehen und sich anzunehmen, wie er war. Ein Mann Mitte vierzig, mit einer gescheiterten Ehe, zwei erwachsenen Töchtern, einer Arbeit, von der er nicht wusste, ob er sie durchhalten würde. Er hatte lernen müssen, dass er zufrieden sein sollte mit dem, was er hatte. Seiner Scheidung war kein Rosenkrieg vorausgegangen, ihn erdrückten keine Berge von Schulden, seine geschiedene Ex hatte ein umgängliches Wesen und behandelte ihn respektvoll. Seine erwachsenen Töchter liebten ihn als Vater, auch wenn er in ihrem Leben oft nicht da war, sie waren es nicht anders gewohnt.

Das alles gab ihm letztendlich Kraft, wieder gesund werden zu wollen. Das ging jedoch nur, wenn er die Spielregeln beherzigte. Bei diesem Gedanken angekommen, schüttelte er unmerklich den Kopf. »Leicht gesagt, Frau Doktor«, hatte er sich bei einer der vielen Sitzungen bei seiner Psychologin geäußert. Dessen ungeachtet hielt sie an dieser Maxime fest. Und er hatte gelernt und nicht aufgegeben. Dennoch war er auch gern für sich. Nicht ausschließlich, aber er liebte die Momente des Zurückziehens, des Innehaltens.

Metz ging aus dem Hintereingang und trat ins Freie, dieser Ausgang blieb nur den Polizeibeamten und dem Personal vorbehalten. Die Rasenfläche, auf der er stand, war von geringer Abmessung und von vier, sich gegenüberstehenden grasgrün gestrichenen Bänken umgeben. Aus dem Bürofenster hatte er diese nicht wahrgenommen. Metz setzte sich auf eine der Bänke und hielt sein Gesicht in die Sonne. Er liebte ihre Strahlen und die Wärme, die sie verbreitete. Unzählige Male hatte er in der Kindheit auf der Bank vor dem Haus seiner Großeltern in der Dordogne gesessen und dem Wiehern der Pferde und dem gurgelnden Fluss zugehört.

Er sollte seine Großeltern bald besuchen. Trotz ihres vorangeschrittenen Alters lebten sie, wie er es von früher kannte, auf ihrem Bauernhof, abseits der Tourismusströme. Wenn er den Informationen trauen konnte, waren sie immer noch vital. Gemeinsam mit seinen Töchtern und auch seiner Exfrau hielten sie die Verbindung am Laufen. Lange verspürte er eine brennende Sehnsucht nach der Dordogne. Es war Jahre her, als er sich zum letzten Mal den Naturschönheiten des Landes und den kulinarischen Köstlichkeiten hingegeben hatte. Vielleicht hätte er seine Zeit der Genesung dort verbringen sollen, aber er hatte seine Großeltern nicht ängstigen wollen.

Ruhe senkte sich über ihn. Einem Mantra gleich wiederholte er einen Spruch seines Lieblingsdichters Shakespeare:

»Es gibt Gezeiten auch für unser Tun.
Nimmt man die Flut wahr, führet sie zum Glück,
versäumt man sie, so muß die ganze Reise
des Lebens sich durch Not und Klippen winden.«

Er konnte nur hoffen, dass das Jahr in Quedlinburg seine Flut war und er nicht in Zukunft lauter Klippen zu umschiffen hatte. Franck Metz hörte einen Hund in der Gartenanlage bellen. Sein Handy klingelte. Jäger war mit dem Einrichten seines Schreibtisches fertig.

»Wir treffen uns am Wagen«, legte der Hauptkommissar fest.

Jäger saß bereits im Auto, als Metz die Tür öffnete und sich neben ihm niederließ.

»Wohin?«, fragte Jäger und blickte Metz an, der es nicht eilig zu haben schien.

Aus der Brusttasche holte er einen gefalteten Zettel heraus.

»Zu Dr. Körner. Er öffnet in einer Stunde, das dürfte für ein Gespräch reichen. Seine Praxis befindet sich in der *Bahnhofstraße*. Fahren wir.«

Jäger startete den Motor und fuhr aus der Parklücke heraus. Er folgte der *Weststraße*, ließ den *Münzenberg* rechter Hand liegen, folgte der Hauptstraße weiter, die mehrmals ihren Namen änderte. Aufmerksam las der Hauptkommissar die Namen der Straßen. *Kaiser-Otto-Straße*, die er bereits am gestrigen Tag bei seinem Schlossbergbummel von oben sehen konnte. Darauf folgte der *Schiffblek*. Sie überquerten die Bode, folgten dem *Harzweg*, einer modern ausgebauten Hauptstraße. Jäger fuhr bis zum Bahnhof. Sie umfuhren den erst vor Kurzem angelegten Kreisel. Auf ihm stand ein gusseisernes Mädchen auf einem Podest, das eine rote Blume in der Hand hielt. Rings um dieses Rondell wuchsen üppig blühende Blumen. Jäger nahm die zweite Ausfahrt und bemerkte Metz' Blick.

»Die ist das Blumenmädchen. Die Quedlinburger haben Geld gespendet, dass sie wieder hier steht.«

»Wieder? Wo war sie denn?«, fragte Metz interessiert.

Jäger schilderte dem Hauptkommissar in Kürze, was es mit dem Blumenmädchen auf sich hatte:

»Früher stand sie schon mal hier. Aber man wollte sie in den DDR-Zeiten nicht haben. Sie ist einfach eingeschmolzen worden, weiß glaub' ich keiner mehr genau. Aber es gab alte Zeichnungen und eine Dame der Stadt hat die Sache persönlich vorangetrieben. Bis nach Berlin hat sie sich umgehört, ob es einen Künstler gibt, der nach einer Zeichnung einen neuen Guss macht. Jetzt ist es auch wieder ein Wahrzeichen dafür, dass die Pflanzenzucht in Quedlinburg großgeschrieben wird. Wie früher einmal.«

Metz war erstaunt, dass Jäger derartige Details über die Stadt kannte. Jäger fuhr die *Bahnhofstraße* entlang und parkte gegenüber dem Gebäude der Deutschen Bank, dessen Dach auf eindrucksvollen Säulen ruhte. Daneben stand ein ebenfalls altes Gebäude, in dem die Post ihr Amt ausübte, und dazwischen lag ein eher unscheinbares flaches Haus, in dem der Augenarzt Dr. Körner seine Praxis hatte.

Der Hauptkommissar wollte klopfen, als die Tür von innen geöffnet wurde.

»Vorsichtig, Frau Sommerfeld«, mahnte Dr. Körner eine Patientin mittleren Alters, die eine dicke Kompresse auf ihrem linken Auge trug. Dr. Körner erkannte die Polizisten vom Montag wieder und nickte ihnen zu.

»Frau Sommerfeld, wo ist Ihr Sohn, der wollte Sie doch abholen?«

»Der kommt gleich«, versicherte ihm seine Patientin. Sie kannte ihren Sohn. Noch bevor der Arzt zu einer Erwiderung ansetzen konnte, hörten alle auf der Treppe stehenden Personen das Quietschen von Bremsen. Ein Auto mit einer Werbeaufschrift stoppte vor dem Eingangsbereich und ein Mann in Arbeitssachen eilte die wenigen Schritte heran. Er drängte sich an den Polizisten vorbei.

»Tach zusammen. 'Schuldige, Mutter. Der Hahn war noch nicht dicht. Wollte unser Haus nicht verlassen, bis der Schaden behoben war.«

»Das machste richtig, mein Junge.« Sie wandte sich an Dr. Körner: »Wann soll ich wieder vorbeikommen, Doktor?«

»Ich besuche Sie morgen zu Hause«, versprach der Arzt.

Der Sohn ergriff den Arm seiner Mutter und führte diese langsam zum Auto. Dr. Körner wandte sich an Metz und Jäger und öffnete ihnen die Tür.

»Sie möchten mich sicher in dieser leidigen Angelegenheit sprechen, wie ich mir denken kann?« Metz wollte den Dienstausweis vorzeigen, aber Dr. Körner winkte ab. »Lassen Sie gut sein, Hauptkommissar. Ich habe noch zwei gesunde Augen.« Mit diesen Worten zwinkerte er Metz zu. Dr. Körner ließ sie in sein Privatzimmer eintreten und bat sie, kurz auf ihn zu warten. Er wollte sich umziehen.

Metz und Jäger schauten sich derweil im Privatzimmer des Doktors um. Dieser schien sich in seiner Freizeit mit dem Zusammenbauen von Buddelschiffen zu beschäftigen. Im Zimmer waren einige Modelle dekorativ an den Wänden angebracht. Zwei weitere standen auf seinem ausladenden Schreibtisch.

»Bitte nehmen Sie Platz. Darf ich Ihnen etwas anbieten? Einen Kaffee oder Tee?«, fragte der Doktor, als er nach wenigen Minuten zurückgekommen war.

»Ich denke nicht, dass unser Besuch für Sie zeitaufwendig ist, dass wir in Ruhe zum Kaffeetrinken kommen werden«, lehnte der Hauptkommissar freundlich, aber bestimmend ab. »Sie haben das Gedächtnisprotokoll zur Hand?«

»Natürlich.« Dr. Körner ging zum Schreibtisch und zog die rechte Schublade auf. Dann reichte er dem Hauptkommissar einen beschriebenen Bogen. »Bitte. Ich denke, dass ich alles genau aufgeschrieben habe. Meine Nerven waren derart angespannt, dass ich an diesem Tag die anstehenden Augenoperationen verschieben musste.« Nachdenklich rieb er sich sein Kinn. »Trotz des Protokolls bleibt bei mir ein schaler Beigeschmack bei dieser Sache zurück.« Der Augenarzt schaute Metz vielsagend an.

»Erzählen Sie mir Ihre Version«, forderte ihn der Hauptkommissar auf.

Dr. Körner nahm hinter dem Schreibtisch Platz, machte es sich bequem und schloss seine Augen.

»Ich war gegen 10:00 Uhr im Bürgerbüro. Ich will im Winter auf die Bahamas fliegen und ich brauche einen gültigen Reisepass. Der Pförtner sprach mich an, weil er meinte, bei sich einen veränderten Augendruck zu spüren. Ich äußerte, er solle nächste Woche in die Sprechstunde kommen. Danach fuhr ich mit dem Fahrstuhl bis in die zweite Etage hinauf. Ich hatte einen Termin vereinbart, also meldete ich mich an der Information. Eine Mitarbeiterin in rotem Kostüm sagte, ich könne mich setzen. Ich schaute mich kurz im Warteraum um. Etwa sechs Personen warteten. Ich hatte eine Fachzeitschrift mit, also beschäftigte ich mich mit dieser und versank förmlich darin. Ich weiß nicht mehr, wie viel Zeit vergangen war. Unversehens kam es zu einem Tumult oder, na, sagen wir, Ärgernis für die Dame im roten Kleid. Der Geräuschpegel veränderte sich, instinktiv schaute ich auf. Ich erkannte Frau Palme. Aber sie wirkte wie verwandelt. Sie sagte Dinge, die keinen Sinn ergaben. Ich muss gestehen, dass meine Neugier wuchs. Übrigens wie alle, die im Bürgerbüro warteten. Frau Palme sagte ...« Dr. Körner brach zunächst ab. »Warten Sie, ich muss mich konzentrieren. Ah, ja: ,Komm schon, Kindchen, lass uns fliegen.'« Der Doktor öffnete die Augen und sah die Polizisten aufmerksam an. »Ich weiß nicht, Herr Kommissar, das klang ziemlich abstrus und vor allen Dingen erinnert es mich an etwas. Ich denke schon ein paar Tage darüber nach, aber ich komme nicht drauf.« Dr. Körner hörte auf, weiterzuerzählen. Wieder lehnte er sich bequem zurück und schloss seine Augenlider. Tief atmete er ein und aus. Der Hauptkommissar wartete ab. Er hatte Geduld und wusste, dass sich Dr. Körner sammelte. »Und die Dame in Rot«, überraschend sprach er weiter, »hielt es für wahrscheinlich, dass Frau Palme jeden Moment zusammenbrechen würde. Denn sie rief laut in den Raum, ob ein Arzt anwesend sei. Ich sprang auf. Ich dachte an eine Kreislaufschwäche. Damit kenne ich mich aus. Es passiert ab und zu einmal bei einer Augen-OP, dass der Kreislauf in den Keller rutscht. Wie aus dem Nichts tauchte Herr Eiser neben mir auf und übernahm die andere Seite von Frau Palme. Gemeinsam schleppten wir sie ins Büro. Erst setzten wir sie, aber wir sahen sofort, dass das nichts nützte. Eine Mitarbeiterin holte eine Decke und wir legten Frau Palme darauf. Jemand holte den Erste-Hilfe-Kasten und stellte ihn vor mir ab. Ich kniete neben Frau Palme und hob ihre Augenlider. Herr Eiser zählte ihren Puls. Die Rettung war verständigt. Frau Palme war tot, bevor die Rettung eintraf. Ein grauenhafter Montagvormittag, das können Sie mir glauben.« Erst jetzt öffnete Dr. Körner seine Augen wieder. »Für mich waren das die Symptome einer Vergiftung. Darf ich fragen, ob ich recht habe?«

»Tut mir leid, Dr. Körner. Aber zu laufenden Ermittlungen darf ich nichts sagen.«

»Ja, meine Neugier ist eine unerquickliche Angewohnheit von mir.« Bedauernd hob und senkte der Augenarzt seine Schultern.

»Dr. Körner, Sie erwähnten, dass Herr Eiser neben Ihnen auftauchte? Wie meinen Sie das?«

»So, wie ich es eben gesagt habe.« Verwundert blickte Dr. Körner sie an. »Ich hakte mich rechts bei Frau Palme ein. Unvermutet sah ich Herrn Eiser durch die Bürotür treten. Er nahm den anderen Arm von Frau Palme. Er sagte noch: ,Lassen Sie uns die Dame reinbringen.' Wenn Sie mich fragen, ein angenehmer Mensch.«

Dr. Körner hatte nichts weiter hinzuzufügen.

Jäger sah auf. Er hatte bereits im Laptop die Aussage von Dr. Körner festgehalten. Franck Metz steckte sein grünes Heftchen mitsamt dem Stift in die Lederjacke und erhob sich.

»Ich danke Ihnen. Gegebenenfalls melden wir uns. Kommen Sie bitte die nächsten Tage ins Präsidium, damit Sie Ihre Zeugenaussage unterschreiben können.«

»Ich bringe Sie noch zur Tür.« Der gewichtige Augenarzt erhob sich aus dem Ledersessel.

Die Eingangstür der Praxis schloss hinter ihnen. Metz hatte ein Gefühl der Enge in der Brust.

»Jäger, welche Erkenntnis haben wir?«, fragte er, um von seinem Unbehagen abzulenken.

Der Angesprochene hob erstaunt den Kopf.

»Dass die Krähe bereits im Amt und gar nicht von außen gekommen war.«

Franck Metz schmunzelte.

»Habe ich ihn wirklich so genannt?«, fragte er mit einem spöttischen Unterton.

»Nein, aber es stand in Ihrem Gesicht geschrieben.«

»Tatsächlich?« Metz konnte es kaum glauben. Jäger nickte und war auf dem Weg zum Dienstwagen, als ihn der Kommissar zurückhielt. »Wo hat dieser Herr Eiser sein Geschäft?«

»Gleich hier in der Nähe, ein paar Schritte durch die Schluppe bis zur *Kaiserstraße* und dann nach links bis zur *Pölkenstraße*«, antwortete Jäger.

Die warme Luft fühlte sich angenehm an. Der Hauptkommissar hatte seine Lederjacke lässig über die rechte Schulter geworfen. Jäger hingegen öffnete seine Uniformjacke nicht, da er seine Waffe trug. Zu Fuß erreichten sie das Bestattungsunternehmen, als Herr Eiser sein Geschäft aufschließen wollte.

»Ah, die Herren von der Polizei. Ich habe Sie bereits erwartet.«

Eiser öffnete die Glastür mit der schwarzen Aufschrift. Zeitgleich klingelte das Telefon im Büro und er nahm das Gespräch entgegen. Metz hörte, dass Eiser mit beruhigender Stimme mit einem unsichtbaren Gesprächspartner kommunizierte. Mit dem Versprechen, bald vorbeizukommen, beendete er kurz darauf das Telefonat.

»Entschuldigung. Dringende Geschäfte«, erklärte Reiner Eiser. »Nehmen Sie Platz. Womit kann ich helfen?«

Aus Augen, die Metz erneut an die Saatkrähen erinnerten, sah Eiser seine morgendlichen Besucher scharf an. Jäger täuschte Geschäftigkeit vor und öffnete seinen Laptop in der Erwartung der Aussage. Metz war noch nicht bereit. Er blickte sich um und erinnerte sich an die Visitenkarte. Dunkelblau mit weißer Schrift und genau in diesen Farben war das Büro eingerichtet. Schlichte Eleganz. Nirgendwo entdeckte Metz Bilder mit tristen Motiven. Üppige Blumenarrangements in gedeckten Farben standen auf einzelnen Blumensäulen. In der Mitte des Raumes hatte ein runder Schreibtisch aus altem Holz mit gewundenem Tischfuß seinen Platz.

»Bisher haben wir Sie«, begann der Hauptkommissar, »noch nicht befragt.« Metz legte sein Büchlein auf den Tisch vor sich. Daneben den Stift. Er fixierte Reiner Eiser.

»Stellen Sie mir Ihre Fragen«, antwortete der Bestatter ungerührt.

»Was haben Sie am Montagmorgen gemacht?« Der Hauptkommissar schaute den Bestatter unverwandt an. Metz hatte gelernt, aus den Gesichtern die unverfälschten Reaktionen abzulesen. Oft lag zwischen Wahrheit und Lüge nur ein Hauch. Niemand sagte immer die volle Wahrheit. Abgesehen davon gab es die reine Wahrheit nicht.

Reiner Eiser lehnte sich in dem hochlehnigen Stuhl zurück. Auch er blickte Metz unverblümt an.

»Da gibt es nicht viel zu sagen. Ich war am Montagvormittag in einer geschäftlichen Angelegenheit im Bürgerbüro. Frau Manstermann hat mit mir die Sterbeangelegenheiten von mehreren Personen erledigt. Dann habe ich den Damen einen stressfreien Arbeitstag gewünscht. Rückblickend hätte ich offensichtlich genau das nicht sagen sollen«, meinte der Bestatter, wobei er die letzten Worte nur für sich hersagte. »Ich trat aus der Bürotür und sah Dr. Körner an der Information stehen. Er hakte Frau Palme unter. Auf den ersten Blick sah ich, dass der gutmütige Doktor mit dieser Aufgabe kräftemäßig überfordert war, und sprang ihm zu Hilfe. Beide bugsierten wir die Frau, die wie ein nasser Sack zwischen uns hing, ins Büro zurück.« Reiner Eiser blickte in seinem schwarzen Anzug hochmütig drein.

»Was passierte daraufhin?«, wollte Metz wissen.

»Nun ja, erst wollten wir, dass sie sich setzte, aber sie rutschte einfach runter. Frau Manstermann kam mit einer Decke und wir legten Inge darauf.« Herr Eiser war keinesfalls erstaunt, als ihn der Hauptkommissar unterbrach. Fast schien es, als hätte er nur darauf gewartet.

»Sie kannten Frau Palme?«, fragte der Hauptkommissar.

»Nun.« Der Bestatter lächelte süffisant. Er verzog seine Mundwinkel und auf beiden Seiten wurde ein kleines Grübchen sichtbar. »Zumindest, dass wir uns beim Vornamen anredeten.«

»Seit wann kannten Sie sich?« Metz wartete auf die Antwort.

»Meine Güte, Kommissar, das ist doch nebensächlich oder macht mich das verdächtig?« Fast unwillig beugte er sich weiter nach vorn, er war verärgert. »Aber wenn Sie es wissen wollen. Inge und ich, wir waren Klassenkameraden. Wir kannten uns seit vierzig Jahren.« Herr Eiser schnippte ein imaginäres Staubpartikel von seiner Hose.

»Frau Palme wurde von Ihnen und Dr. Körner auf die Decke gelegt. Was passierte dann?«, fragte Metz.

»Dann habe ich nach ihrem Puls getastet, er raste. Dr. Körner hat das mit der Mund-zu-Mund-Beatmung gemacht oder besser gesagt machen wollen. Aber sie ist einfach gestorben. Ich bin ja einiges gewöhnt, aber das ...« Eiser ließ den Satz unbeendet. »Drei Sanitäter kamen mit einer Trage und ich wollte nicht im Wege sein und ging ein paar Schritte zur Seite. Die Herren übernahmen jetzt die Regie. Und gleich darauf waren Sie ja da.« Reiner Eiser schubste noch einmal ein imaginäres Staubkorn von seiner Hose. Jetzt schaute er Metz an in Erwartung weiterer Fragen.

»Fiel Ihnen noch etwas auf? Ein Geruch, etwas, was nicht dort hingehörte oder zu ihr gehörte? Hatte Frau Palme Feinde, wollte sie noch etwas sagen?«

»Nein.« Herr Eiser wehrte mit beiden Händen ab. »Ich glaube kaum, dass sie Feinde hatte. Ein Blumengeschäft, viel Arbeit, soweit ich weiß keine Verpflichtungen. Geruch? Nein, ich weiß nicht.« Metz sah deutlich, wie es hinter Eisers Stirn arbeitete, dann schüttelte er den Kopf. »Tut mir leid, dass ich Ihnen nicht weiterhelfen kann«, versicherte er. Es lag etwas Endgültiges in seinen Worten. An mehr konnte er sich nicht erinnern. Metz glaubte ihm.

»Sollte Ihnen noch etwas einfallen, lassen Sie es uns wissen.«

Franck Metz holte eine Visitenkarte der Quedlinburger Polizei aus seiner Lederjacke heraus, grün und weiß, und legte sie auf den Tisch. Genau neben die Schale mit den blau-weißen Visitenkarten. Metz bemerkte den herablassenden Blick, den der Leichenbeschauer auf die Karte warf. Eiser blickte auf und traf auf den Blick von Franck Metz. Verlegen kratzte sich der Bestatter am Kopf. Kommentarlos steckte er die Visitenkarte in die Schublade, die im Tisch eingearbeitet war.

»Selbstverständlich.« Eiser unterdrückte den Spott in seiner Stimme.

Metz und Jäger verließen das Geschäft. Hauptkommissar Metz warf einen Blick auf seine Armbanduhr.

»Lassen Sie uns eine Pause machen und etwas essen.«

»Was denken Sie?«, fragte Jäger seinen Chef im China-Imbiss.

»Ich habe eine Theorie«, entgegnete Metz und schob seine seidig schimmernden Ebenholzstäbchen in das vor ihm stehende kantonesische Essen. »Aber erzählen Sie mir Ihre Version. Ich bin gespannt, was ein frisches Polizeiobermeisterauge sieht und was er daraus folgert«, forderte er den Kollegen auf.

Jäger liebte die chinesische Küche. Stets hatte er das Gefühl, nie genug davon zu bekommen. Er starrte in die bereits leere Schüssel und schien die Zusammenfassung wie von einem Teleprompter abzulesen.

»Frau Palme kommt zum zweiten Mal an diesem Tag ins Bürgerbüro. Es ist Montag. Es regnet wie aus Kübeln. Frau Palme ist stoned oder high, davon bin ich persönlich überzeugt. Auch wenn der Doc sagt, dass sie Scopolamin bekommen hat. Von wem sollte sie das denn, frage ich mich. Niemand kann einfach in die Apotheke oder Drogerie stolpern und sagen: eine Packung *Scop* bitte. Die Mädels vom Bürgerbüro haben kein Motiv, Dr. Körner und der Leichenbeschauer ebenfalls nicht. Die wollten nur helfen. Die Bürger, die im Amt waren, die hatten auch kein Interesse an Frau Palme. Ich habe die Zeugen durchleuchtet. Die sind alle sauber. Bleibt ja nur der Typ, den sie eingestellt hat. Sie selbst gaben mir am Dienstag den Auftrag, alles über diesen Reno Engel herauszufinden. Tja, ich habe über ihn nichts gefunden. Nichts, rein gar nichts. Den gibt es überhaupt nicht. Aber auch wenn er nur ein Schmalspurgangster ist, von irgendwelchen Gelegenheitsjobs lebt, heißt das noch lange nicht, dass er an Scop kommt und warum. Welches Motiv hätte er denn, Frau Palme umzubringen?« Jäger beendete seine Fallanalyse.

Metz hatte dem Polizeiobermeister zugehört. Er trank den Tee aus und stellte die Tasse sorgsam auf den Unterteller zurück.

»Wir kennen sein Motiv nicht. Und wissen gar nicht, wer er ist. Aber das bekommen wir noch heraus. Es gibt keinen Menschen, der seine Spuren derart verwischen kann, dass man ihm am Ende nicht doch noch auf die Schliche kommt. Nichts bleibt für immer verborgen, ein Grundsatz der Kriminalistik, Jäger. Mich beschäftigt, warum Frau Palme das zweite Mal ins Bürgerbüro gekommen ist. Warum?«

»Vielleicht hatte sie etwas vergessen? Etwas zu sagen oder zu tun?«, überlegte Jäger laut.

Der Hauptkommissar schob seine ebenfalls leere Schüssel beiseite. Er fixierte Jäger und dieser fühlte sich unter dessen Intensität unbehaglich.

»Was war bei dem ersten Besuch am Montagmorgen? Was ist alles passiert oder eben nicht passiert, wie hat sich Frau Palme verhalten, wer hat mit ihr worüber geredet? Diese Fragen haben wir gestellt.

Wir haben uns immer auf das zweite Mal versteift. Lassen Sie uns noch einmal mit Frau Mögsch reden. Etwas Entscheidendes gab es im Bürgerbüro. Vielleicht können wir dann einen Rückschluss daraus ziehen.«

Nach der Mittagszeit fuhren die beiden Polizisten ins Rathaus. Der ältere Pförtner hatte Dienst und bestätigte die Angaben, dass er Frau Palme zweimal am Montagmorgen gesehen hatte.

»Beim ersten Mal war sie herzerfrischend gelaunt. Sie machte ein paar Bemerkungen über das scheußliche Wetter und brachte mich zum Lachen. Und als sie das zweite Mal das Rathaus aufsuchte, schien sie mir wie eine Furie zu sein. Ich habe mir nichts dabei gedacht. Kann ja sein, dass es Ärger wegen irgendetwas im Paradies gegeben hat. Schließlich hat jeder Mensch das Recht, wütend zu sein.« Der weißhaarige Pförtner schüttelte den Kopf. »Dass ich sie das letzte Mal gesehen habe, ist mir unbegreiflich.«

»Paradies?«, echote Jäger und sah den Pförtner verständnislos an.

»Na, ich meine die da oben. Im Bürgerbüro.« Dabei machte der Pförtner eine Geste mit dem Daumen nach oben. »Ham's jetzt alles chic.«

Hauptkommissar Metz bat ihn, am nächsten Tag ins Präsidium zu kommen, um die Aussage zu protokollieren und zu unterschreiben. Der ältere Herr versprach dies und sah den Polizisten nach, als sie die Treppe hinaufgingen.

»Wir haben noch ein paar Fragen«, erklärte Metz, als er nach kurzem Klopfen eintrat. Im Bürgerbüro selbst war die offizielle Sprechzeit beendet, jedoch noch nicht die Arbeitszeit. Viktoria Beyer trug einen hellen Leinenhosenanzug, dazu eine dunkle Seidenbluse.

»Was führt Sie diesmal her?«, fragte sie mit unterkühlter Stimme.

Metz wusste aus Erfahrung, dass die ständigen Befragungen vielen Zeugen lästig waren.

»Routine«, antwortete er. »Wir haben die Aussagen Ihrer Mitarbeiterinnen. Trotzdem möchte ich noch einmal mit Frau Mögsch sprechen«, bat er mit entwaffnetem Charme.

»Frau Mögsch? Da haben Sie aber Glück. Warten Sie, ich rufe sie an.«

Kurze Zeit später riss Frau Mögsch die Tür auf und stand atemlos im Türrahmen. Sie trug an diesem Tag dunkelblaue Röhrenjeans und eine weiße figurbetonte Jacke. Ihre Füße steckten in hohen blauen Pumps. Das Oberteil ihrer Schuhe zierte je ein Edelweiß aus Leder. Die Sonnenbrille hatte sie sich nach oben in ihr Haar geschoben.

»Ja?« Ihre Stimme verriet ihr Angespanntsein. Viel Zeit hatte sie nicht mehr. Ausgerechnet heute hatte sie sich mit ihrer Freundin zum Shoppen in Magdeburg verabredet und die Bahn wartete nicht. Nervös blickte sie von ihrer Chefin zum Hauptkommissar und zurück.

Metz sah ihr die Unschlüssigkeit und auch ihre Eile an. Er hatte Verständnis dafür. Zum wiederholten Mal musste sie Rede und Antwort stehen. Die Polizei glaubte ihr, dennoch sollte sie sich an Dinge erinnern, die ihr gar nicht mehr bewusst waren. Sie hatte alles gesagt, was sie wusste.

»Frau Mögsch, es tut uns leid, Sie kurz vor Ihrem Feierabend noch einmal zu stören. Dennoch müssen wir Sie bitten, uns den Moment zu schildern, als Frau Palme am Montagmorgen die Blumen austauschte. Bitte so genau wie möglich«, bat er.

Frau Mögsch holte tief Luft und berührte leicht ihren Leberfleck am Mund. Eine Geste, die sie öfter machte und ihre Nervosität widerspiegelte. Gleichzeitig wirkte diese Geste verletzlich.

»Montag, es hatte geregnet. Ich kam etwas später, als ich es vorhatte. Ich habe meine neu gekauften Schuhe gesucht. Ich wollte sie anziehen, aber erst im Büro. Ich suchte zu Hause nach einem wasserdichten Beutel zum Transportieren. Ich verspätete mich, aber höchstens zehn Minuten. Ich begrüßte den Pförtner. Er rief mir etwas zu, aber ich habe es nicht verstanden. Ich nahm den Schlüssel aus meiner Handtasche und schloss als Erste das Büro auf, machte Licht, hing den Regenmantel auf einen Bügel und wechselte meine Schuhe. Dann ging ich in den Warteraum, machte Licht. Ich sah nach den Broschüren, ob sie ordentlich lagen, ob die Stühle, wie es sich gehört, standen. Wissen Sie, das zählt zu meinen Aufgaben.« Dabei sah sie zu ihrer Chefin, diese nickte geistesabwesend. »Ich ließ die Tür offen und ging dann Kaffeewasser aufsetzen. Als ich zurückkam, werkelte Frau Palme bereits im Warteraum mit den Blumensträußen herum. Ich erinnere mich, wie ich sagte: ,Morgen, Frau Palme. Kommen Sie doch rein. Ich bin heute etwas zu spät dran.'«

»Was antwortete sie?«, wollte Metz wissen.

»Ich glaube, sie sagte: ,Ach, das ist in Ordnung. Für Eile haben wir keine Zeit. Stimmt's?'« Die Zeugin fuhr nach einer Weile fort: »Ich weiß noch«, fügte Frau Mögsch nachdenklich an, »dass wir uns beide über diesen Spruch amüsierten, weil Frau Palme ihn öfter sagte. Er wirkte, hm ..., ich sag mal auflockernd.«

Frau Mögsch bemerkte, dass Viktoria Beyer sie wie gebannt anstarrte.

Jäger hielt auf der Laptoptastatur inne. Der Hauptkommissar hielt den Blick unverwandt auf sie gerichtet. Frau Mögsch empfand das ermutigend. Offenbar machte sie es gewissenhaft. Leicht neigte der Hauptkommissar jetzt den Kopf. Fast, als forderte er sie ohne Worte auf, weiterzusprechen.

»Frau Palme sortierte die Blumensträuße, versorgte sie mit frischem Wasser und schaute nach dem ausladenden Bananenblatt.« Sie wies mit ihrer Hand hinter sich, dort, wo sich der Warteraum befand.

»Zeigen Sie es uns«, forderte sie der Hauptkommissar auf.

Sie gingen in den Nebenraum. Am Fenster stand eine repräsentative Pflanze.

»Das ist die Leihgabe von Frau Palme«, mischte sich Frau Beyer ein. »Mein Gott, was machen wir jetzt damit?«

»Weiter pflegen«, erklärte Metz pragmatisch.

»Sie saß auf dem Stuhl dort, als ich wieder zurückkam«, fuhr Frau Mögsch fort und zeigte auf diesen.

»Hier auf diesem Stuhl?«, vergewisserte sich Metz.

»Ja.«

»Was hat sie getan?«

Frau Mögsch zuckte die Schultern.

»Sie saß einfach auf dem Stuhl. Mir kam es vor, als ob sie einen Geist gesehen hatte. Aber es war ja niemand hier.«

»Hat Frau Palme etwas gesagt oder haben Sie etwas Spezielles gefragt?« Metz gab die Hoffnung nicht auf, doch noch eine verwertbare Information zu erhalten.

»Ich habe sie gefragt, ob alles in Ordnung sei«, kam, ohne zu zögern, die Antwort.

Letztendlich ein Standardsatz. Franck Metz kannte niemanden, der diesen Satz wahrheitsgemäß beantwortete. Diese Frage wurde zur eigenen Beruhigung gestellt und wurde beantwortet, ohne sich auf die Wahrheit zu beziehen.

»Lassen Sie mich raten. Sie hat gesagt, es sei alles in Ordnung?« Metz' Stimme klang eine Spur bitter. Frau Mögsch nickte. »Hier saß sie?«, vergewisserte sich Metz erneut und blickte sich um. Mit ihm zusammen taten das auch Frau Beyer und Jäger.

»Sieht wie immer aus«, mischte sich Frau Beyer ein.

Metz sah ein, dass er im Moment nicht weiterkam.

»Vielen Dank, dass Sie uns noch einmal Ihre Zeit zur Verfügung gestellt haben.«

Nachdem Metz und Jäger vor dem Rathaus standen, fragte Jäger, ob ihnen die Befragung etwas gebracht hatte.

»Sie haben das Gleiche gesehen wie ich und wir haben das Gleiche gesehen, was Frau Palme gesehen hat. Wir können es nur noch nicht entschlüsseln. Aber ich bin mir sicher, dass wir vor dem Schlüssel des Falls gestanden haben.« Jäger kräuselte die Stirn, er blieb skeptisch. »Fahren Sie ins Büro zurück und suchen Sie alle Polizeifahndungsfotos, die zur Fahndung ausgegeben wurden, sagen wir, der letzten fünf Jahre heraus. Vorerst nur das hiesige Bundesland. Außerdem suchen Sie mir alles über Scopolamin heraus, was im Netz zu finden ist. Sie brauchen es nicht auszudrucken. Legen Sie mir den Stick auf den Schreibtisch. Ich beschäftige mich später damit. Lassen Sie uns noch bei Engel vorbeigehen.« Franck Metz räusperte sich. »Wie sieht es bei Ihnen und den Fahrradkids aus?«

»Am Wochenende ist der letzte Schliff angesagt.« Jäger fiel eine nicht zu vernachlässigende Information ein. »Ach, Chef. Ich soll Sie daran erinnern, dass am Montag Schießtraining angesagt ist! Anweisung von Petersen, soll ich Ihnen ausrichten.«

Petersen! Musste er ihn auf diese Weise daran erinnern?

»Wie sieht es mit Ihren Künsten aus?«, lenkte Metz von sich ab.

Jäger zuckte mit den Schultern und verzog seinen Mund.

»Falls Sie meinen, ob ich mit der Waffe umgehen kann? Kann ich«, antwortete Jäger selbstsicher. »Petersen will sich überzeugen, dass man könnte, wenn man müsste. Aber das brauche ich Ihnen nicht zu sagen, das wissen Sie.«

»Da haben Sie recht. Natürlich weiß ich das.« Deeskalierend zu wirken und dass man eine Stresssituation präzise einschätzt. Das ist Training, wiederholtes Training, erinnerte sich Metz. »Ich werde den Termin nicht vergessen.« Der Hauptkommissar verdrängte den Gedanken an früher. Damals war er stets der Beste auf dem Schießstand gewesen. Bedingt auch dadurch, weil er einige Jahre bei der Fremdenlegion gedient hatte. Metz holte seine Sonnenbrille aus der Hemdtasche und ließ die Lederjacke offen. »Gehen wir noch bei dem Zeugen Engel vorbei. Fragen wir ihn, wo wir ihn zukünftig erreichen können. Das hätten wir gleich tun sollen.«

»Warum?«, wunderte sich Jäger.

»Ich habe ein komisches Gefühl bei dem.« Metz spürte den Blick von Jäger. »Ich weiß, Jäger, was Sie mir sagen wollen: Behauptung,

nicht Beweis.« Als Metz das sagte, dachte er an die erste Szene in Othello. Er rief den Text mühelos aus seinem Gedächtnis ab:
»Steht Euch kein klarer Zeugnis zu Gebot,
als solch unhaltbar Meinen, solch armsel'ger
Scheingrund ihn zu beschuldigen vermag?«
Der Polizeiobermeister zog überrascht seine Augenbrauen hoch, sodass die Stirn von waagerechten Linien durchfurcht war.
»Und wo haben Sie den Satz her?«, wollte Jäger wissen.
»Othello, erste Szene.«
»Sie lesen Shakespeare?« Jäger konnte es kaum glauben.
»Suchen wir nach Beweisen.«
Die Männer lenkten ihre Schritte gemeinsam nach links, bis sie vor der verschlossenen Tür des Blumengeschäftes standen.
Am Fenster und an der Tür waren Schilder mit Trauerflor und dem Hinweis angebracht, dass das Geschäft wegen eines Trauerfalls auf unbestimmte Zeit geschlossen bleibt. Jäger hielt seine Hände an die Scheibe gedrückt und blickte in das Geschäft.
Hauptkommissar Metz sah sich um und verfluchte sich und seine Nachlässigkeit. Er sah auf der Straße, die zur *Breiten Straße* führte, einen erheblichen Strom von Touristen flanieren. Diese schlenderten durch die Straße und drehten ihre Köpfe und Körper nach rechts und links. Ein Kleintransporter stand auf der Straße. Metz wurde erst auf ihn aufmerksam, nachdem er ein kräftiges Fluchen aus dem Fahrzeug vernahm. Dieses wollte losfahren, wurde aber regelrecht von den Touristen eingeschlossen.
Jäger drehte sich abrupt um und stieß sein Kinn in diese Richtung vor.
»Soll ich ihn bitten, aus *Inges Blumenauto* zu steigen?« Spott blitzte in Jägers Augen auf.
Das kurze Schließen von Metz' Augenlidern nahm er als Zustimmung wahr. Jäger schob sich gewandt durch die Touristenmenge. Metz beobachtete ihn. Anscheinend hielt sich Jäger nicht mit langer Vorrede auf. Der Polizist öffnete die Fahrertür. Metz hörte nicht, was Jäger sagte, aber eine energische Geste schien auszureichen, dass Reno Engel aus dem Transporter stieg und das Fahrzeug abschloss. Jäger ließ Engel vorangehen. Metz erwartete die beiden an der Eingangstür des Blumengeschäfts. Engel schloss Unverständliches brummend auf und die beiden Polizisten folgten Engel in das dunkle Innere.
Engels Brille war mit einer Staubschicht überzogen und seine breiten Kieferknochen kauten einen Kaugummi. Jetzt nahm er die Brille

ab und blinzelte im Dunkeln des Blumengeschäftes. Er zog ein Tuch aus seiner Hosentasche und säuberte die Brille. Erst als er zufrieden war, setzte er sie wieder auf und schaute die zwei Polizisten an. Nichts konnte aber über die schlechte Laune hinwegtäuschen, die er zur Schau trug.

»War gerade dabei, mir 'ne andere Bleibe zu organisieren«, sagte er leichthin. »Das wird doch noch gestattet sein«, maulte er.

»Wohin soll's denn gehen?«, fragte der Hauptkommissar. Schlendernd lief Metz durchs Geschäft. Er betrachtete das Innere des Blumengeschäftes genau.

»Das geht Sie nichts an, wenn ich richtig informiert bin. Mein freier Wille, an einem Nachmittag dort hinzugehen, wohin ich will. Oder hat sich das inzwischen geändert?« Reno Engel starrte sie aus zusammengekniffenen Augen an.

»Rein formal gesehen geht es mich nichts an. Aber ich habe einen Fall zu lösen und da geht mich Vieles an, was mich sonst nichts angehen würde«, stellte der Hauptkommissar sachlich fest. Er bohrte den Blick in Engels Augen: »Also, ich höre?«

Reno Engel rollte seinen Kopf auf den Schultern von rechts nach links, sodass es knackte. Vielleicht hatte er Verspannungen, vielleicht wollte er nur Zeit schinden. Jäger nervte es auf jeden Fall. Er sog die Luft geräuschvoll ein und blähte dabei seine Nasenflügel auf.

»Hab' 'nen Freund, der kennt 'nen Typen, der mich für die nächsten zwei Wochen aufnehmen würde«, antwortete Engel.

»Also haben Sie keinen festen Wohnsitz, wie es sich anhört?« Hauptkommissar Metz hatte nichts in der Hand, was ihn berechtigte, Engel zu einer Aussage zu bewegen. Und Metz wusste, dass dieser Bursche das ebenso wusste. »Hier haben Sie alles geklärt? Ihre Sachen gepackt? Das, was Ihnen nicht gehört, hiergelassen?« Metz wollte ihn provozieren.

»Klar doch, Kommissar.« Reno Engel durchschaute ihn. Ein süffisantes Grinsen überzog sein Gesicht. »Meine Sachen stehen gepackt in dem Teil der Wohnung, den ich gemietet habe. Aber ich kann bis zum Monatsende bleiben. Das wurde mir zugesichert.«

»Von wem?« Metz war überrascht, verbarg dies aber geschickt hinter einer Maske aus Gleichgültigkeit.

»Ein Anwalt ist gestern hier aufgekreuzt. Hat was von der Erbin gefaselt und gesagt, dass ich vorerst bleiben könne«, behauptete Engel unverschämt grinsend.

Hauptkommissar Metz kniff die Lippen leicht zusammen.

»Und trotzdem wollten Sie sich bei einem Freund, der jemanden kennt, einquartieren?«, konfrontierte ihn Metz mit Engels eigenen Worten. Engel antwortete nicht. Metz hatte dies auch nicht erwartet. Er wandte sich von Engel ab und schaute sich in dem angrenzenden Raum um, der Frau Palme offenbar als Rückzugsort gedient hatte.

Ein Tisch, zwei gemütliche Korbsessel, Blümchentischdecke, eine kleine Küchenzeile mit Kühlschrank, Spüle, Toaster, Kaffee- und Teemaschine. Jetzt sah es hier drin nicht mehr so ordentlich aus wie zu Frau Palmes Lebzeiten, aber das war eine Vermutung. Metz sah eine Menge Gestrüpp und vergammelte, vertrocknete Pflanzen und Blumen auf der Küchenzeile liegen.

»Und haben Sie nun genug rumgeschnüffelt? Was wollten Sie denn von mir?«, hörte er Engel, hinter ihm stehend, fragen.

»Wie gesagt, ich bin mit dem Lösen eines Falles beschäftigt.«

»Mann, Sie langweilen mich.«

»Das glaube ich Ihnen gern. Ich bin auch von Ihren Erklärungen gelangweilt. Sie haben mir gestern erzählt, dass Sie Frau Palme nur beim Frühstück gesehen haben. Wer sagt mir denn, dass nicht Sie Frau Palme vergiftet haben?«

»Vergiftet?« Reno Engel blickte überrascht auf. »Womit denn?«

»Mit Scopolamin.«

»Was 'n das?«

»Ein Gift, welches man aus Pflanzen gewinnt.«

Reno Engel schaute sich demonstrativ um.

»Klar gibt es hier Gifte. Herbstzeitlose hat sie bestellt. Vom Alpenveilchen bis zum Wunderstrauch gab es hier 'ne Menge Gift.« Er sah die hochgezogenen Augenbrauen des Hauptkommissars. Jetzt hatte er dessen volle Aufmerksamkeit und genau die wollte er offensichtlich haben. »Das war gleich das Erste, was sie mir beigebracht hatte. Arbeitsschutz und so. Welche Pflanzen giftig waren und wie ich damit umzugehen habe. Da machte sie keine Zugeständnisse.«

Reno Engel verschränkte seine Arme vor der Brust. Metz und Jäger konnten dem Spiel seiner Muskeln zusehen. Das ärmellose T-Shirt, das er trug, war fleckig und eingerissen. Das Gesicht hatte er seit Tagen nicht rasiert. Engels Augen waren eine Mischung aus Grau und Grün. Die Nase war eine von vielen. Wenigstens riecht er nicht mehr nach Schweiß, dachte Jäger.

»Beschreiben Sie mir genau, was Sie am letzten Montag getan haben.« Metz' eisblaue Augen ließen Engel keinen Moment unbeobachtet.

»Das hab' ich Ihnen doch schon erzählt. Ich habe mich am Montag früh fertiggemacht, und bevor ich zum Blumenmarkt gefahren bin, gab es Frühstück bei ihr.«

»Hat Frau Palme das öfter gemacht?«, hakte der Hauptkommissar nach. Er blickte auf den kleinen Tisch, der in der Küche stand. Ein angebissener Apfel lag, zwischen den vertrockneten Pflanzen, auf dem Tisch.

»Öfter mal. Ja. Meistens war es spontan«, erinnerte sich Engel.

»Worüber haben Sie sich am Montagfrüh unterhalten?«

»Eigentlich über nichts.« Engel tat verwundert. »Sie hat noch mal den Arbeitsvertrag angebracht. Dass ich den endlich unterschreiben soll, sonst sei am nächsten Ersten des Monats Schluss, das hat sie mir deutlich zu verstehen gegeben.«

Ein Motiv ist das noch lange nicht, dachte Metz. Warum er den Arbeitsvertrag nicht unterschreibt, ist interessanter.

»Sagten Sie nicht, dass Sie es beide nicht so eilig hatten mit dem Unterschreiben?« Für Metz war klar, dass Engel log. »Warum dauert das so lange mit der Unterschrift? Jeder ist doch heutzutage zufrieden, wenn er einen Arbeitsvertrag unterschreiben kann.« Metz sah ihm weiter in die Augen.

Engel kratzte sich verlegen hinter dem linken Ohr.

»Hab ich ja«, gestand er ein. »Ich habe ihn unterschrieben. Gleich nachdem ich vom Blumenmarkt zurückkam. Da sehen Sie, auf dem Tisch dort liegt er.«

Der Hauptkommissar trat zurück in den Verkaufsraum und blätterte den Arbeitsvertrag durch. Das eingesetzte Datum entsprach dem Datum vom Montag. Das besagte jedoch nicht, dass es die Wahrheit war. Metz hätte ein grafologisches Gutachten veranlassen können, doch momentan sah er darin keine Notwendigkeit. Engel musste nicht zwangsläufig etwas mit dem Tod von Frau Palme zu tun haben.

»Was gab es am Montag zum Frühstück?« Abrupt wechselte Metz das Thema.

»Normal. Toast, Brot, Käse, Wurst, Kaffee für mich.« Engel ergänzte: »Sie trank immer Tee. Wenn Sie also nichts weiter von mir wissen wollen, dann ... Ich habe zu tun.« Engel machte eine Handbewegung in Richtung der Ladentür. »Ansonsten kommen Sie mit einem Beschluss.«

Jäger senkte die Augenlider und gab vor, sich mit seinem Laptop zu beschäftigen. Er hatte Mühe, seine Selbstbeherrschung nicht zu verlieren. Zumindest stimmte das Frühstück mit dem Bericht des

Rechtsmediziners überein. Engel ließ keine Reaktionen wie Überraschung, Schuld oder Furcht erkennen. Jäger fand die Antworten ziemlich abgebrüht.

Hauptkommissar Metz, der mit seinem Rücken an einer Wand lehnte, gab sich einen Ruck und stieß sich von der Wand ab.

»Sie bleiben in der Stadt und stehen uns zur Verfügung.«

»Selbstverständlich, Herr Hauptkommissar.« Beißender Spott lag in Engels Antwort.

Metz warf einen Blick auf seinen Kollegen. Er bemerkte, dass Jäger Mühe hatte, sich unter Kontrolle zu halten. Er gab Jäger ein Zeichen, vorauszugehen. Mit verdrossener Miene klappte dieser den Laptop zu.

Mit hartem Knall schlug Engel hinter ihnen die Tür zu. Dem heftigen Scheppern des Schlüsselbundes nach zu urteilen, waren sie keinesfalls gern gesehen gewesen.

Donnerstag

Langsam öffnete Emilia Sander ein Auge. Eine merkwürdige Angelegenheit ihrerseits. Sie blinzelte, weil die Sonne durch das Schlafzimmerfenster schien. Sie erinnerte sich an den Traum. Ordnete sie es richtig ein, war es eine Wanderung mit Marco Polo entlang der *Seidenstraße*. Kein Wunder, dass der Durst sie quälte. Ohne viel Federlesens trieb es sie deshalb aus dem Bett. Emilia hatte verschlafen. Scheibenkleister, dachte sie wenig amüsiert. Das andere Auge öffnend, ging sie in die Küche. Sie hielt ihren Mund unter den Wasserstrahl und trank. Was hatte sie gestern Abend nur gegessen, dass sie einen solch irrsinnigen Durst verspürte.

Es fiel Emilia wieder ein, als sie die leere Pizzaschachtel sah. Salami hatte sie sich ausgesucht. Kein Wunder. Sie sollte auf die Ernährung achten. Sie wusste doch genau, dass darin die Fett machenden Nitrosamine lauerten. Klugerweise sollte sie sich die Pizza frisch machen und mit saisonalem Gemüse belegen. Wann denn? War die Frage, die ihr sofort das Teufelchen ins Ohr flüsterte. Entschlossen zuckte Emilia mit der Schulter und verscheuchte das imaginäre Wesen von dort, wo es gern saß, und drehte entschlossen den Wasserhahn zu. Die Beantwortung der Frage verschob sie einfach. Sie rief ihre Mitarbeiterinnen an und teilte ihnen mit, dass sie später zum Dienst kommen werde. Vergangene Zeit ließ sich ohnehin nicht mehr aufholen. Emilia füllte die Kaffeemaschine und ging duschen. Danach zog sie ihre Unterwäsche an und schlang einen losen Knoten in den Seidengürtel ihres Negligés.

Altweibersommer, stellte sie nach dem Blick aus dem Fenster im oberen Geschoss fest, durch das die nach Sommer duftende Luft hereinströmte. Im Garten ihrer Mutter standen weiße und rote Rosen. Diese verbreiteten einen verlockenden Wohlgeruch nach dem Sommer des Jahres. Die Luft war mild und die Temperaturen sommerlich warm. Wohlig rekelte sie sich am Fenster und sog den betörenden Duft ein. Sie sah der Nachbarin zu, die die Apfelernte einbrachte. Freundlich winkte sie ihr zu, als diese herüberblickte.

Emilia lüftete das Zimmer und ordnete das Bett. Sie wählte einen Rock mit blaugrünem Schottenmuster, der an der Seite einen gewagten Schlitz hatte, dazu legte sie sich die weiße Bluse mit einer Doppelreihe Knöpfe und einem hohen Rüschenkragen zurecht. Auch wenn es draußen recht warm sein sollte, in der Apotheke blieb es wegen der alten Mauern kühl.

Sie nahm sich die bequemen, wenn auch sauteuren grünblauen Pumps, die sie sich während ihrer Studienreise in Rom gegönnt hatte, heraus. Es war schon eine komische Sache, dachte sie, wenn man sich an die Dinge mit einem zufrieden lächelnden Herzen erinnerte. Hufeland lag zusammengerollt vor der Terrassentür. Er gähnte, als sie die Tür öffnete und die Dose Katzenfutter für ihn hinstellte. Der Kaffee war inzwischen durchgelaufen. Wie üblich stellte sie ihr Müsli zusammen. In einträchtiger Ruhe verspeiste jeder sein Frühstück. Nach zwei Stunden Verspätung saß Emilia Sander im Auto und fuhr in Richtung Quedlinburg.

Sie parkte den Audi und betrat die Apotheke wie üblich durch den Hintereingang. Wie jeden Tag der Woche ging sie zunächst in den Verkaufsraum. Diesmal tat sie es aus purer Neugierde. Wie weit war die Arbeit von Herrn Marx vorangegangen?, fragte sie sich insgeheim. Die Enttäuschung ließ nicht lange auf sich warten. Sie sah nichts und es roch auch nicht nach frischer Farbe. Merkwürdig. Der Maler wollte doch nach Dienstschluss arbeiten? Also gestern.

Alle Mitarbeiter waren im Dienst. Frau Weiß hatte ihren Kurzurlaub beendet und begrüßte sie. Violett verabschiedete gerade Herrn Immen mit den Worten: »Gute Besserung!«

»Frau Sander, kann ich Sie sprechen?«, fragte Violett leise.

Emilia nickte und ging mit ihr ins Büro.

»Was liegt an?«

Violett rückte ihre modische Brille zurecht und kam sofort zur Sache.

»Ich glaub', der Maler ist verrückt oder er macht *uns* noch verrückt«, brach es aus ihr heraus. Violett war dafür bekannt, dass sie sich nicht lange mit ihrer Meinung zurückhielt. »Der sagt zwar, dass wir *ihn* verrückt machen. Aber das stimmt nicht. Er hat keinen Strich an die

Wand gemalt. Er hat nur den Farbpott abgestellt, hat diesen geöffnet und seinen Pinsel bis zum Anschlag eingetaucht. Frau Grünberger wäre fast darüber gestolpert. Ich sagte ihm, dass er ein bisschen sorgsamer sein soll, da ist er ganz nervös geworden und meinte, dass ich ihn nicht so direkt ansprechen soll. Er springt sonst noch von der Brücke. Der ist doch total plemplem? Ein Maler, der 'ne rote Couch braucht. Der wird doch nie fertig!« Violett hatte sich in Fahrt geredet. Auf ihrem geröteten Gesicht hing eine Strähne ihrer Pagenfrisur. Erst jetzt strich sie diese zurück in ihr ordentliches Gesamtwerk.

Emilia stöhnte auf. Eigentlich hatte sie es geahnt. Ein Maler, der nicht zu gebrauchen war. Super, woher bekam sie jemand anderen? Sie wusste es nicht. Emilia Sander musste eine Lösung finden. Zurzeit war der Maler nicht in greifbarer Nähe, weil die Apotheke geöffnet hatte. Er konnte nicht wissen, welches ausgesprochene Glück er deswegen hatte. Emilia konnte es überhaupt nicht ausstehen, wenn ein gegebenes Wort gebrochen wurde oder man sie hinters Licht führte. Frühestens am Abend würde sie den Herrn Marx ohne Engels sprechen können. Am Telefon wollte sie ihm nicht die Leviten lesen. Das war eine persönliche Sache von Angesicht zu Angesicht. Aber jetzt hatte sie das Gefühl, einen Kaffee und ein Gespräch mit ihrer Freundin Tess bitter nötig zu haben. Womöglich hatte ihre Freundin einen brauchbaren Rat, was den Malermeister anging.

Emilia ging in die Küche und hoffte auf ein Stück vom Käsekuchen. Gott sei Dank lagen noch zwei Stückchen davon auf dem Kuchenteller. Gesättigt und zufrieden vergaß sie fast den Ärger.

Sie nahm den Telefonhörer in die Hand und rief im Rathaus an. Prompt meldete sich Tess.

»Hallo Tess. Hast du ein paar Minuten deiner Zeit übrig?«, eröffnete Emilia das Gespräch.

»Was liegt an?«, fragte Tess, sie hatte den Ärger in der Stimme ihrer Freundin vernommen.

Kurz und knapp erzählte sie von Herrn Marx. Emilia musste ein paarmal den Telefonhörer von ihrem Ohr wegdrehen, um einen akuten Tinnitus abzuwenden. Erst als das glockenhelle Lachen abklang, konnte Emilia hören, was Tess sagte:

»Der kann froh sein, dass er von dir sein Gnadenbrot erhalten hat. Bei mir wäre er seinen Meisterbrief schon los!«, schlussfolgerte Tess scharfzüngig.

Emilia fragte sich, ob Malermeister Marx überhaupt einen besaß. Diese Frage stellte sie sich auf jeden Fall zu spät.

Grundsätzlich versprach ihre Freundin Abhilfe für das Problem.
»Hoffentlich hast du noch nichts bezahlt?«, wollte Tess wissen.
Nein, das hatte sie noch nicht. Das gehörte nicht zu ihren Gepflogen-
heiten. »Ich habe eine Idee.« Mehr wollte Tess nicht enthüllen.
Emilia wusste, dass ihre Freundin in ihren Grundzügen abergläu-
bisch war. Sie sträubte sich im Vorfeld, ihre Idee zu verraten. Emilia
musste sich also gedulden.
»Hat sich denn der Wirbel im Rathaus gelegt?«, fragte Emilia ihre
Freundin.
»Ja, es sieht so aus. Der Kommissar war noch zweimal da und
hat die Mitarbeiterinnen aus dem Bürgerbüro befragt. Und auch den
Pförtner. Aber sie haben den Mörder noch nicht ...«
»Den Mörder?« Es war nicht Emilias Art, einen Gesprächsfaden
zu zerreißen. Ihr Ausruf war einfach spontan, sie konnte nicht anders.
»Eine aus dem Rathaus, du kennst doch Frau Haase, die ist mit
der Frau Manstermann aus dem Bürgerbüro befreundet. Na und die
beiden haben sich eben«, Tess suchte nach einem passenden Wort,
»ausgetauscht, sag ich mal.«
Im Klartext hieß das, dass Tess das Tratschen meinte.
»Meinst du ...?« Emilia brach ab. »Dass Frau Palme ermordet wurde?« Die Bedeutung dieser Worte sackte nach.
Emilia konnte das Schulterzucken nicht sehen, aber sie hörte das
Ausatmen ihrer Freundin.
»Ich glaube eher nicht an einen Mörder, hier im Rathaus? Das
muss man sich mal vorstellen. Nein, ich denke eher, dass Frau Palme
mit einer giftigen Pflanze in ihrem Laden in Berührung gekommen ist
und dann ist das Gift auf irgendeine Weise in sie hineingekommen.
Aber Gott sei Dank muss ich mir darüber keine Gedanken machen. Ich
bin Steuerprüferin.« In Tess' Stimme schwang Zufriedenheit mit. Für
sie war das Thema beendet.
Für Emilia hingegen nicht. Sie glaubte überhaupt nicht, dass Frau
Palme aus Unwissenheit oder aus Versehen mit einer giftigen Pflanze
in Berührung gekommen war. Frau Palme verstand ihren Beruf. Fast
eine Art Berufung. Emilia erinnerte sich, dass sie sich oft über ihre
Arbeit unterhalten hatten. Bei beiden standen die Pflanzen im Mittel-
punkt, wenn auch von unterschiedlichen Standpunkten.
»Lass uns bei einem Glas Wein in meiner Wohnung darüber reden, Tess.« Emilia hatte es auf einmal eilig.
»Gern. Aber erst, wenn der Mörder dingfest gemacht wurde. Sonst
fürchte ich mich in deiner Wohnung.« Emilia und Tess lachten.

Ein Geheimnis, das nur sie miteinander teilten. Emilias Wohnung lag unweit der Apotheke. In der *Essiggasse*. Den Namen verdankte die Gasse einem findigen Kaufmann des vorletzten Jahrhunderts. Dieser einfallsreiche Herr hatte damals eingeführt, dass man die Berge von Gurken, die die Bauern in Quedlinburg ernteten, mit Essigwasser und Gewürzen konservierte. Diese *Schlubbergurken*, wie die Einheimischen sie liebevoll nannten, verkaufte er überall in Deutschland. In den 1980er-Jahren sanierte die Stadt auch diese Straße umfangreich. Emilia Sander kaufte eine Wohnung. Diese lag ebenerdig, aber das Besondere war der Brunnenschacht, der aus dem Mittelalter stammte. Emilia hatte ihn nicht zuschütten lassen. Ein Architekt hatte den Brunnen, in dem die alten Steine zur Geltung kamen, mit dekorativen Lampen versehen und ihn mit einer schweren Glasplatte versiegelt. Als Tess diesen Brunnenschacht zum ersten Mal zu Gesicht bekommen hatte, damals noch ohne Beleuchtung und Absicherung, hatte sie verständnislos gemeint: »Willst du dir denn die Ratten und was weiß der Teufel noch hierauf holen?« Aus Tess' angewidertem Gesichtsausdruck hatte Emilia Besorgnis gelesen. Bei der Einweihungsfeier hatte sich Tess überzeugt, dass Emilias Entscheidung goldrichtig gewesen war.

Emilia stand am Fenster, sie wollte noch in die Offizin. Ein Blick in die *Breite Straße* hielt sie davon ab. Ihr fiel der Transporter des Blumenladens auf. Er wirkte fehl am Platz und veranlasste sie, genauer hinzuschauen. Die Beschriftung *Inges Blumenauto* war kaum noch zu erkennen. Zu Lebzeiten Frau Palmes hatte sie ihr bei einem Blumenkauf anvertraut, dass sie gern mit einem blitzblanken Auto unterwegs sei. ‚Das gilt für mein Privatauto genauso wie für den Firmenwagen‘, hörte Emilia sie selbstsicher sagen. Wo war die Aushilfe herumgefahren, dass der Transporter dermaßen schmutzig war? Es hatte zwar geregnet, aber solch ein Dreck ist ungewöhnlich, grübelte Emilia. Man konnte ja noch nicht einmal das Nummernschild erkennen.

Sie knöpfte sich ihren Kittel zu und beobachtete, wie die Aushilfe den Transporter belud.

Er schob eine Art Regal hinein, dann verstaute er verschiedene Säcke im Lieferauto und setzte seine Schiebermütze auf.

Dieses dreckige Ding. Das konnte sie zwar von ihrem Standpunkt aus nicht sehen, aber sie wusste es. Die letzten Male, die sie im Blumenladen geschäftlich zu tun hatte oder um für sich einen Blumenstrauß zu kaufen, war es nie anders. Die Aushilfe wirkte auf sie ungepflegt, zugleich gab er sich überheblich, auf seltsame Weise deplaziert.

Wieder trug er die blaue, ausgebeulte Hose und ein Achselshirt, das ihn in Emilias Augen keinesfalls attraktiver machte, auch wenn sein wohlgeformter Body vorzeigbar war. Darüber trug er die abgewetzte blaue Arbeitsjacke, die er anscheinend nie zuknöpfte. Er setzte die Sonnenbrille auf, stieg ins Auto und wollte durch die *Breite Straße* fahren. Aber das Lieferauto kam nicht in Bewegung. Überrascht zog Emilia ihre Stirn in Falten. Ein Polizist stand vor dem Auto und bedeutete dem Fahrer, auszusteigen. Interessant, dachte Emilia Sander am Rande, aber das hartnäckige Klingeln des Telefons mahnte sie, ihrer eigenen Arbeit nachzugehen.

Am späten Nachmittag drängten sich die Kunden in der Apotheke. Metz reihte sich in die Schlange der wartenden Kunden ein. Er nutzte die Gelegenheit, indem er sich umschaute.

An den cremefarbenen Wänden standen dunkle Wandregale. Akkurat ausgerichtet präsentierten sich die frei verkäuflichen Medikamente in den Regalen mit den Glasablagen. Präparate mit Rezeptvorlage holte das Personal aus dem Warenlager. Franck Metz blickte sich weiter um. In jeder Apotheke der Welt hatten sich die Schönheitsfabriken von Rang und Namen etabliert. Wo es im späten Mittelalter Schönheitspflästerchen gab, stand den Damen und Herren von heute eine unüberschaubare Produktpalette von Cremes, Lotionen und Düften zur Verfügung. Metz versuchte, die Vorderfront des alten Kassenbereichs zu betrachten, was nicht leicht war, denn die Kunden nahmen ihm die Sicht, er musste sich gedulden. Die Vorderfront bestand aus Holz und war kunstvoll verziert. Er vermutete die Insignien dieser Apotheke. Ein Mann mit Rollator schob sich dazwischen und machte es ihm unmöglich, weiter darauf zu schauen. Der Polizist ließ vier älteren und vergnügt quasselnden Damen den Vortritt. Er hörte, wie eine der Damen nach Blasenpflaster und einer alkoholischen Stärkung verlangte. Sie fügte schmucklos hinzu: »Für die Wanderung.«

»Das ist ja eine ungewöhnliche Kombination. Blasenpflaster und alkoholische Stärkung? Wo soll es denn hingehen?«, interessierte sich Frau Grünberger.

Metz konnte das Namensschild von seiner Position aus lesen. Die Damen fühlten sich keinesfalls peinlich berührt.

»Nun ja«, sagte die eine, vermutlich die Wortführerin,»gleich hier an der Johanniskapelle wollen wir den Jakobsweg beginnen. Also unseren Jakobsweg. Wir können es uns gesundheitlich und auch geldlich nicht leisten, den Weg nach Santiago de Compostela zu gehen, aber für eine Woche in heimischer Region, das sollten wir hinbekommen. Nur nach unserem Tempo. Der Weg wurde erweitert. Finden Sie nicht auch, dass das praktisch ist?«, fragte die Wanderin.

»Sie wissen ja viel über unsere Stadt«, antwortete Athena Grünberger ehrlich erstaunt.

Die Stufen zum Warenlager knarzten und alle Blicke richteten sich auf die Apothekerin. Sie kam die wenigen Stufen herunter.

»Frau Sander, die Damen erzählen mir, dass wir hier eine Station des Jakobsweges haben? Wussten Sie das?«

Metz sah Emilia Sander nicken.

»Ja, seit 2003 gibt es die Anbindung an den Jakobsweg.« Frau Sander hob die Hand als Zeichen dafür, dass sich der Mann im hinteren Teil der Apotheke, der in einem Sessel saß, bitte noch gedulden möge.»Haben Sie denn Ihre Pilgerunterkunft gebucht?«, fragte die Apothekerin.

»Seit Monaten beschäftige ich mich mit der Planung«, antwortete die Wortführerin.»Morgen früh beginnen wir unseren Weg. Über Gernrode und Ballenstedt geht's nach Hettstedt. Wie weit wir kommen, hängt von uns ab. Aber wir wollen es uns dann am Abend recht gemütlich machen und da brauchen wir eine Stärkung. Ich weiß nicht recht, ob es in den Unterkünften Alkohol gibt. Bin eher skeptisch. Viel brauchen wir ja nicht. Nur einen kleinen Absacker, Sie verstehen das sicherlich?«

Emilia Sander schmunzelte.

»Da habe ich etwas Besonderes für Sie. Einen Moment bitte«, bat die Apothekerin. Dann sprach sie leise mit Frau Grünberger, die daraufhin durch die Schiebetür in den dahinterliegenden Flur ging. Metz sah, dass das Licht eingeschaltet wurde, und hörte, wie eine schwere Tür geöffnet wurde.

»Sie entschuldigen mich, ein Kunde erwartet mich.« Die Damen nickten und Frau Sander signalisierte dem Herrn mit Stock und kariertem Hut, ihr zu folgen.

Nach kurzer Zeit kehrte Frau Grünberger zurück und stellte zwei Halbliterflaschen vor sich ab.

»Da haben wir den schwarzen Johannisbeerlikör und hier den Green Spirit«, erklärte sie den wanderlustigen Damen.»Beide Sorten werden exklusiv hergestellt und unterliegen der persönlichen Aufsicht der Apothekerin.« Die Flaschen waren schlank, undurchsichtig und trugen ein stilvolles Etikett. »Die Liköre werden bei uns im Dunkeln gelagert, deshalb bleiben die Farben erhalten. Außerdem haben wir nur wenig auf Lager«, verdeutlichte Athena Grünberger deren Exklusivität. Die Damen steckten ihre Köpfe zusammen und tuschelten. »Wir nehmen beide Sorten«, entschieden die Damen im Nu. »Wir wissen nicht, was alles kommt.« Die anderen Damen hoben und senkten in völligem Einvernehmen ihre Köpfe.

Metz konnte sich eines kleinen Schmunzelns nicht erwehren. Er dachte an früher. Das Pilgern interessierte ihn nicht, aber das Radfahren auf dem Jakobsweg. In seiner Kindheit hatte er etliche Kilometer zurückgelegt, ohne dem Weg eine Bedeutung beizumessen, wie es momentan die Welt praktizierte.

»Das Wetter ist dafür gerade richtig. Die nächsten Tage bleibt es sommerlich und es wird nicht regnen«, versicherte ihnen Frau Grünberger fröhlich. Offenbar verfolgte sie den täglichen Wetterbericht. Nebenbei verstaute sie die gekauften Produkte in einer Papiertüte und wünschte den Damen einen angenehmen Tag.

Aus dem rechten Nebeneingang kam, am Ohr das Handy, die Apothekerin über die wenigen Stufen herunter. Franck Metz hörte, wie sie versprach, sich zu revanchieren. Er sah ihr zu, wie sie lachend das Telefonat beendete und anschließend den Kunden mit dem Stock und dem Hut nach draußen begleitete.

Franck Metz hatte an diesem Nachmittag Zeit. Jäger war nach der Befragung von Engel mit Büroarbeiten beschäftigt. Metz selbst wollte Informationen über Scopolamin einholen. Er sah der Apothekerin zu, wie sie sich den Medikamenten zuwandte und deren Ordnung überprüfte. Hier und da streiften ihre Hände über die Reihen. Ihre Handgriffe strahlten Ruhe und Umsicht aus. Der Ermittler, der jetzt in persönlichen Angelegenheiten unterwegs war, konnte sie in den Spiegeln beobachten. Nicht ausgeschlossen, dass sein Blick zu intensiv war. Er bemerkte, dass die Apothekerin innehielt und ihn im Spiegel ansah.

In diesem einen Moment trafen sich ihre Blicke und beide erkannten einander. Die ausgesandten Botschaften und deren Dechiffrierung kamen tief aus ihnen heraus. Franck sah eine Tigerin auf Jagd, auf Wanderschaft, bereit für das Leben. Die geschmeidigen Bewegungen, ihr unmittelbarer Blick, die Ruhe vor dem Sturm. Er fühlte sich von ihr magisch angezogen. Die Zeit stand still. Nur für den Augenblick, doch dieser Moment genügte. Er sah kommende Zeiten vor sich, die gefährlich und friedvoll waren. Gleichzeitig. Ein Paradox. Wie ungestümes Wasser. Franck Metz war im Auge eines Wirbelsturmes gefangen. Es machte Klick, eine Momentaufnahme des Lebens. Festgefroren und auf eine Fotoplatte gebannt. Wie früher, diese altmodischen Dinger. Ein Negativ, das man entwickelt.

Sie schauten sich über die Distanz an. Vielleicht konnten sie gerade deswegen bis zum Boden ihrer Seelen blicken. Langsam drehte sie sich um und musterte ihn von unten nach oben. Sie sparte keinen Zentimeter seiner selbst aus. Alles in ihm zerbrach und setzte sich auf beruhigende Weise in einem unbekannten Muster wieder zusammen. Franck Metz fürchtete um seinen Verstand und noch mehr um sein Herz. Mit einem bezaubernden Lächeln hob sie ihre Hand und fragte mit ihrer angenehmen Stimme:

»Sie wollten mich sprechen?«

In der Tat, das wollte er. Aber wenn er sich nicht zusammenriss, dann dachte sie noch, er sei irgendein Esel, der in der Pubertät steckt. Feststeckt, um es genauer zu sagen. Er gab sich einen Ruck und schickte sich an, normal zu funktionieren, doch wieder musste er sich gedulden. Ein Mann in befleckten Malersachen war offensichtlich außer sich, als er durch die Automatiktür der Apotheke eilte. Der hochrote Kopf und sein verkniffener Gesichtsausdruck ließen seine Verärgerung erkennen. Die grauen Haare standen nicht minder erregt von seinem Kopf ab.

»Ach, Herr Marx ohne Engels.« Die eben noch angenehme Stimme der Apothekerin nahm einen scharfen Ton an. »Sie kommen zur rechten Zeit. Ich bedaure, Ihnen mitteilen zu müssen, dass ich meinen Auftrag zurückziehe. Das Geld für die zwei letzten Tage habe ich bereits angewiesen.« Ohne viel Federlesens oder Rücksicht auf sein echauffiertes Aussehen zu nehmen, verwies Frau Sander den momentan sprachlosen Maler, was auch immer er ausgefressen hatte, der Tür. Er war seinen Auftrag los, von einer Sekunde zur anderen.

»Gott sei Dank, den sind wir los«, meinte Camilla Weiß schlicht, als sich die Tür hinter ihm schloss, und widmete sich danach wieder ihrer Arbeit. Die Kunden dankten es ihr durch beifälliges Murmeln.

Frau Sander wandte sich erneut an Franck Metz.

»Ich gehe vor in mein Büro.«

Wie von Geisterhand öffnete sich eine Schneise der Wartenden, als ob es zur Normalität gehöre, von der Apothekerin ins Büro gebeten zu werden. Franck Metz riss sich zusammen und folgte ihr.

Die Apothekerin bat ihn, auf der Couch Platz zu nehmen. Sie selbst setzte sich ihm gegenüber.

»Ich habe immer ein Problem mit Namen. Wir kennen uns doch von irgendwoher? Sind wir uns offiziell vorgestellt worden?«, fragte sie ihn arglos.

»Genau genommen sind wir uns bereits am Montag begegnet«, antwortete Metz.

Sie runzelte die Stirn.

»Etwa, wo ich dermaßen tollpatschig war und Sie in einer Alkoholpfütze stehen ließ?« Sie schluckte. Dann lachte sie ein befreiendes Lachen ohne eine Spur von Peinlichkeit.

Franck Metz sah ihr in die Augen. Blau und grün, grün und blau. Die Farben waren miteinander vermischt.

»Aber Sie haben recht«, gab ihr Franck Metz zu verstehen, »offiziell sind wir uns nicht vorgestellt worden. Mein Name ist Metz, Franck Metz.« Er legte besonderen Wert darauf, seinen Vornamen mit dem französischen Klang auszusprechen, stets interessiert, zu welchen Reaktionen es führte. Hier in diesem Büro führte es zu keiner Gegenbemerkung. »Ich bin der leitende Ermittler im Fall Inge Palme«, fuhr er fort.

Diese Worte besaßen ihre eigene Wirkung. Die Apothekerin beugte sich etwas vor. Der Schlitz ihres Rockes zeigte mehr Bein, als es der Situation gerecht wurde.

»Frau Palme ist also doch ermordet worden?«, fragte sie sogleich.

»Woher wissen Sie das?«, stellte er die Gegenfrage, obgleich er ahnte, dass Informationen, die nicht nach draußen gelangen sollten, es doch schafften. Auf geheimen Wegen und über geheime Kanäle. Metz entschied sich spontan, mehr preiszugeben als allgemein üblich, schließlich wollte er im Gegenzug auch Informationen erhalten. »Uns liegen Hinweise vor, dass Frau Palme vergiftet wurde.« Metz blickte ihr fest in die Augen.

»Womit?«, fragte sie, ihr Blick blieb aufmerksam.

»Mit Scopolamin.« Der Ermittler machte eine kurze Pause.

Emilia betrachtete den Besucher. Er war attraktiv, wirkte auf sie sympathisch und ungezwungen. Um ehrlich zu sein, hatte sie ihn am Montag durchaus bemerkt und es war ihr unangenehm, dass ihr dieses Missgeschick passiert war. Dennoch hatte sie das Gefühl, dass der Ermittler das heutige Gespräch als Ausrede nutzte. Soweit sie sich das Arbeitsgebiet eines ermittelnden Beamten der Kripo vorstellte, konnte sich auch ein leitender Ermittler im Internet über Scopolamin belesen. Außerdem hatten doch sicherlich die Spurensicherung und der Rechtsmediziner ihre Berichte abgeliefert. Sie hatte ihre Beine übereinandergeschlagen und wippte leicht mit dem freischwingenden Fuß. Sie war neugierig, warum der Mann mit dem seltsamen Klang seines Vornamens solche Reaktionen in ihr auslöste. Im Allgemeinen war das nicht der Fall. Seine Lippen faszinierten sie und sie gönnte sich den Gedanken, wie es wäre, ihn zu küssen. Aber sie wollte dennoch wissen, warum Frau Palme ermordet worden war, schließlich geschah ein Mord nicht alle Tage.

»Was kann ich tun?« Emilia Sander entschied sich, zu helfen.

Metz hatte seine Jacke neben sich abgelegt. Der erste Knopf seines Hemdes stand offen.

»Ich stehe aber nicht unter Verdacht?«, fragte sie scherzhaft.

Er hörte es ihrer Stimme an, dass sie es nicht ernst meinte. Franck Metz schüttelte den Kopf und unterdrückte ein amüsiertes Zucken seiner Mundwinkel. Die Frage hatte er oft gehört, doch nie fiel es ihm leichter, den Kopf zu schütteln, als hier in diesem Büro.

»Was möchten Sie wissen?«, fragte die Apothekerin geradeheraus. »Denn mit der Strukturformel will ich Sie nicht langweilen und auch damit nicht, dass Scopolamin eine Droge ist, da würde ich Ihre Intelligenz beleidigen.«

Metz nickte zustimmend.

»Nein, das habe ich auch nicht erwartet. Erzählen Sie mir einfach etwas über Scopolamin, damit ich mich besser darauf einstellen kann.«

»Scopolamin ist ein Alkaloid, ein Nachtschattengewächs«, begann die Apothekerin. Sie wartete gespannt darauf, wann der interessierte Funke in Metz' Augen erlöschen würde. »Jeder Gärtner kennt die Engelstrompete oder den Stechapfel. Es ist bekannt, dass das giftige Pflanzen sind. Ein Gärtner hat aber einen anderen Anspruch an die Pflanzen. Ein Pharmazeut hingegen muss wissen, welche Inhaltsstoffe die einzelne Droge hat und welchen Nutzen man aus ihnen ziehen kann.« Emilia blickte dem Mann, der ihr gegenüber saß, fest in die Augen. »Schließlich sagte bereits Paracelsus: ,Die Dosis macht das Gift.'«

Metz bemerkte, wie sie ihn ansah. Nur mit Mühe konnte er sich zusammenreißen.

»Werden Sie leicht reisekrank, Herr Metz?« Die Frage kam überraschend.

»Nein, aber meine älteste Tochter hatte damit zu tun. Jedes Mal war der Urlaubsbeginn eine Tortur, für das Kind und für uns Eltern. Und die Heimfahrt nicht zu vergessen.« Ein Lächeln umspielte seine Lippen. »Bis meine Frau konsequent entschied, dagegen etwas zu unternehmen«, fuhr er fort. Emilia Sander wunderte sich, sie hatte

Verwelkt

bei der Begrüßung keinen Ring gesehen.»Meine geschiedene Frau«, korrigierte Metz, als er ihren Blick bemerkte.
»Das tut mir leid.« Emilia Sander meinte den Satz ehrlich. Sie selbst war niemals verheiratet gewesen.»Aber sie hat es richtig gemacht. Genau dafür benutzt man dieses Alkaloid. Es unterdrückt den Brechreiz. Außerdem ist es nicht wegzudenken bei den Augenärzten. Es wirkt wie Atropin und ist zuständig für die Pupillenerweiterung. Nicht zu vergessen ist das Einsatzgebiet Palliativmedizin. Es wird als ein Pflaster eingesetzt.« Emilia Sander lehnte sich entspannt zurück.
Metz machte sich immer Notizen in sein kleines Buch. Eine Eigenart von ihm war es, nur grüne Claire-Fontaine-Hefte zu benutzen. Doch diesmal hörte er lieber zu.
»Und ging es Ihrer Tochter besser?«, wollte die Apothekerin wissen und musterte ihn erneut eindringlich.
»Oh ja. Danke der Nachfrage. Bei unserer jüngsten Tochter haben wir nicht lange gewartet.« Ein Stirnrunzeln Emilia Sanders ließ ihn hinzufügen:»Ihr ein Mittel gegen Reisekrankheit zu besorgen, meinte ich. Jetzt sind beide Töchter erwachsen und studieren in München. Haben Sie auch Kinder?«, fragte er interessiert.
»Einen Sohn, er studiert Musik. Zurzeit ist er in Amerika«, erwiderte Emilia Sander.
Franck Metz räusperte sich und setzte sich bequemer hin. Sie hatten etwas den Kurs verlassen von ihrem eigentlichen Gespräch. Er versuchte, sich auf das Wesentliche zu konzentrieren, was ihm zunehmend schwerer fiel. Besaß sie eine Art Magie?
»Sie haben mir die positiven Seiten des Scopolamins aufgezeigt, Frau Sander.« Metz zögerte kurz. Wollte er wirklich weiterreden und ungewollt die angenehme Aura stören?»Aber ich weiß, dass es eben auch anders eingesetzt werden kann. Unerfreulicherweise wird es als Rauschdroge konsumiert. Jugendliche sind kreativ in ihren Möglichkeiten. In Südamerika wird es von Kriminellen benutzt, die machen ihre Opfer willenlos. Die haben keine Skrupel, Scopolamin zu benutzen, damit wird die Hypnose erleichtert. Es hat den Ruf einer Wahrheitsdroge, deshalb nutzen es auch die Geheimdienste.« Franck Metz blickte auf.»Eine Medaille hat immer zwei Seiten. Aber das wissen Sie ja. Meine Frage ist: Wo kann man an das Scopolamin herankommen, wenn man nicht die einschlägigen Wege nutzt?« Er fragte sich bereits, ob es taktisch geschickt war, die Frage überhaupt zu stellen.»Aber ich will Sie nicht aufhalten, sicher haben Sie anderes zu erledigen.«

»Ja, das stimmt zwar«, sagte Emilia Sander, »jedoch finde ich Ihre Frage höchst interessant. Man kann Scopolamin zu Hause herstellen. Engelstrompeten gibt es in vielen Gärten. Die wenigsten werden damit etwas anderes anfangen, als sich an dem betörenden Duft zu erfreuen. Aber ich werde über diese Frage nachdenken. Versprochen.«

Franck Metz erhob sich, um sich zu verabschieden. Liebend gern hätte er länger verweilt, und das nicht nur, weil im Büro eine angenehme Atmosphäre herrschte, es war die Ausstrahlung der Apothekerin, die ihn unwiderstehlich anzog.

»Ihre Karte?«, fragte Emilia. »Sie haben doch eine für mich?«, fügte sie rasch hinzu.

»Natürlich.« Franck Metz suchte in der Lederjacke und legte eine Karte des Präsidiums auf den Glastisch, nicht ohne seine Durchwahlnummer aufzuschreiben.

Emilia Sander brachte ihren Besuch bis zum Eingangsbereich der Offizin.

»Vielen Dank für Ihre Hilfe.«

Franck Metz gab ihr die Hand.

»Bis zum nächsten Mal.«

Er war der letzte Kunde, hinter ihm schloss Frau Weiß die Tür ab.

Franck Metz stand mit dem Rücken zur Apotheke.

Die Sonne warf bereits ihr goldenes Licht auf die Dächer der Altstadt. Die Marktkirche St. Benedikti lag schräg rechts vor ihm im Schatten. Er blickte auf seine Armbanduhr und wusste, dass er Feierabend machen konnte. Sein Magen machte sich bemerkbar. Spontan entschied er sich für das italienische Restaurant *Weinberg*, das gleich neben der Apotheke lag.

Die Fenster reichten bis fast auf den Bürgersteig. Er schaute durch eines und erspähte ein Gewölbe mit unverputzten Ziegeln. Es verlieh dem Restaurant einen romantischen Charakter. Die außen angebrachte Speisekarte sagte ihm nicht minder zu.

Franck Metz öffnete die Tür und trat ein. Ein Kellner wurde sogleich auf ihn aufmerksam und platzierte ihn höflich. Der Viertel Rotwein, den er bestellte, kredenzte der Chef des Restaurants persönlich.

»Darf ich Ihre Bestellung aufnehmen?«, erkundigte er sich.

»Einen Capresesalat und dann den Fisch mit Risotto, bitte.«
»Eine ausgezeichnete Wahl. Der Fisch ist von exzellenter Qualität, Sie werden es schmecken.«
Die Vorspeise wurde nach wenigen Minuten vom Kellner serviert. Der Teller mit den Tomaten- und Mozzarellascheiben, die abwechselnd geschichtet und mit frischen Basilikumblättern verziert waren, wurde serviert. Franck bewunderte nicht zum ersten Mal, wie offensichtlich es war, dass sich die italienischen Farben im Salat à la Caprese widerspiegelten. Er genoss den Salat, zumal es sich um echten Büffelmozarella handelte, den er hier verspeiste. Franck Metz wollte sich Zeit nehmen für das einfache Abendessen. Dabei konnte er seine Gedanken sortieren. Hatte er heute etwas erreicht?, fragte er sich. In den Zeiten des Burn-outs erkämpfte er sich die Erfahrung hart, ehrlich zu sich selbst zu sein. Deshalb sah er der Realität ins Auge.

Er hatte sich schlicht und ergreifend in Emilia Sander verliebt.

Die wenigen Momente reichten aus, dass die Apothekerin ihm den Kopf verdrehte. Trotzdem verstand er sich nicht. Schließlich war er keine zwanzig Jahre mehr. Er hatte eine Ehe von fünfzehn Jahren hinter sich, mit ihren Höhen und Tiefen, zwei erwachsene Töchter, auf die er stolz war. Seine geschiedene Frau war selbstbewusst und finanziell von ihm unabhängig. Ihre Ehe hatten sie ohne Rosenkrieg beendet. Das gab es nicht häufig, versicherten ihnen ihre Anwälte. Franck Metz pflegte zu seiner Exfrau weiterhin Kontakt, wegen der Kinder, der Schwiegereltern und wegen ihres bisherigen gemeinsamen Lebens. Nur für dieses Jahr hatten sie vereinbart, dass sie den Kontakt einstellten. Nur in absolut drängenden Sachen wollten sie sich kontaktieren.

Franck Metz hatte seinen vorherigen Arbeitgeber in Merzig gebeten, dass er für ein Jahr in ein anderes Umfeld versetzt wird. Er wollte wissen, ob die Arbeit als Hauptkommissar auch in der Zukunft realisierbar war oder ob er der Versetzung in den Innendienst zustimmen müsste. Eine weitere Option war es, das Handtuch zu werfen und etwas völlig anderes anzufangen. Und nun kam ihm das Gefühl dazwischen und wirbelte alles durcheinander. Einen Ring an Emilias Finger hatte er nicht entdeckt, das ließ ihn hoffen. Worauf?, fragte ihn gleich darauf seine innere Stimme.

Signore Romano, der Besitzer des *Weinbergs*, servierte höchstpersönlich das Fischgericht mit Risotto. Es duftete herrlich nach Zitrone, Kräutern, Knoblauch. Franck nahm das Besteck zur Hand und fing an zu essen. Es schmeckte vorzüglich, dazu trank er einen Schluck Weißwein und ließ seine Gedanken weiterlaufen.

Er war gern Polizist geworden. Den Dienst in der Fremdenlegion hatte er aus gesundheitlichen Gründen quittiert. Danach stand es für ihn außer Frage, das Studium zum Kriminalisten zu absolvieren. Noch heute empfand er diesen Beruf als einen der besten der Welt. Dennoch forderte dieser Job seinen Tribut. Oft zählten Leib und Leben und Familie dazu. Er hatte gedacht, dass er gegensteuern könnte, und es funktionierte. Allerdings nur eine Zeit lang. Das Gefühl, eine dunkle Wolke schiebe sich zwischen seine Gedanken, wuchs. Er kannte diese Schatten seit Beginn seines Erschöpfungszustandes. Und er wusste auch, was für ein solches Ereignis maßgebend war.

Er war zu einem Fall gerufen worden.

Ein schrecklicher Fall. Zu schrecklich die menschlichen Abgründe, die sich damals vor ihm auftaten. Schrecklich, obszön, richtiggehend teuflisch. Den Fall hatte er gelöst, aber etwas war in ihm zerbrochen.

Der Beginn seiner Krankheit kam langsam, schleichend, zerstörerisch. Franck Metz zwang sich, die Köstlichkeit, die auf seinem Teller lag, zu würdigen. Bei der Therapie hatte er wieder lernen müssen, sich auf das Jetzt und Hier zu konzentrieren und störende Gedanken draußen zu lassen. Abzuschalten. Das war verdammt schwer, sich wieder auf die hellen Seiten im Leben zu konzentrieren, die es gab und die es wert waren, sich darauf zu besinnen. Jetzt saß er in einem italienischen Restaurant, hatte einen unspektakulären Fall zu lösen und sich prompt verliebt. Das Leben war verrückt.

Franck legte das Besteck gedankenlos auf dem Teller ab und blickte auf, weil sich Signore Romano diskret neben seinen Tisch gestellt hatte und ihn mit leiser Stimme ansprach.

»Signore, waren Sie zufrieden? Wünschen Sie, noch einmal die Karte zu sehen?« Der Herr des *Weinbergs* schaute besorgt auf den Teller, auf dem kein Reiskorn mehr lag.

»Pardon, dass ich mich dem vorzüglichen Essen nicht völlig gewidmet habe, liegt eher an der Art meiner Gedanken. Keinesfalls am Risotto oder am gegrillten Fisch«, erwiderte Metz.

»Ich habe Sie noch nie als meinen Gast verwöhnen können, Signore.« Der Italiener blickte seinen Gast mit prüfendem Blick an. »Sie sind nicht von hier?«

»Nein, das bin ich nicht. Ich wohne im *Hoken* und werde für ein Jahr hier arbeiten.«

»Und wie hat es einen Franzosen in diese Region verschlagen?« Signore Romano machte eine energische Geste in Richtung des Tresens. »Gino, hol unserem Gast einen Grappa!«, rief er mit dem

115

typischen italienischen Dialekt Norditaliens seinem Sohn zu. Der junge Mann, der dem Vater wie aus dem Gesicht geschnitten war, kam der Bitte sofort nach.

»Woher wissen Sie, dass ich Franzose bin?« Metz schnupperte an den Düften, die das Glas verließen. Der vor Franck abgestellte Grappa duftete nach Weintrauben.

»Das höre ich Ihnen an.« Signore Romano blinzelte Franck Metz verschwörerisch an. »Wir aus der Fremde müssen zusammenhalten. Der Grappa geht aufs Haus. Einen angenehmen Abend für Sie, Monsieur.« Eine leichte Verbeugung und Signore Romano ging an einen anderen Tisch, um weiter Konversation zu machen.

Franck lehnte sich zurück und genoss den Grappa. Nach einer Weile fasste er den Entschluss, doch noch mal im Büro vorbeizuschauen.

Samstag

Emilia Sander war kurz nach neun in der Apotheke. Sie wollte für die nächsten drei Stunden im Handverkauf mitarbeiten. Ihre andere Arbeit konnte bis zum Nachmittag warten. Schließlich war Samstag und nach dem Dienst hatte sie dafür noch Zeit. Außerdem wartete am Nachmittag eine spezielle Aufgabe auf sie. Bereits im Frühjahr hatte sie den Auftrag übernommen, vor einer ausgewählten Gruppe von Apothekern, die aus dem gesamten Bundesland stammten, einen Vortrag zu halten. Thematisch ging es um ihre Apotheke, die mit über vierhundert Jahren eine betagte Dame war. Am Nachmittag den Vortrag in Gang zu bringen, war ein passender Zeitpunkt, fand Emilia. Die Stadtchronik lag bereits aus der Stadtbibliothek ausgeliehen auf ihrem Schreibtisch. Aber sie hatte noch eine Aufgabe, die auf ihrer Seele lag.

Der Dachboden. Er war noch immer unaufgeräumt und keinesfalls einer Apotheke würdig. Bei dem Versuch, das Problem zu lösen, wusste sie nicht, wo sie beginnen sollte. Bauschutt der vergangenen letzten sechzig Jahre lagerte dort. Mardern und Tauben bot der weitverzweigte Boden Verstecke und Rückzugsgebiete. Jedenfalls ließen Emilia aufgefundener Marderkot und verstreut liegende Taubenfedern zu dieser Meinung kommen. Staub ohne Ende. Das Hantavirus hatte beste Chancen, zu überleben. Sie musste das Problem dringend ändern. Dennoch sah sie sich außerstande, alles im Alleingang aufzuräumen. Es wäre eine Zumutung, ihren Mitarbeiterinnen diese Aufgaben aufzubürden. Fremde Firmen wollte sie auch nicht damit betrauen. Es war bereits vorgekommen, dass das eine oder andere Apothekeninventar verschwand. Welche Alternative bot sich ihr? Nahm sie das Angebot ihrer Familie doch an? Das bedurfte einer gewissen Planung, denn an einem Wochenende war das Projekt nicht in den Griff zu bekommen.

Die nächsten Tage fiel ihr sicher etwas ein. Jetzt konnte sie nichts ändern und verschob, was sich nicht ändern ließ. Die Bestellungen für den Großmarkt hatte sie bereits abgearbeitet. Es war Zeit, sich dem zu widmen, was sie am Allermeisten mochte, dem Verkauf von Medikamenten und dem Beraten ihrer Kunden.

Das Handy klingelte. Tess. Sicherlich war ihre Freundin noch bei ihrem ausgedehnten Frühstück, auf das sie samstags nie verzichtete. Fröhliches Lachen drang an Emilias Ohr, als sie das Handy in die Hand nahm. Ihre Ahnung bestätigte sich.

»Hör mal, Emilia. Sitze mit Raymond am Frühstückstisch. Wie geht's?« Tess stellte gern eine rhetorische Frage.

Moment mal, wer ist denn Raymond?, fragte sich Emilia. Sollte sie Tess danach fragen? Emilia verwarf den Gedanken sofort wieder. Tess erzählte es ihr beim nächsten Treffen oder Telefonat ohnehin.

»Danke, gut.« Manchmal beneidete Emilia ihre Freundin, diese hatte niemals an einem Wochenende Dienst. Dennoch liebte sie ihre Apotheke viel zu sehr, als dass sie Tess den geruhsamen Morgen ernsthaft missgönnte. »Warum rufst du am Samstagfrüh an?«, wollte Emilia wissen.

»Oh, ich bin die Überbringerin positiver Nachrichten.« Tess glucks-te vor Lachen am Telefon. »Ich wollte dir mitteilen, dass Herr Majakowski zu dir kommt.« Wieder hörte Emilia das glockenhelle Lachen, das ansteckend war.

»Ach, muss ich den kennen?«, fragte Emilia irritiert. Mit ihrem Namensgedächtnis war es nicht weit her.

»Du wolltest doch einen Maler?« Schonungslos erinnerte Tess sie an die Sache mit dem entlassenen Maler.

»Ist es denn diesmal einer?« Nach der Pleite mit Herrn Marx ohne Engels wollte Emilia sicher sein.

Tess konnte sich vor lauter Lachen kaum mehr zusammenreißen.

»Nein, ist er nicht«, prustete sie hervor. Das war offenbar alles, was Tess sagen wollte und sie musste einen verdammt treffenden Grund dafür haben, ihr diesen Herrn schmackhaft zu machen. Gespannt wartete Emilia auf die Erklärung. Sie wusste, dass Tess niemals lange mit der Wahrheit hinter dem Berg halten konnte und sie behielt recht.

»Meine Mitarbeiterinnen versicherten mir hoch und heilig, dass Herr Majakowski ein kompetenter Mann für solche Arbeiten war und ist.«

Emilia zögerte, sie verstand die Welt nicht mehr. Aus einer eher persönlichen Sache war ein allgemeines Anliegen geworden.

»Und wie kommen die darauf?«

»Dass ich nicht selbst darauf gekommen bin, wundert mich, das kannst du mir glauben«, erklärte Tess munter. »Herr Majakowski jedenfalls war im Rathaus ein begehrter Hausmeister, bevor die Einsparungspolitik ausgerechnet ihn von diesem Standort wegrationalisierte. Er wurde woanders gebraucht, hieß es. Meine Mitarbeiterinnen jedenfalls sind froh, dass Herr Majakowski zurückgeholt wurde. Der Bürgermeister hatte Verständnis, hieß es hinter vorgehaltener Hand. Mit dem anderen Hausmeister war niemand zufrieden gewesen. Wenn der einen Nagel in die Wand schlagen sollte, dann stand eine Kollegin mit dem Erste-Hilfe-Kasten parat, eine zweite hatte ihm das Werkzeug zu reichen und eine dritte brachte alle zu Bruch gehenden Gegenstände in Sicherheit. Es wird sogar erzählt, dass er einmal einen Stapel Steine, der von einem Metallband zusammengehalten wurde, aufgeschnitten hat. Das Metallband stand dermaßen unter Spannung und eines der Enden ist an der Kehle von Herrn Löwe nur wenige Zentimeter vorbeigesurrt. Ich glaube, dass Herr Löwe ein klares Wort bei der Neubesetzung gesprochen hat.«

Emilia hörte Tess' Stimme an, dass sie sich köstlich amüsierte, als sie ihr diese Details verriet.

»Wann ist mit ihm zu rechnen?«, wollte Emilia schlicht wissen. Die Kunden warteten auf die Bedienung.

»Du bist doch in der Apotheke? Wann soll er das denn machen, wenn nicht am Wochenende! Außerdem hat deine Apotheke Nachtdienst. Er kommt gleich vorbei.«

Emilia gestand sich ein, dass Tess wieder ihre pragmatische Seite unter Beweis stellte.

»Danke, Tess. Ich werde mich revanchieren.«

Franck Metz stand mit den Füßen an einer Frauenleiche und glaubte, ein Déjà-vu zu haben. Für ihn war es wie ein Schlag in die Magengrube. Die zweite Leiche binnen einer Woche. Jäger stand keine zwei Schritte hinter ihm. Offensichtlich war es für den Kollegen an seiner Seite eine ausreichende Distanz, den Ausführungen des Rechtsmediziners zu folgen.

Dr. Wagner erhob sich langsam. Er war nicht mehr der Jüngste und auch nicht der Sportlichste.

Dr. Wagner wies auf die komplett bekleidete Frauenleiche, die auf dem Rücken vor ihnen lag. Der rechte Schuh, ein lilafarbener Pump mit Paillettenbesatz, fehlte. Ihre schwarzen Leggings waren zerrissen. »Fundort ist nicht Tatort«, hörte der Hauptkommissar den Rechtsmediziner sagen.

Metz' nachdenklicher Blick blieb auf der Leiche haften. Er hatte bereits bemerkt, was ihm der Gerichtsmediziner mitteilen wollte. Dr. Wagner deutete auf eine Spur, die sich im weichen Boden abzeichnete. »Die Leiche ist hier entlanggeschleift oder gezogen worden«, bemerkte der Rechtsmediziner und wies auf die Schleifspur. Der schwarze Rock, den die Leiche trug, starrte vor Dreck. Die zart lilafarbene und sicher einstmals teure Bluse war an den Nähten eingerissen und ebenfalls verdreckt. Darunter trug sie ein Top in einem dunklen Lilaton. Es verbarg nicht mehr ihre Brustwarzen.

»Was für ein Jammer«, klagte Dr. Wagner. Abrupt blickte Metz auf.

Der Rechtsmediziner hielt den linken Schuh in die Höhe und murrte darüber, dass es ein Jammer für seine besten Schuhe sei. »Völlig ruiniert vom Schlamm der Bode.« Der Gerichtsmediziner blickte Metz betrübt an und ähnelte für einen Moment auf verblüffende Art und Weise einem Bassett.

Franck Metz runzelte die Stirn über die Worte. Das einzig zu Bedauernde lag zu ihren Füßen. Unkommentiert nahm Metz seine Betrachtungen wieder auf. Die Tote trug keinerlei Schmuck, weder Ringe noch eine Kette. Metz sah auch keine Löcher für Ohrringe. Kein Armband oder eine Uhr. Ihr dunkler Pagenkopf wirkte über ihrem wächsernen Gesicht fast unecht. Sie hatte geschwungene Augenbrauen und volle Lippen, auf denen der verschmierte Lippenstift in einem dunklen Lilaton zu erkennen war. Vermutlich war Lila ihre Lieblingsfarbe. Die Leiche war von der Straße in die Uferböschung gezogen worden, die Schleifspuren waren eindeutig. Metz schätzte ihr Alter auf fünfundzwanzig Jahre, ihr Gewicht auf 50 bis 55 Kilo, ihre Körpergröße auf 1,65 m. Die Kleidung, die sie trug, hatte sie sicher nicht von der Stange gekauft. Jäger müsste sich darum kümmern, in welchen Boutiquen man Derartiges erhielt. Nicht ausgeschlossen, dass sich eine Spur ergab. Metz bückte sich. Trog ihn sein Geruchssinn oder war es ein betörender Duft, der von ihr aufstieg? Außer dass sie nach Tod, Uferschlamm und dem übel riechenden Leberschnitt roch, war es ein anderer Geruch, der sich hartnäckig hielt, wenn ein zarter Windhauch von der Bode mitgebracht wurde.

Dr. Wagner nickte.

»Ich habe es auch bemerkt, aber meine Nase ist nicht mehr wie früher«, verteidigte er seinen Geruchssinn.

Franck Metz schloss die Augen und konzentrierte sich auf den Duft.

»Zedern«, behauptete Metz. Dann nickte er bestätigend und wandte sich an den Rechtsmediziner.»Ich bin sicher. Typischer Zederngeruch. Gibt es hier am Rande der Bode eine Zeder?«, wollte er wissen und schaute auf die Bäume, die die Bode säumten.

»Nein, ist mir nicht bekannt. Ihnen etwa, Polizeiobermeister Jäger?« Dr. Wagner schaute Jäger an, der völlig überrascht war, auch hierzu eine Meinung haben zu müssen, die abgefragt wurde.

Jäger zuckte die Schultern. Er wusste es nicht.

Metz beugte sich noch einmal über die Leiche. Ein teures Parfüm haftete an ihr. Wenn der Hauptkommissar sich nicht täuschte, dann hatte sie ein Rendezvous gehabt, schloss er daraus. Metz winkte einen der Spurensicherer zu sich.

»Hinter den Ohrläppchen und auf den Handgelenken. Bitte jeweils eine Probe. Und bitte senden Sie mir schnellstmöglich den Bericht zu.«

Die Frau von der Spurensicherung, die vor ihm stand, nickte wortlos. Sie bückte sich, um den Anweisungen zu folgen. Dabei las der Hauptkommissar ihren Namenszug; *Weber* stand auf dem weißen Plastikoverall.

»Haben Sie morgen früh«, sagte eine tiefe Altstimme, zu der die zierliche Person überhaupt nicht zu passen schien.

Franck Metz zog überrascht seine blonde Augenbraue in die Höhe. Frau Weber sah diese Reaktion nicht ungern. Sie konnte nicht wissen, dass Metz nicht wegen ihrer Stimme, sondern wegen der Bemerkung, *wann* er mit Ergebnissen rechnen konnte, überrascht war. Morgen war schließlich Sonntag. Frau Weber hingegen übte Nachsicht mit dem Hauptkommissar, der nicht wissen konnte, wie effektiv das Labor arbeitete. Die Spurensicherung war vor Ort, bevor der Hauptkommissar mit Jäger eingetroffen war, und hatte den Fundort weiträumig abgesperrt.

»Wo ist der andere Schuh?«, fragte er Frau Weber.

Doch sie schüttelte verneinend den Kopf. Eine weitere Person der Spurensicherung trat an Frau Weber heran. Beide unterhielten sich leise.

»Wenn sonst noch etwas ist, Hauptkommissar? Unten am Ufer sind wir noch nicht fertig.«

Franck Metz hatte keine Einwände. Für einen Moment sah er den beiden Frauen in den weißen Plastikkokons nach. Auf dem Rücken der anderen stand: *Müller.* Weber und Müller, das weibliche Team der Spurensicherung. Petersen hatte Metz angedeutet, dass sie jede Spur, die sich finden ließ, auch fanden. Der Hauptkommissar wandte sich wieder Dr. Wagner zu.

»Hat man Ausweispapiere oder den Führerschein bei der Leiche gefunden?«, erkundigte er sich.

»Nein«, versicherte der Gerichtsmediziner. »Aber die Todesursache ...«, begann Dr. Wagner und schwieg wieder und er ließ seinen Blick zwischen Metz und Jäger hin und her wandern. Der Gerichtsmediziner wartete, bis er die volle Aufmerksamkeit hatte. »Genaue Untersuchungen müssen meine Vermutungen natürlich noch bestätigen«, sagte er zu Metz. »Aber es gibt eine unerwartete Todesursache ...«

Jäger sah auf das Einschussloch, das die bedauernswerte Frau über der Nasenwurzel hatte. Für ihn war Erschießen eindeutig die Todesursache.

»Ich höre Ihnen zu, Doktor.« Metz blieb aufmerksam.

»Sie ist an einer Überdosis gestorben.«

Jetzt war die Katze aus dem Sack. Metz' Augenbrauen schossen ruckartig nach oben. Das hatte er nicht vermutet. Jägers Verblüffung äußerte sich darin, seinen Mund offen stehen zu lassen.

»Woraus schließen Sie das denn, Dr. Wagner?«, fragte Metz überrascht.

»Sie meinen wegen des unübersehbaren Lochs in der Stirn des Opfers?« Der Gerichtsmediziner drehte das Opfer leicht zur Seite und entblößte die rechte Pobacke. Dabei deutete er auf einen Stich, der fast nicht zu sehen war.

»Da fällt mir ja fast nichts mehr ein«, gab Jäger unumwunden zu und starrte unverwandt auf diese winzige Stelle.

»Das wollen wir nicht wünschen, stimmt's, Herr Hauptkommissar. Die Jugend will hurtig eine Antwort bekommen und übersieht manches.« Dr. Wagner schaute an Metz vorbei zu Jäger. Dieser nahm den Tadel ungerührt entgegen. »Ich habe bereits einen Schnelltest gemacht.«

»Und der ist wie ausgefallen, Doktor?«

»Auf jeden Fall«, nahm der Gerichtsmediziner den Gesprächsfaden wieder auf, »scheint mir das ein Cocktail aus verschiedenen Drogen zu sein. Entweder hatte man nicht mehr von allem und hat alle zusammengekippt oder man wollte die Spuren verwischen. Herr Hauptkommissar, das ist Ihre Sorge. Meine ist es, die Spuren, die der Mörder hinterlassen hat, zu finden.«

»Wann bekomme ich Ihren Bericht?«, wollte Metz wissen.
»Versprechen kann ich Ihnen nichts, aber ich beeile mich. Ich bin ja gerade eben mit der anderen Leiche fertig geworden.« Metz hörte einen leichten Vorwurf heraus, den er ignorierte. »Dazu muss ich morgen wieder nach Magdeburg fahren. Quedlinburg verfügt eben nicht über ein eigenes kriminalistisches Institut. Das wissen Sie ja.« Ein Blick in Metz' Augen ließ ihn hinzufügen: »Ich werde sehen, was ich tun kann.« Dann verstaute Dr. Wagner seine Utensilien in dem Forensikkoffer und verabschiedete sich kurz und knapp.

»Warten Sie!« Metz und Jäger wollten das Feld den beiden Bestattern überlassen, als sie angesprochen wurden. »Warten Sie, Hauptkommissar.« Eine stramme und vom Laufen außer Atem gekommene Polizistin kam auf sie zu. Japsend stellte sie sich vor. »Kommissarin Röderich.« Immer noch rot vom Laufen hielt sie eine Papiertüte in der Hand. Metz' Blick heftete sich interessiert darauf.

Die Kommissarin brachte ihren Atem unter Kontrolle. Jäger konnte es sich nicht verkneifen, sie unverhohlen zu mustern. Wenn Jäger sich recht erinnerte, war die Kollegin lange Zeit krankgeschrieben, davor hatte sie in einer anderen Polizeidirektion gearbeitet. Sie musste knapp sechzig Jahre alt sein. Sie trug ihr graues Haar raspelkurz. Augenbrauen und Wimpern waren schwarz gefärbt, die dünnen Lippen glänzten in einem kräftigen Rotton. Ihre Uniformjacke spannte am Brustbereich. Jäger sah ihr zu, wie sie die Papiertüte dem Hauptkommissar übergab. Metz öffnete sie und entnahm eine Plastiktüte.

»Wir kennen jetzt den Namen des Opfers«, sagte der Hauptkommissar erleichtert. Jäger trat neben Metz und sah durch die Plastikfolie den Personalausweis des Opfers.

»Clarissa Wenger«, las er vor.

Franck Metz griff wieder in die Papiertüte und beförderte einen Betriebsausweis der Pflanzenforschung heraus, der ebenfalls auf den Namen Clarissa Wenger ausgestellt war.

»Wer hat die Papiere gefunden?« Fragend senkten sich seine blauen Augen auf die Kommissarin.

»Polizeimeisteranwärter Neudorf.« Sie zeigte in die Richtung des flussabwärts stehenden Polizisten.

»Danke, Kommissarin Röderich.« An Jäger gewandt, fragte er: »Kennen Sie ihn?« Sie gingen auf den Polizisten mit dem einen blauen Stern auf der Uniform zu.

»Er ist erst mit der Ausbildung fertig geworden, wenn ich mich recht erinnere.«

Jäger schien ein Quell wertvoller Informationen zu sein. Er stellte den Hauptkommissar vor, als sie den Polizeimeisteranwärter erreicht hatten.

»Wo genau haben Sie die Dokumente gefunden? Zeigen Sie es mir!«, forderte Metz ihn auf.

Der Angesprochene, der vor lauter Aufregung im Gesicht knallrot anlief, ging ihnen voran. Metz folgte ihm, Jäger dicht dahinter. Zusammen stiegen die Männer vorsichtig die Uferböschung hinab.

»Dort lagen die Dokumente.« Neudorf deutete auf ein Polster aus Schlingpflanzen.

Franck Metz betrachtete den niedrigen Wasserstand der Bode.

»Jäger, bringen Sie den Wasserstand der Bode in den letzten vierundzwanzig Stunden in Erfahrung. Setzen Sie sich mit dem Wasserwerk in Verbindung«, wies er ihn mit knappen Worten an. »Vermutlich hat der Täter angenommen, dass die Sachbeweise davongeschwemmt werden. Aber darin hatte er sich getäuscht oder es überhaupt nicht in Betracht gezogen«, fasste Metz zusammen.

»Warum hat er die Dokumente nicht verbrannt, zerschnitten und in alle Winde verstreut?«, wunderte sich Jäger.

»Eine mehr als berechtigte Frage.« Metz war der gleichen Ansicht. »Wenn ich der Täter wäre, hätte ich mich nicht auf den Fluss verlassen, zumal ich diesen nicht kenne. Vermutlich kennt der Täter ihn auch nicht. Vertraute aber darauf, dass die Dokumente fortgeschwemmt werden. Warum? Zeitmangel, Unachtsamkeit, Arroganz? Ein Portemonnaie haben Sie nicht gefunden?«, fragte Metz übergangslos den immer noch neben ihnen stehenden Polizeimeisteranwärter.

»Nein.« Entschieden schüttelte dieser den Kopf.

»Ihren Bericht erhalte ich morgen?« Fragend sah Metz ihm direkt in die Augen.

Verdattert kam es Neudorf überhaupt nicht in den Sinn, sich wegen der aufgebrummten Mehrarbeit zu beschweren. Ausgerechnet heute hatte er seiner Freundin versprochen, pünktlich Feierabend zu machen. Am Abend sollte eine Geburtstagsparty bei Freunden steigen. Erst noch den Bericht schreiben, dachte er zerknirscht und war dennoch stolz auf sich, schließlich war er derjenige, der diese Sachbeweise gefunden hatte. Vor ihm waren andere Polizisten den Weg entlanggegangen, denen nichts aufgefallen war.

Metz hatte jetzt genügend Informationen und wandte sich zum Gehen. Im Dienstwagen holte er sein grünes Heftchen aus der Lederjacke und machte sich Notizen.

Jäger wollte den Dienstwagen starten, doch er wandte sich zu Metz und fasste fast ärgerlich zusammen:
»Wir haben innerhalb einer Woche eine zweite Leiche.« Wie Jäger das sagte, klang es wie ein persönlicher Affront.

Für Franck Metz hingegen war das nach zwanzig Dienstjahren keinesfalls eine Überraschung. Derartige Situationen kannte er. Laut seiner Nachforschung hatte er eine Stadt gesucht, deren Verbrechensrate gering war. Quedlinburg war solch eine Stadt. Metz verstand Jägers Reaktion.

»Dann sollten wir alles daransetzen, dass wir den oder die Täter in kurzer Zeit ermitteln.«

»Wir haben die Leiche von Clarissa Wenger. Sie hat ein Date gehabt oder vor, eines zu haben ...«, bemerkte Jäger.

»Ich denke auch. Aber woraus schließen Sie das?«

»Nun, wie sie angezogen war. Viel zu cool für die Arbeit«, meinte Jäger schulterzuckend.

Der Hauptkommissar sah Jäger den Umgang mit Anglizismen nach.

»Wir müssen ihre Freundin finden.«

»Warum ihre Freundin?« Metz war über Jägers Erkenntnisfähigkeit erstaunt.

»Na, weil die beste Freundin immer alles weiß«, schloss Jäger rigoros.

»Stimmt. Dann fahren wir zum Pflanzeninstitut und schauen uns den Arbeitsplatz der Toten an.« Franck Metz verstaute sorgsam sein Heftchen. »Wir dürften gespannt sein, was die Berichte der Spurensicherung und des Rechtsmediziners ergeben«, sagte er. »Halten Sie die Augen offen, wir suchen auch noch den Schuh. An irgendeinem Platz muss er zu finden sein. Denkbar ist auch, dass der Täter ihn an sich genommen hat, vielleicht als Fetisch. Dieses Detail dürfen wir nicht vernachlässigen. Ungeachtet dessen müssen wir den Mord an Frau Palme aufklären. Insofern haben Sie recht. Wir haben eine Menge Arbeit vor uns.«

Jäger startete den Dienstwagen und fuhr von der *Oehringerbrücke* zum Quedlinburger Pflanzeninstitut. Nach wenigen Minuten hielt er vor dem verschlossenen Tor.

Metz zeigte dem Pförtner den Dienstausweis der Kripo. Der telefonierte zunächst und winkte sie dann durch das Tor. Sein ausgestreckter Zeigefinger wies auf den Parkplatz. Jäger parkte den BMW neben einem teuren Mercedes der Extraklasse. Vermutlich das Auto des Direktors. Sie stiegen aus und begaben sich in das vom Pförtner angezeigte Gebäude unweit des Parkplatzes.

Die Flachbauten des Pflanzeninstituts standen verstreut auf dem Areal. Zu jedem Gebäude führte ein asphaltierter Weg. Die Wege waren mit verschiedenen Büschen gesäumt. Alles sah gepflegt aus.

Im Foyer wurden sie von einer langbeinigen Sekretärin in Empfang genommen. Ihr geschäftiges Lächeln stand ihr, wie das leichte Sommerkleid, das sie mit Nonchalance trug. Sie wies einladend mit ihrer manikürten Hand auf eine Tür, die sich in diesem Moment öffnete. Ein kräftig gebauter Mann trat heraus.

Der Direktor bat die Beamten der Mordkommission in sein Büro.

»Sibylle, das Übliche bitte. Und zusätzlich einen Teller mit Broten«, wies er seine Sekretärin mit einem Augenblinzeln an. »Sie müssen entschuldigen, meine Herren«, wandte er sich an seine Besucher. »Sie legen mir das hoffentlich nicht als Bestechung aus, aber ich habe seit vier Stunden in einer dringlichen Sache recherchiert und mein Blutzuckerspiegel ist dem Boden nahe. Es ist also reiner Selbstzweck. Wenn Sie mit zugreifen werden, ist es mir ein Vergnügen.«

Wie auf das Stichwort öffnete sich die Tür und mit einem freundlichen Lächeln stellte die Sekretärin ein Tablett voller Köstlichkeiten auf dem polierten Tisch ab.

»Bitte, greifen Sie zu«, bat der Direktor nochmals und nahm sich ein Schinkenbrot.

Metz entschied sich dafür, dass sie das Angebot annehmen konnten. Nach einer Viertelstunde war der aufgebrühte Kaffee ausgetrunken. Auf dem Tablett lag außer einer Gurkenscheibe, einem Stängel Petersilie und einigen Krümeln nichts mehr. Resolut schob es der Direktor zur Seite, wischte sich die Krümel vom Bauch und blickte die Beamten erwartungsvoll an.

»Leider haben wir«, begann Franck Metz, »Ihnen eine schmerzliche Mitteilung zu machen. Wir haben Grund zur Annahme, dass Ihre Mitarbeiterin, Frau Clarissa Wenger ...«, der Hauptkommissar rutschte auf dem Designerstuhl, auf dem er Platz genommen hatte, unruhig herum. Es gab eine Zeit in seiner Laufbahn, da konnte er die Todesmeldungen einfach nicht mehr überbringen. Er dachte zurück an die Zeit, wo er die Morde oder ungeklärten Todesfälle persönlich genommen hatte und den Hinterbliebenen versprach, nicht zu ruhen, bis der Fall geklärt war. Und ja, verdammt, er ruhte nicht eher und ruinierte seine Gesundheit, seine Ehe und seine Familie. In diesem Fall schien es sich zu wiederholen. Jäger bemerkte das Stocken seines Vorgesetzten. Jägers Knie stieß kurz gegen das von Metz und holte ihn aus der Vergangenheit zurück, »... tragisch ums Leben gekommen ist.«

Später konnte Metz nicht sagen, ob es Absicht war oder ob Jäger aus Versehen sein Knie berührt hatte. Der Blick des Direktors wirkte fassungslos. Er schaute unter den dichten Augenbrauen Metz argwöhnisch an.

»Woher wollen Sie wissen, dass es sich um Frau Wenger handelt?« Der Direktor verlor sich in der Hoffnung, es handele sich um eine Verwechslung.

»Wir haben den Personalausweis und den Dienstausweis gefunden«, setzte ihn Metz in Kenntnis.

»Ein Verkehrsunfall oder zu Hause? Hatte sie einen Unfall? Ich habe ihr oft gesagt, dass sie vorsichtig sein soll, wenn sie die Fenster putzt und die frisch gewaschenen Gardinen aufhängt. Sie hatte noch nicht einmal eine anständige Leiter.« Sein Blick heftete sich an den Ermittler.

»Woher wissen Sie, dass Frau Wenger keine anständige Leiter hatte?«, fragte ihn Metz leise.

Der Direktor, ein altväterlicher Typ, kraulte sich seinen dichten Vollbart. Er war ein seriöser Mann mit entschlossenem Charakter. Er winkte ab und unterdrückte einen Rülpser.

»Nein, meine Herren, nicht, was Sie denken ...« Er kam nicht dazu, seinen Satz zu beenden.

»Was denken wir denn?« Metz schaute ihn scheinbar träge an, doch unterschwellig lag er auf der Lauer.

»Dass ich etwas mit meiner Angestellten hatte. Ich habe den Blick Ihres Kollegen gesehen, vorhin, beim Anblick meiner Sekretärin. Sie liegen falsch. Ich bin schwul, mich interessieren Frauen nicht als Sexobjekte.«

Franck Metz war sprachlos. Er hatte noch nie erlebt, dass jemand sein Coming-out derart hinausposaunte. Jäger hüstelte verlegen und versuchte, eine bessere Position auf dem Designerstuhl einzunehmen. Es war ihm unangenehm, dass der Direktor seinen Blick richtig gedeutet hatte.

»Wissen Sie«, fuhr der Direktor fort, »vor drei Monaten sah Frau Wenger mitgenommen aus. Blass, sie hatte an Gewicht verloren, und das war bei dieser Figur, ... nein, sie sah einfach unwohl aus. Ich fragte sie, ob ihr was fehle, und wollte sie zum Arzt schicken. Aber sie versprach mir, sich auszuschlafen und besser zu essen. Ich ließ mich darauf ein. Aber nicht, ohne sie an diesem Abend nach Hause zu bringen. Ich habe sie nach oben begleitet. Sie bat mich in ihr Wohnzimmer, weil sie mir ihre Forschungsarbeit mitgeben wollte. Ich sollte sie mir anschauen. Nichts Ungewöhnliches, schließlich bin ich Mentor. Tja und dabei sah ich im Wohnzimmer, dass sie es nicht geschafft hatte, ihre frisch gewaschenen Gardinen aufzuhängen. Sie habe nur einen Stuhl, auf den sie sich immer stelle, erklärte sie mir. Für mich sah dieser Stuhl aus der Entfernung schon nicht mehr sicher aus. Ich konnte es nicht mit ansehen. Ich verbot ihr, auf dieses Ding zu steigen. Am nächsten Tag habe ich ihr eine Leiter nach Hause bringen lassen. Falls Sie sich das fragen: von meinem Geld und durch meinen Chauffeur.«

»Nobel, wenn ich das sagen darf.« Metz war beeindruckt. Der Direktor neigte den Kopf.»Woran hat sie gearbeitet?«, wollte Metz nun wissen.

Der Direktor kaute auf der Unterlippe. Offensichtlich fiel ihm die Beantwortung nicht leicht. Nach dem Zögern bekannte er:

»Wir haben Probleme mit einigen Pflanzen. Sie leiden unter Mehltaupilzen. Da wir aber nur einwandfreie Handelsware ausliefern, ist das ein Problem für uns.«

»Was und an wen liefern Sie aus?«, wollte Metz wissen.

»Von Akelei bis zum Zierkürbis, sage ich immer zu meinen Leuten. Wir haben alles und können alles bieten. Samen für Gärtner und Gärtnereien, übrigens deutschlandweit, jedes Gartencenter kennt uns. Und auch im Ausland sind wir bekannt. Man erinnert sich wieder an uns. Ich meine nach dem Fall der Mauer«, fügte der Direktor hinzu.

»Diese Doktorarbeit handelt von den Mehltaupilzen? Können Sie mir die aushändigen?« Dafür interessierte sich Metz.

Bedenklich wiegte der Direktor den Kopf hin und her. Er rieb sich unentschlossen die Handflächen.

»Es widerspricht unseren Geschäftsinterna. Aber ...« Der Direktor straffte seine Schultern, schob die Brille zurecht und fasste einen Entschluss.»Sie versprechen mir, dass Sie mir persönlich die Doktorarbeit wieder zurückbringen?« Durchdringend blickte er seine Gegenüber durch die Halbbrille an.»Und, dass Sie die Arbeit nicht an die Konkurrenz verkaufen.«

Jäger war sich im Unklaren, ob es der Direktor ernst meinte.

»Ist es denn schon einmal vorgekommen, dass Mitarbeiter Betriebsgeheimnisse ausplauderten oder verschwanden?«, fragte Metz aufmerksam und hielt die Spitze des Fineliners knapp über dem Papier seines Claire-Fontaine-Hefts. Der Direktor hob resigniert die Schultern.

Er fühlte sich genötigt, bejahend zu nicken. »Erzählen Sie«, forderte Metz ihn auf und hörte, wie sich Jäger Notizen auf seinem Laptop machte. Wenn Metz von der Geschwindigkeit des Schreibens auf die Menge der Informationen schließen sollte, erweckte es den Eindruck, dass die Menge beachtlich sei.

»Es ist zwanzig Jahre her. Wenn ich mich recht erinnere. Der Fall wurde aufgeklärt. Die Betriebsgeheimnisse waren Gott sei Dank noch nicht an die Konkurrenz verkauft worden. Damals gab es noch nicht die Mittel und Wege, die es heute gibt. Heute braucht man nur einen Computer und einen Chip.«

»Welche Informationen hatte er denn stehlen wollen?« Metz sah den Direktor an.

Dieser legte die Brille ab und massierte die Nasenwurzel. Wie sollte er ein weites Feld in kurzer Frist erklären?, fragte er sich.

»Wir legen Versuchsfelder an. Damals wie heute. Zwiebeln, nichts Besonderes. Wir wollten eine robustere Sorte züchten, an der die Zwiebelfliege keinen Gefallen findet.«

»Ist es Ihnen gelungen?«

»Das ist es, aber es gab Zwischenfälle.«

»Zwischenfälle?« Franck Metz dehnte das Wort in die Länge. Jäger hatte für den Moment aufgehört, die Tastatur zu bemühen.

»In der Nähe der Versuchsfelder standen Imkerwagen. Ob absichtlich oder wer auch immer in der Behörde geschlafen hat, hat man nie herausgefunden. Es gab Wanderer, die eindeutig aussagten, dass die Bienen angriffslustig waren wie nie. Einige der Wanderer und Spaziergänger mussten nach den Bienenstichen den Arzt aufsuchen, weil sie Fieber bekamen. Man könnte es als allergische Reaktion abtun. Das war es aber nicht, zumindest damals. Aber«, der Direktor machte eine wegwerfende Handbewegung, »das ist Schnee von gestern. Wir haben daraus gelernt und arbeiten eng mit den Behörden zusammen, das können Sie mir glauben.«

Franck Metz wusste, dass allein der Glaube nicht immer ausreicht. *Behauptung ist nicht Beweis.* Bitter schmeckten die Worte, wenn Metz an Shakespeares *Othello* dachte.

»Ist etwas Ungewöhnliches passiert? In den letzten drei Monaten?« Metz setzte das Eingrenzungsdatum willkürlich. »Gibt es Kollegen oder Mitarbeiter, die erst eingestellt wurden?«

»Nein, der bisherige Arbeitskreis. Wissen Sie, ich halte nichts davon, Mitarbeiter beliebig auszutauschen. Woran ist sie denn nun gestorben, Herr Kommissar?«

Franck Metz ignorierte die Tatsache, dass der Direktor seinen Titel nicht vollständig wiedergab. Der Hauptkommissar verzichtete auf eine Korrektur. Für die meisten Menschen, mit denen er zu tun hatte, war er ein Kommissar der Kriminalpolizei. Mehr zählte nicht.

»Ihre Mitarbeiterin ist erschossen worden.«

Wenn der Direktor nicht gesessen und nichts gegessen hätte, dachte Franck Metz bei seinem Anblick, wäre er zu Boden gegangen. Dem Direktor war schlagartig das Blut aus dem Gesicht gewichen. Er rang um Worte, die nicht aus seinem Mund kommen wollten. Metz gab ihm die Zeit, die er brauchte.

»Wie kann ich Ihnen helfen?«, fragte der Direktor, als er sich halbwegs unter Kontrolle hatte.

»Wer war die Freundin von Clarissa Wenger?«, fragte Franck Metz.

»Ihre Kollegin, mit der sie das Büro teilte.« Der Direktor ordnete seine Haare, richtete die Krawatte und bat die Polizeibeamten, ihm zu folgen. Seiner langbeinigen Sekretärin gab er im Vorzimmer die Anweisung, dass er die nächste Stunde nicht zu sprechen sei. »Für niemanden«, verbesserte er in aller Deutlichkeit die Anweisung.

Im Gänsemarsch überquerten die Männer den kleinen Parkplatz, liefen über die Rasenfläche und steuerten auf einen weiteren Flachbau zu. Die Eingangstür öffnete und schloss sich automatisch. Der Direktor wandte sich nach rechts, wo es eine Reihe offener oder geschlossener Türen gab. Der Trakt war in einem geschmackvollen Altrosé gestrichen, die Türrahmen hoben sich in ihrem strahlenden Weiß dezent ab. Fotos, die alle Früchte und Pflanzen zeigten, waren auf festen Kartonagen abgebildet und in weiße Bilderrahmen gebannt. Der Direktor ging bis zum Ende des Flurs und klopfte an die letzte Tür.

»Herein!«, antwortete eine muntere Frauenstimme.

Der Direktor öffnete die Tür und ließ die Beamten zuerst eintreten.

Das Aussehen gab der Stimme recht. Die Männer standen einer Frau von Anfang dreißig mit einem blonden Bob gegenüber. Sie hatte unleugbar etwas Weibliches an sich und war auf Anhieb sympathisch. Der Direktor nickte ihr höflich, aber ernsthaft zu.

»Bitte, Frau Erfurt, setzen Sie sich. Die Herren sind von der Kriminalpolizei und haben einige Fragen.«

Bei dem Wort *Kriminalpolizei* wurde Frau Erfurt blass bis zu den Haarwurzeln. Gehorsam setzte sie sich auf ihren Hocker. Bis eben hatte sie in ihr Laborgerät geschaut. Neben dem Mikroskop lag ein Notizblock und der Bildschirmschoner schob kleine Sterne hin und her. Frau Erfurt blickte die Männer ängstlich an.

»Mein Name ist Metz, ich bin Hauptkommissar bei der Quedlinburger Kripo«, stellte er sich vor. Er versuchte, den Blick der Frau einzufangen. Erst als es ihm gelungen war, fuhr er fort: »Das ist mein Kollege Jäger. Sie sind die beste Freundin von Clarissa Wenger?«, fragte Metz mit sanfter Stimme.

Stocksteif nickte Frau Erfurt. Zu mehr war sie offensichtlich nicht in der Lage. Franck Metz sah in ihren Augen die Angst, bevor sie die nächsten Worte hörte.

»Wir haben Ihre Freundin tot aufgefunden. Leider muss ich Ihnen mitteilen, dass sie erschossen wurde.«

Frau Erfurt schnappte nach Luft. Der Direktor beeilte sich, das Fenster zu öffnen und ihr einen Becher Wasser aus der Wasserflasche, die auf dem Tisch stand, einzuschenken. Dankbar nahm sie ihn entgegen und trank den Becher leer.

»Wo?«, hauchte sie. Ihr Blick, obwohl er von Tränen verschwommen war, ließ den Mund des Hauptkommissars nicht los.

»An der Bode ...«

Bei diesen Worten rutschte Frau Erfurt von ihrem Stuhl. Jäger sprang hinzu und konnte verhindern, dass sie mit dem Kopf aufschlug.

»Geht es wieder?«, fragte er nervös und half ihr auf den Stuhl.

Franck Metz sah, dass sie nickte. In der Zwischenzeit hatte der Direktor einen Kaffee aus dem Nebenzimmer besorgt und nötigte seine Mitarbeiterin, diesen zu trinken. Zudem drückte er ihr zwei Traubenzuckertabletten in die Hand. Er war erst zufrieden, als sie diese in ihren Mund schob und kaute.

Franck Metz setzte sich auf den Stuhl vor Frau Wengers Arbeitsplatz. Jäger blieb bei der Zeugin stehen. Der Direktor lehnte an der Tür.

»Wenn Sie sich nicht in der Lage fühlen, die Fragen zu beantworten, dann kommen Sie am Nachmittag ins Präsidium. Ihr Direktor wird Sie sicher freistellen«, bot ihr der Hauptkommissar an.

»Ich lasse Sie gleich nach Hause bringen«, sprang der Direktor hilfsbereit ein.

»Das ist nicht nötig. Ich nehme mein Auto, wenn es mir besser geht«, begehrte Frau Erfurt auf, offensichtlich unangenehm berührt, dass drei Männer Zeugen ihrer Schwäche waren.

Wie auf Kommando schüttelten alle drei Männer die Köpfe.

»Nein«, entschied Franck Metz, »Ihr Direktor wird Sie nach Hause bringen lassen. Sie versuchen, sich ein wenig auszuruhen. Und«, er blickte auf die Armbanduhr, »in drei Stunden wird Sie mein Kollege

Jäger von zu Hause abholen und nach der Befragung bringt er Sie wieder zurück.« Seine Stimme duldete keinen Widerspruch. Der Direktor nickte zustimmend, als ihn der Hauptkommissar anblickte.

»Können wir Sie jetzt ohne fremde Hilfen lassen?« Jäger berührte leicht die Schulter von Frau Erfurt.

»Ja.« Diesmal jedoch klang es weniger besorgniserregend und die Männer verließen sich auf ihr Wort.

Sie verließen das Büro und der Direktor begleitete die Polizisten zum BMW.

»Wenn Sie mich noch einmal brauchen ...« Er ließ das Ende des Satzes wie ein Blatt am Baum lose hängen, bevor es der Herbstwind abriss.

»Dann wissen wir, wo wir Sie finden«, beendete Franck Metz den Satz und stieg in den Dienstwagen.

Der Direktor wartete, bis das Auto aus der Ausfahrt fuhr.

»Jäger, wie sieht es bei Ihren Fahrradkids aus? Müssen Sie heute noch einmal weg?«, wollte Metz wissen.

Jäger blickte aufmerksam in den Rückspiegel, bevor er einen Mopedfahrer überholte.

»Nein, erst nächstes Wochenende.« Falls er sich wegen der höflichen Nachfrage wunderte, verbarg er es geschickt.

»Wir machen Pause, danach ist Brainstorming im Büro angesagt«, entschied der Hauptkommissar.

Jäger fuhr zur Wache, ließ Metz aussteigen und stellte das Dienstfahrzeug auf dem momentan verwaisten Parkplatz des Präsidiums ab. In der Kantine gab es leider keine Auswahl mehr. Sie hatten Glück, überhaupt noch etwas zu essen zu bekommen, und mussten sich mit Spaghetti carbonara begnügen. Es schmeckte vorzüglich.

»Sorry, aber von der Kinderportion werde ich nicht satt.« Jäger schob den Stuhl zurück und stand auf. Metz schaute ihm hinterher und beobachtete, wie er die letzten fünf Schälchen Rote Grütze mit Vanillesoße ergatterte. Metz berichtigte seinen Gedanken sofort, weil das Wort ,gekapert' besser passte. Jetzt kippte Jäger das Dessert auf einen tiefen Teller und steuerte auf seinen Sitzplatz zu. Kaum dass er saß, begann er mit Hingabe zu löffeln. Nachdem er aufgegessen hatte, begegnete er dem Blick seines Chefs. Vorübergehend wurde Jäger verlegen. »Nur meine Oma kocht Rote Grütze mit Vanillesoße besser. Ich würde dafür sterben«, verteidigte er sich.

»Nicht so voreilig. Ich brauche Sie für die Vernehmung, die ansteht. Auch wenn es Samstagnachmittag ist, muss noch einiges erledigt werden.« Früher hatte Franck Metz ebenfalls solche Mengen verdrücken können. Mittlerweile schätzte er die Mahlzeiten in kleineren Portionen. »Und tot nützen Sie mir keinesfalls etwas.« Er stand auf und klopfte Jäger leicht auf die Schulter. »Wenn Sie gesättigt sind, dann erwarte ich Sie im Büro.«

Franck Metz lief die Treppe hinauf, immer zwei Stufen nehmend, und betrat sein Büro. Polternd riss Petersen die Zwischentür auf.

»Trinkst du mit mir einen Espresso in meinem Büro?«, wollte sein Freund und Vorgesetzter wissen. Für einen kleinen Schwarzen war immer Zeit. Petersen schenkte die Tassen ein und platzierte eine Schale mit Amarettinis auf dem Tisch. »Setz dich, Franck. Wie läuft es? Kommst du mit Jäger klar?«, wollte er wissen.

Metz trank die Köstlichkeit in einem Schluck. Auf die moderne Zugabe der Amarettinis verzichtete er. Sacht stellte er die zierliche Tasse ab und strich sich mit der linken Hand über die Mundwinkel.

»Jäger ist effizient und er hat eine schnelle Auffassungsgabe. Du hattest recht, noch ein wenig Führung und er kann ein ausgezeichneter Polizist werden. Wenn du mich fragst, ist er für die Kripo wie geschaffen.«

»Du sagst es, aber er will kein Studium machen. Er sagt, er sei auf der Straße glücklich.«

Petersen schenkte sich einen weiteren Espresso ein. Mit einer Geste fragte er auch Franck, aber dieser lehnte dankend ab.

»Wir werden sehen. Vielleicht leckt er ja noch Blut. Hast du das nicht immer gesagt?« Metz hatte sich stets über diese Formulierung im Deutschen gewundert.

»Ja, so habe ich das immer formuliert. Dass du das noch weißt.« Petersen schüttelte verwundert den Kopf. »Und sonst, was macht der Fall?«

»Eine Zeugenbefragung steht am Nachmittag an. Dann muss ich noch eine Themenarbeit aus der Pflanzenzüchtung lesen. Ich erwarte die Berichte von der Spurensicherung und vom Rechtsmediziner. Weißt du, ich kann mir keinen Reim darauf machen, wie Frau Palme das Scopolamin zu sich genommen hat. Und ich weiß nicht, warum eine Frau an der Bode ermordet worden ist. Es gibt keine Verbindungen zwischen ihnen. Frau Wenger arbeitete bei der Pflanzenforschung. Sie ist laut des vorläufigen Berichtes, bevor sie erschossen wurde, mit einem Drogencocktail vollgepumpt worden.«

»Unter dem Strich viel Gift auf einmal«, urteilte Petersen sachlich.

»Du sagst es«, erwiderte Franck Metz. Was hatte die Apothekerin zu ihm gesagt, dass die Menge das Gift ausmacht? Wie wahr sich doch der Spruch in den Ohren anhörte. »Wenn Jäger kommt, sollte er mich nicht hier Espresso trinkend finden. Wir haben noch viel zu tun.« Metz stand auf und wollte in sein Büro gehen.

»Franck, wann denkst du, dass du ein Ergebnis hast?«, fragte Petersen, und er brauchte Ergebnisse.

»Warum?« Überrascht drehte sich der Ermittler an der Tür um. Petersen sah die gerunzelte Stirn seines Freundes.

»Der Staatsanwalt hat sich bei mir nach Ergebnissen erkundigt.«

»Bei dir? Kann er mich doch selbst fragen.«

»Das habe ich ihm auch gesagt.«

»Und, was hat er geantwortet?«

Petersen blieb ihm die Antwort schuldig, weil die Tür zum Büro aufgerissen wurde. Jäger war die Treppe hochgehetzt. Eine Hand lag auf seinem Magen und sein Gesicht war schmerzhaft verzogen.

»Chef, wir haben ein Problem. Einsatz für Reehrükken, aber die wurden zu der Adresse gerufen, wo unsere Zeugin wohnt. Wollen ...?«

»Wo steht der Wagen?«

»Vor dem Eingang.«

Der Dienstwagen stand mit laufendem Motor und offenen Türen vor der Eingangstür der Polizeidirektion. Metz stieg in den Wagen ein und gurtete sich an. Der uniformierte Mann, der den Dienstwagen angelassen hatte, war ein Polizeianwärter. Der Hauptkommissar sah es an den Schulterklappen. Dieser grinste Jäger mit einem einvernehmlichen Blick an und räumte sofort das Feld. Jäger legte den Sicherheitsgurt mit einer Hand an und raste mit Blaulicht los.

Hart wurde Metz in seinen Sitz gedrückt. Ungestüm, dachte Franck, ist eine Verharmlosung. In einem halsbrecherischen Tempo raste Jäger über die *Halberstädterstraße*, folgte der *Kleersstraße*, weiter über die *Oehringerbrücke*, bog in die *Rathenaustraße* ein, dann nahm er die erste Querstraße nach links in die *Frachtstraße*. Sie verließen die Hauptstraße und fuhren aus der Senke heraus. Von dort ging es eine unbefestigte Strecke entlang. Jäger hinterließ Staubfontänen. Kurze Zeit später bog er nach links ab. Jetzt bretterten sie wieder auf einer asphaltierten Straße entlang.

»Unsere Zeugin wohnt auf der *Gersdorfer Burg*«, informierte ihn Jäger. Mit einer knappen Kinnbewegung wies er geradeaus. »Die Burg liegt vier bis fünf Kilometer südlich von Quedlinburg entfernt.«

Nach der kurzen Mitteilung wandte der Polizeiobermeister seine volle Aufmerksamkeit wieder der Straße zu. Der Hauptkommissar rollte die Schultern, weil er seine verkrampfte Muskulatur spürte und dies wunderte ihn bei Jägers Fahrstil keinesfalls. Metz konnte nichts anderes tun, als kurz auf die an ihm vorbeifliegende Landschaft zu sehen. Trotz der Raserei sah er die einfache Schönheit, die sich ihm bot. Ringsherum Natur. An den Obstbäumen hingen Äpfel und Birnen, sodass sich die Zweige bis auf die Chaussee neigten. Felder, so weit sein Blick reichte. Geschwungene Hügelketten. Metz konnte sich vorstellen, mit dem Fahrrad in dieser sanften Gegend unterwegs zu sein.

Jäger stoppte an einem der wenigen Gebäude, die Metz erst wahrnahm, nachdem sich der Staub ringsherum gelegt hatte.

»Sind Sie sicher, dass wir hier richtig sind?«, fragte Metz, denn kein Gebäude vor ihnen ähnelte einer Burganlage. Jäger war bereits abgeschnallt und als Antwort hörte Metz das Zuschlagen der Autotür.

Durch die vordere Autoscheibe sah er eine ältere Frau auf Jäger zukommen. Aufgeregt fuchtelte sie mit den Händen in der Luft. Franck Metz stieg aus und klappte die Autotür zu. Die Frau humpelte leicht. Im Hintergrund hörte Metz die Sirene eines Krankenwagens. Jäger stand neben der Frau und hörte sich an, was sie zu sagen hatte. Er bemerkte seinen Chef neben sich.

»Frau Senner, so war doch Ihr Name?« Die Frau nickte. »Sagen Sie das bitte dem Hauptkommissar noch einmal. Wir sind von der Polizei Quedlinburg. Sie haben uns angerufen?«

Die alte Frau, die unter einem geblümten Kopftuch ihre Lockenwickler versteckte und eine ausgeblichene Kittelschürze trug, nickte und machte eine ungeduldige Handbewegung.

»Gehen Sie doch endlich rauf, beeilen Sie sich. Das arme Ding.« Wieder machte sie die aufgeregten Armbewegungen und zeigte auf den geöffneten Eingang eines nicht mehr als drei Etagen fassenden Wohnkomplexes.

Metz und Jäger stürmten die Treppe im Wohnhaus hoch. Franck Metz wusste nicht, in welcher Wohnung die Zeugin wohnte. Aber die im Haus erregten Stimmen wiesen ihm ungefragt den Weg. In der obersten Etage schob er sich konsequent durch die offene Wohnungstür. Jäger begann, die Nachbarinnen behutsam, aber entschieden aus der Wohnung zu entfernen.

»Natürlich, wir nehmen Ihre Aussagen auf. Machen Sie den Sanitätern Platz. Bitte, meine Damen.« Jägers Stimme klang energisch. Keine Minute zu früh flitzten zwei Rettungssanitäter die Treppe hoch. Sie erreichten Polizeiobermeister Jäger und grüßten knapp. Man kannte sich. Nach ihrem Eintreten schloss Jäger die Tür und ging vorsichtig durch das Wohnzimmer.

So ein furchtbares Durcheinander hatte er lange nicht mehr gesehen. Die Vorhänge lagen heruntergezerrt auf dem Boden, die Gardinen waren zerrissen. Der Glasschirm der Stehlampe lag zerbrochen auf dem Teppich. Sämtliche Bücher waren aus dem Regal herausgezerrt und lagen zwischen dem umgestürzten Mobiliar, Buchseiten waren zerrissen oder herausgerissenen. Die Stühle lagen mit zerbrochenen Beinen herum, der Ohrensessel war aufgeschnitten, das Innenleben quoll aus ihm heraus. Die Bilderrahmen hingen schräg ohne Glas und Inhalt an der Wand. Ein Computer, der auf dem Tisch in einer Nische stand, war total zerstört.

Jäger ging vorsichtig über die knirschenden Glasscherben. Er hörte Metz' Stimme aus der Küche. Dort kniete sein Chef und hielt eine schlaffe weiße Hand in der seinen. Beruhigend murmelte er Worte auf die vor ihm liegende Frau. Jäger atmete erleichtert auf, die Zeugin lebte. Die Sanitäter hatten bereits mit dem Messen von Puls und Blutdruck begonnen. Kurzerhand verdrängten sie Metz.

Dieser erhob sich und ließ die Zeugin in der Obhut der Sanitäter zurück. Der Hauptkommissar ging mit Jäger zur Seite. Sie beobachteten, wie die Sanitäter sich mit ihren Plastikhandschuhen vergewisserten, ob Knochenbrüche bei ihrer Patientin vorlagen. Einer der Sanitäter testete mit der Stablampe den Pupillenreflex.

»Auch, wenn es nicht so aussieht, die junge Frau hat Glück gehabt. Wir nehmen sie trotzdem mit ins Krankenhaus«, wandte sich einer der Sanitäter an Metz.

»Muss mich dem fügen. Sie bringen sie in Quedlinburg ins Krankenhaus?«, fragte Metz. Die Sanitäter nickten. »Jäger, rufen Sie die Spurensicherung an.« Dabei berührte er den Kollegen leicht an der Schulter. »Lassen Sie niemanden in die Wohnung. Ist die Spurensicherung da, kommen Sie nach. Ich beginne mit den Ermittlungen bei Frau Senner.«

Mit sorgenvollem Gesicht verließ der Hauptkommissar die Wohnung von Frau Wenger. Gegenüber stand die Wohnungstür offen. Er hörte das Klappern von Geschirr. Er roch den Duft von frischgebackenem Kuchen und unwillkürlich verspürte er Appetit. Doch zunächst wollte der Hauptkommissar mit der Frau sprechen, die sie alarmiert hatte.

Metz ging die Treppenstufen hinunter und klopfte an der auch hier nur angelehnten Eingangstür.

»Frau Senner?«, rief er.

»Kommen Sie rein! Ich bin im Wohnzimmer, junger Mann!«, hörte er eine Frauenstimme rufen. Es amüsierte ihn ein wenig, dass sie ihn mit ‚junger Mann' betitelte. Metz ging durch den Korridor bis zum Wohnzimmer. »Sie müssen entschuldigen«, begann Frau Senner, »dass ich sitzen bleibe, aber meine Hüfte tut seit Stunden weh. Momentan ist es schwierig mit dem Laufen und vorhin, ah, da bin ich an meine Grenzen gegangen!« Metz erinnerte sich, dass er sie humpeln sah. Frau Senner saß in einem abgewetzten Ohrensessel und hatte beide Beine auf einen ebenso abgewetzten Hocker gelegt. »Nehmen Sie Platz, junger Mann.« Sie wies mit ihrer vom Alter her knorrigen Hand auf einen weiteren Sessel, der schräg neben ihr stand und in einem tadellosen Zustand war. Der Hauptkommissar vermutete darin den Besuchersessel und dass sie wenig Besuch bekam.

»Schauen Sie sich nur um. Im Alter ist man lange einsam und oft für sich. Ob man will oder nicht. Die Kinder sind in alle Winde verstreut und rufen ab und zu mal an.« Sie zeigte zu einem Telefon, das auf einer alten Kommode mit einer geblümten Decke stand. Der Anblick des Telefons ließ ihn schmunzeln. Das, was er sah, war ein Unikat. Es sah einem Telefon der 20er-Jahre zum Verwechseln ähnlich. Daneben standen Bilderrahmen, die vermutlich ihre Kinder zeigten, und drei Männerfotos mit Passepartoutrahmen. »Ich war dreimal verheiratet und habe meinen Ehemännern je zwei Kinder geschenkt. Sie leben alle mit ihren Familien weit weg von hier. Die *Gersdorfer Burg* ist ihnen zu abgeschieden. Sie wollten eben in die weite Welt«, erklärte sie dem Hauptkommissar ungefragt.

Franck Metz entging es nicht, dass Frau Senner wehmütig auf die Fotos auf der altmodischen Kommode blickte.

»Herr Kommissar, meine Befindlichkeiten sind unwichtig. Viel mehr von Belang ist doch die Andrea. Ich sag Ihnen, Herr Kommissar, die Andrea ist für uns alte Weiber hier auf der *Gersdorfer Burg* ein Jungbrunnen, ein Sonnenschein. Da können Sie jede von uns fragen. Die Andrea ist hier vor zwei Jahren eingezogen. Sie bringt nicht jeden

Tag einen Mann mit, sie hört keine laute Musik. Sie geht voll in ihrer Arbeit auf und sie hilft uns, wo sie kann. Wir verwöhnen sie mit dem, was wir noch tun können. Die von oben, die lädt das arme Ding immer mal zum Kaffee ein, die unter uns stellt ihr einen Blumenstrauß hin. Obst und Gemüse, was wir bewirtschaften können, kommt von Herbert, der nebenan wohnt. Salate oder was Eingekochtes oder Marmeladen, jede gibt, was sie entbehren kann. Außer ihrer Arbeit kommt die Andrea ja zu nichts anderem. Wir nehmen auch mal ihre Wäsche ab, wenn es gewittert und sie später von der Arbeit kommt. Sie nimmt dafür unsere Post mit oder Pakete, organisiert hin und wieder einen Arztbesuch. Sie hat einen Lieferwagen und einmal in der Woche kauft sie für uns ein, was wir aufgeschrieben haben. Sie bringt es uns hoch und macht eine ordentliche Buchführung. Sie ersetzt für uns alle eine Tochter und wir mögen sie alle. Nicht auszudenken, wenn wir sie verloren hätten.« Sie beugte sich nach vorn und goss sich einen Sherry ein. »Möchten Sie auch einen oder ist das im Dienst verpönt?«, fragte sie interessiert.

»Nein, vielen Dank«, wehrte Franck Metz ab. Er liebte das Glas Rotwein am Abend oder zum Mittagessen einen Weißwein, aber am Tag und dazu im Dienst trank er keinen einzigen Schluck.

»Erzählen Sie mir von heute«, forderte er Frau Senner auf. Diese nippte an ihrem Sherry und drehte das Glas gedankenverloren zwischen Zeigefinger und Daumen.

»Zurzeit schlafe ich nicht besonders wegen meiner Schmerzen. Ich überlegte noch, ob ich eine Schmerztablette nehmen sollte oder nicht. Über diesen Gedanken bin ich eingeschlafen und werde wach, weil die Geräusche, die sonst von oben kommen, anders waren. Ich habe für mein Alter ein ausgezeichnetes Gehör. Ich kann zwar nicht so gut laufen, aber hören kann ich wie ein Luchs.« Bei diesen Worten lächelte sie Metz an. »Ich höre ihren Wecker, weiß, dass sie aufsteht. Ich höre, wenn sie ihre Lieblingslieder singt und sie hat eine lobenswerte Stimme. Ob sie textsicher ist, weiß ich nicht, sie singt italienisch. Aber es hört sich wunderschön an. Andrea hat einen leichten Schritt. Sie hat oben keinen Teppich, nur Laminat, wie man das heute nennt. Was mich überhaupt nicht stört. Sie trägt ja keine Absätze. Morgens, wenn sie sich fertigmacht, höre ich sie und weiß genau, Andrea geht in die Küche, macht sich einen Kaffee. Es war zunächst wie immer. Sie ging wie jeden Tag aus dem Haus, der einzige Unterschied war der, dass heute Samstag ist und samstags geht sie eine Stunde später ins Institut. Sie ist ein ordentliches Mädchen, also wusste ich, es war

08:00 Uhr. Meine Schmerzen wurden unerträglich, also rappelte ich mich auf und holte mir eine Tablette. Sie macht mich stets müde, dann legte ich mich wieder ins Bett. Zwei Stunden später klopfte es und meine Nachbarin stand vor der Tür und fragte mich nach einem Päckchen Kaffee. Sie hatte vergessen, es Andrea auf die Liste zu schreiben. Ich gab ihr etwas vom Kaffeepulver ab und wir unterhielten uns eine Weile. Danach bin ich ins Bad und habe mich fertiggemacht. Im Alter dauert es und ich war aus meinem Zeitruder. Dann kochte ich mir eine Portion Haferflockensuppe. Dazu machte ich mir einen frischen Kaffee, mehr brauche ich am Morgen nicht mehr. Danach putzte ich meine kleine Küche. Auf einmal hörte ich über mir einen schweren Schritt. Ist Andrea wieder zurück?, fragte ich mich. Doch keine Arbeit? Das hätte sie aber gesagt, wunderte ich mich noch. Gestern haben wir miteinander geredet, als sie mir meinen Einkauf brachte. Wissen Sie, Herr Kommissar, das Mädchen arbeitet ein Wochenende im Monat im Institut. Und an diesem Wochenende hatte sie eben Dienst, das wusste nicht nur ich, sondern jeder hier im Block. Dann hörte ich wieder einen schweren Schritt. Ihr Laminat, wissen Sie, gibt Geräusche von sich. Ich denke, es ist nicht fachgerecht verlegt, aber es macht das Wohnen anheimelnd. ‚Wie in einem alten Schloss‘, hatte sie mir einmal anvertraut und mich gefragt, ob mich die Geräusche stören. ‚Keinesfalls, Kindchen‘, beruhigte ich sie. Wollen Sie nicht doch einen Kaffee, Herr Kommissar?«, fragte Frau Senner ohne Übergang.

»Vielen Dank. Ich bin voller Neugier, wie Ihre Geschichte weitergeht«, antwortete Metz schmunzelnd. Derart detailbesessene Zeugen wünschte er sich öfter.

»Ich weiß, dass ich ausschweifend bin. Aber mein Leben lang erzähle ich so. Das haben meine drei Ehemänner nicht ändern können«, ergänzte sie. »Ab jetzt geht meine Geschichte flotter, weil oben alles schneller ging. Sie verstehen, was ich damit sagen will, Herr Kommissar?« Bei diesen Worten blinzelte sie verschwörerisch.

»Jemand schlich in der Wohnung umher? Woher wussten Sie zu diesem Zeitpunkt, dass es eine männliche Person war?«, rührte der Hauptkommissar mit einer unangenehmen Frage in Frau Senners Geschichte.

Diese blickte ihn nachsichtig von der Seite an.

»Da haben Sie natürlich recht. Das wusste ich nicht. Aber wer sollte es von uns sein? Einer aus dem Haus? Nein, Herr Kommissar, das habe ich gleich ausgeschlossen«, antwortete sie konsequent.

»Warum?«

»Die Person war viel zu leise. Kein Husten wie vom alten Meiser, der bekommt überhaupt nichts mehr mit. Total senil und was soll er auch in der Wohnung? Kein Fluchen, wie von Herbert, der im Nebeneingang wohnt. Und die beiden Damen oben, ach nein.« Entschieden winkte sie ab.

»Erzählen Sie weiter«, forderte er sie auf, »ich bin gespannt.« Um Franck Metz' Mund legte sich ein leichtes Lächeln.

»Na jedenfalls öffnete er alle Türen, alle Schubfächer, er suchte etwas. Ich hörte ihn in jedem Zimmer. Er war leise, dennoch hörte ich ihn.«

»Ich vermute«, sprach Metz, »dass Sie Andrea Erfurt verpassten, als diese früher als sonst nach Hause kam. Sie, Frau Senner, holten den Schlaf der letzten Nacht nach. Und erst als es zu einem Tumult kam, als Glas zerschmetterte, Stühle auf den Boden polterten, die Hilfeschreie von ihrer Nachbarin zu hören waren, erwachten Sie. Riefen die Polizei und mobilisierten die anderen Bewohner Ihres Wohnblocks. Liege ich mit meinen Vermutungen richtig?«

Frau Senner starrte Metz sekundenlang an.

»Nun bin ich aber von den Socken, Herr Kommissar. Es stimmt. Fast alles, aber nicht, dass Andrea um Hilfe schrie, nein«, wehrte sie entschieden ab, »ich bin wach geworden, weil eine Männerstimme laut brüllte und danach hörte ich einen Schlag und einen dumpfen Aufprall.«

Franck Metz schaute Frau Senner, die in ihrem Ohrensessel saß, aufmerksam an.

»Sie sind sich sicher?«

»Womit?«

»Dass es eine Männerstimme war?«

»Hundertprozentig«, kam die prompte Antwort der Zeugin.

»Wie klang die Stimme? War sie tief oder hoch, eine junge oder alte Stimme?« Metz rückte auf dem Ohrensessel vor und deutete auf den Sherry.

Frau Senner nickte. Nachdem das Gläschen vollgegossen war und Frau Senner genüsslich einen Schluck davon genommen hatte, fuhr sie fort:

»Ich denke, es war eine Stimme in den besten Jahren eines Mannes. Sie klang kräftig. Aber mehr kann ich Ihnen nicht darüber sagen.«

»Nichts Außergewöhnliches? Ein Dialekt oder ein besonderes Wort?« Bedauernd zog Frau Senner ihre Schultern hoch und schüttelte den Kopf. »Ich danke Ihnen, dass Sie sich die Zeit genommen haben. Wir werden alles daransetzen, dass wir diesen Vorfall aufklären.«

Franck Metz verabschiedete sich und traf auf der Treppe mit Jäger zusammen. Die Spurensicherung hatte ihre Arbeit beendet und war wieder nach Quedlinburg zurückgefahren, um die Spuren zu analysieren.

»Chef. Ich soll Ihnen von Weber und Müller ausrichten, dass Sie morgen früh den Bericht auf Ihrem Schreibtisch liegen haben werden.«

»Danke, Jäger.« Franck Metz blickte auf, als keine Erwiderung kam. »Ist noch was, Jäger?«

»Ich glaube, dass die Damen der Spurensicherung froh sind, dass Sie hier sind. Endlich werden sie gefordert.«

»Haben sie das gesagt?«, fragte Metz.

»Gesagt nicht, aber sie hatten ein unübersehbares Funkeln in den Augen«, deutete Jäger an.

»Ich glaube nicht, dass wir Schuld daran tragen, wenn es in dieser Stadt zwei Leichen in einer Woche gibt«, fasste Metz unangenehm berührt zusammen.

Gegenüber der Wohnung der Zeugin Andrea Erfurt war die Wohnungstür geöffnet. Noch bevor der Hauptkommissar an die Tür klopfen konnte, stand eine ältere Frau vor ihm.

»Kommen Sie herein. Gehen Sie durch bis zum Wohnzimmer. Wir haben Kaffee aufgesetzt und nehmen Sie bitte Platz.«

Metz und Jäger fühlten sich ins Wohnzimmer geschoben und auf die Sessel platziert, die am Wohnzimmertisch standen. Ohne eine verneinende Antwort abzuwarten, goss die ältere Frau mit der geblümten Kittelschürze und einem Kopftuch den Kaffee in vier Tassen ein. Die andere Frau machte die Wohnzimmertür zu und setzte sich auch auf die Couch. Aufmerksam wie zwei Frettchen blickten die beiden von einem zum anderen Polizisten.

Metz schätzte es nicht unbedingt, bei jeder Befragung Kaffee und Kuchen vorgesetzt zu bekommen. Doch es gab Situationen, in denen man das Angenehme mit dem Nützlichen verbinden durfte. Metz entschied, dass das diese Art von Sachlage war.

»Und mit wem haben wir die Ehre, den Kaffeetisch zu teilen?«, wollte Metz wissen. Er schätzte beide Damen auf über achtzig Jahre und fand die höflich formulierte Frage angemessen.

Die Frauen schauten sich stumm an.

»Mein Name ist Berta Schlosser«, begann die Frau mit ihrer hohen Stimme. »Ich lebe hier auf der *Gersdorfer Burg*, seit ich denken kann. Seit zwei Jahren wohne ich zusammen mit meiner Freundin, die ich ebenfalls eine Ewigkeit kenne. Wir teilen unser ansonsten einsames

Leben. Es ist ja nicht viel los. Sie haben sicher gesehen, dass es zwei Wohnblocks gibt und einen kleinen landwirtschaftlichen Betrieb. Das reicht schlichtweg für uns Bewohner von der Burg. Wir haben kein Kino, keine Restaurants, kein Museum.«

Jäger beobachtete unterdessen die andere Frau.

Sie strich ununterbrochen mit leichter Hand über die mit kleinen Blumenmustern bestickte Tischdecke und nickte die ganze Zeit hindurch.

»Erzählen Sie mir einfach, was sich heute zugetragen hat«, bat der Hauptkommissar.

»Zuerst nehmen Sie sich ein Stück vom Kuchen, ich habe ihn erst vorhin aus dem Ofen geholt«, sagte die bisher stille Frau mit zittriger Stimme und hörte auf, über die Tischdecke zu streichen.

Unvermittelt begann sie zu weinen. Metz und Jäger warfen sich kurz einen Blick zu. Frau Schlosser tröstete ihre Freundin kurz und erklärte dann:

»Sie meint vorhin, als sie den Kuchen aus dem Ofen holte. Es gab Gepolter und Geschrei aus der Wohnung gegenüber. Wir kennen Fräulein Erfurt als eine stille und ausgeglichene Nachbarin. Dieses Gepolter hörte sich an, als ob etwas nicht mit rechten Dingen zugeht.«

Frau Schlosser seufzte und drückte kurz die Hand ihrer Freundin Lotte.

»Greifen Sie zu. Es ist lange her, dass uns jemand besucht hat.«

»Lass doch, Lotte. Die Männer sind nicht zu Besuch hier.« Frau Schlosser versuchte zu erklären.

»Nicht?« Lotte wirkte enttäuscht und strich wieder über die Tischdecke. Metz, der ihr gegenübersaß, bemerkte, dass Lottes Iris am Rand nicht mehr scharf abgegrenzt war. »Das ist aber schade.«

»Es geht ihr nicht gut. Fortschreitende Demenz, meinen die Ärzte«, fügte Frau Schlosser leise hinzu.

»Wo waren Sie zu dieser Zeit?« Metz nahm den Gesprächsfaden wieder auf.

Frau Schlosser zog kurz die Augenbrauen in die Höhe, um sich zu vergewissern, dass sie persönlich gemeint war. Sie hob sich ein Stück des Kuchens auf ihren Teller und machte sich mit einer zierlichen Kuchengabel einen Bissen ab. Franck Metz fragte sich bereits, ob er seine Frage wiederholen sollte.

»Ich hab den Lärm auch gehört, aber ich war im Keller«, antwortete sie. »Es waren komische Geräusche. Ich habe mich beeilt, so gut es eben meine müden Knochen mitmachen. Ich habe Kartoffeln aus dem Keller geholt und ein Glas Marmelade, natürlich geht das alles nicht mehr im Handumdrehen, wie früher. Und als ich nach oben kam, habe ich an der Tür von Frau Erfurt geklingelt. Dann hörte ich drinnen Gepolter und habe wie irre an die Tür gehämmert.«

»Was ist dann passiert?«, fragte Metz.

»Plötzlich war es still. Unheimlich fand ich das. Dann hörte ich einen dumpfen Schlag und wieder diese Stille. Ich bekam Angst.« Sie schüttelte ihren Kopf. Berta Schlosser trank einen Schluck Kaffee und setzte die Tasse wieder ab. Sie betupfte sich ihren Mund. Franck Metz vermutete, dass sie in ihrem früheren Leben eine vornehme Frau gewesen sein musste. »Das können Sie mir glauben. Entsetzliche Angst.«

»Was passierte dann?«, wollte Franck Metz wissen.

»Ich habe mich nicht mehr an der Tür aufgehalten, ich bin rüber und habe bei der Polizei angerufen. Sie waren blitzschnell hier«, bemerkte sie.

Jäger verschluckte sich fast bei dieser Bemerkung.

»Und was haben Sie in der Zwischenzeit gemacht?«

»Ich bin noch einmal an die Wohnungstür und habe gerufen, dass die Polizei unterwegs ist. Da wurde die Tür aufgerissen. Ein Mann drückte mich an die Wand und lief hastig die Treppe hinunter.«

»Wie sah er aus? Können Sie ihn beschreiben?«

»Das kann ich Ihnen nicht sagen. Er trug so ein schwarzes Ding vor seinem Gesicht.«

»Eine Skimaske? Wo Augen und Mund freigeschnitten sind?«, hakte Jäger nach.

»Genau. So ein Ding hatte er im Gesicht. Wie sie es im Fernsehen zeigen, wenn es wieder einen Überfall auf eine Bank gegeben hat.«

»Siehste, Berta, die zeigen das alles im Fernsehen. Kein Wunder, dass die Jugend auf solche Gedanken kommt.« Für den Moment tauchte Lotte aus ihrer Zurückgezogenheit auf.

»Du hast recht. Beruhige dich, Lotte.« Tröstend tätschelte Berta Schlosser den Rücken ihrer Freundin.

»Beschreiben Sie uns seine Statur. Erinnern Sie sich an etwas, sagen wir, Ungewöhnliches? Die Gangart, einen Geruch? Irgendetwas?«, erkundigte sich Metz bei Frau Schlosser.

Diese überlegte. Ihre Augen waren auf einen imaginären Punkt gerichtet.

»Für mich war er ein jüngerer Mann. Vielleicht dreißig oder vierzig. Wendig, kräftig, ohne Fett, eher Muskeln. Er hatte eine bequeme Hose an. Blau, wie ein Hausmeister. Eine Jacke drüber, die war vorne offen. Derbe Schuhe. Nichts Besonderes. Außer ...«

Metz und Jäger hielten die Luft an und starrten Berta Schlosser an.
»Außer?«, fragte Metz nach.
»Außer, dass eine protzige Uhr am Handgelenk kurz aufblinkte. Ich sah sie erst, als er mich zur Seite drückte.«
»Könnten Sie uns die zeigen, wenn wir Ihnen einige Bilder mitbringen?«, hoffte Metz.
»Wir können es probieren. Aber bitte hier in unserem Zuhause, wegen Lotte.«
Der Hauptkommissar gab zu verstehen, dass er ihrem Wunsch nachkommen werde.
»Wir verabschieden uns vorerst. Mein Kollege wird später vorbeikommen.« Dabei wies er auf Jäger und erhob sich. Jäger klappte den Laptop zusammen und erhob sich mit einem leicht bedauernden Blick auf den Kuchenteller, auf dem noch Apfelkuchen übrig war. Berta Schlosser nickte. Lotte lächelte und nickte ebenfalls. »Wir finden den Weg. Danke für den Kuchen und den Kaffee. Auf Wiedersehen.«
»Was denken Sie, Jäger?«, fragte Metz, als sie im Hausflur standen. Jäger kratzte sich am Kopf.
»Das geht mir alles viel zu schnell. Wir haben uns gar keinen Überblick verschaffen können. Und die Untersuchungsergebnisse lassen auf sich warten. Peng, wieder etwas Neues. Ein Überfall auf eine Laborantin? Was hat das zu bedeuten?«
»Sie haben die zutreffende Frage gestellt, Jäger. Heute Morgen führten wir eine Befragung im Pflanzeninstitut durch. Der Direktor erzählte uns etwas über eine Doktorarbeit. Hat diese Arbeit etwas mit dem Mord an Clarissa Wenger und dem jetzigen Überfall auf Frau Erfurt zu tun?« Franck Metz ging die Treppe hinunter, Jäger folgte ihm.
»Woher hat der Täter gewusst, wo Frau Erfurt wohnt?«, fragte Jäger.
»Ausgezeichnete Frage. Denn er muss ja nicht nur die Tote an der Bode kennen, sondern auch deren Freundin. Jäger, genau deswegen setzen Sie mich am Krankenhaus ab und fahren dann ins Präsidium. Ich komme später zu Fuß ins Büro. Organisieren Sie bitte bis morgen, dass sich Frau Schlosser die Uhren anschaut. Dann können Sie auch gleich die Protokolle aufnehmen. Wenn Sie der Meinung sind, dass Sie Hilfe brauchen, holen Sie sich Unterstützung durch die Hauptkommissare Reeh und Rükken.« Metz blieb korrekt und nahm sich nicht heraus, die Namen der Hauptkommissare zu einem zu verbinden.
Es blieb Jäger nichts weiter übrig, als zu den Dienstanweisungen zu nicken. Morgen war Sonntag, aber es schien, dass der Hauptkom-

missar durcharbeiten wollte. Ihm war es recht. Auf ihn wartete niemand und seinem Kater waren die Wochentage egal. Mit quietschenden Reifen verließ Jäger die *Gersdorfer Burg.* Franck Metz wurde wieder in die harten Polster des Dienstwagens gepresst und er erinnerte sich, dass er Jäger wegen seines Fahrstils zur Rede stellen sollte, doch Metz verschob es auf später. Es war ihm recht, wenn er die Zeugin noch heute befragen konnte. Im Außenspiegel sah Metz, dass sie eine Staubfahne hinterließen, die ohne Eile zu Boden sank. Sie rasten im Dienstwagen bis zum *Mastenweg.* Der *Mastenweg* war zu dieser Jahreszeit ein staubiger Weg und nicht für den Straßenverkehr zugelassen, nur Anwohner hatten das Durchfahrtsrecht.

Der Sommer war heißer gewesen als von den Meteorologen vorausgesagt. Mensch und Tier litten unter der Hitze. Der Regen vor zwei Tagen war keine spürbare Hilfe für die Landwirtschaft gewesen.

Jäger setzte seinen Chef am Krankenhaus ab und fuhr in Richtung Polizeipräsidium. Er hatte genug Arbeit vor sich.

Franck Metz hatte keinen Blick übrig für den Altbau des Krankenhauses, der durch einen modernen Gebäudekomplex verdeckt wurde. Ein Schild mit dem Wort *Notaufnahme* wies ihm den Weg. Nachdem er mit einer Schwester gesprochen hatte, wusste er, dass Andrea Erfurt zur Behandlung auf der chirurgischen Station lag. Der Stationsarzt war entschieden dagegen, dass Familie oder Polizei Frau Erfurt die von ihm dringend verordnete Ruhe störte. Das Einzige, wozu er sich herabließ, war, dass er dem Hauptkommissar versprach, am nächsten Tag ein Gespräch zuzulassen.

»Frau Erfurt hatte verdammtes Glück«, sagte der Arzt kurz angebunden.

Metz musste sich den Anweisungen beugen. Hatte er mit wenig Aufwand Frau Erfurt ausfindig machen können, konnte das der Täter ebenfalls. Metz nahm das Handy aus der Jackentasche und rief Petersen an. Nach einer kurzen Lagebesprechung genehmigte dieser den Polizeischutz.

In dem Moment, als Metz das Krankenhausgelände verlassen wollte, streifte sein Blick ein parkendes Auto, das er zu kennen glaubte. Und auch die Stimme kam ihm bekannt vor.

»Das ist der letzte Karton der Lieferung. Ich bin am übernächsten Mittwoch wieder hier. Haben Sie alles?«

Ein bärtiger älterer Mann in einem weißen Kittel trat aus dem Schatten heraus. Er hielt eine Kladde in der Hand und steckte seinen Stift in die Brusttasche.

»Alles wie bestellt, Frau Sander. Bis zum nächsten Mal.« Der Mann entfernte sich und schloss eine Tür ab.

Emilia Sander legte die Hand auf die Heckklappe des Audi, um sie herunterzudrücken, als Franck Metz herantrat. Er hatte den Schritt nicht durch den analytischen Teil seines Hirns gejagt. Er machte es intuitiv.

Sie riss die Augen auf, als er die Autoklappe herunterdrückte und sie ihn erkannte.

»Franck Metz. Sie erinnern sich? Wir haben uns vorgestellt«, sagte er leicht ironisch und bemerkte, wie Emilia leicht errötete. Keineswegs wollte er sie in Verlegenheit bringen. Er wusste ja, dass sie sich keine Namen merken konnte.

»Natürlich erinnere ich mich daran und auch an Sie.« Unschlüssig standen sie sich gegenüber. Wieder ließ sie ihren abschätzenden Blick an ihm herunterwandern. »Sie sind nicht verletzt«, stellte sie fest. Ihre Stimme klang jetzt weniger besorgt als vor ihrer Taxierung.

»Nein, ich hatte Dienstliches zu erledigen.« Ein leichtes Lächeln umspielte seine Lippen und sein Blick blieb an Emilia hängen.

»Kann ich Sie bis zur Apotheke mitnehmen?« Emilia hoffte, dass er nicht merkte, dass er sie völlig aus dem Konzept brachte.

»Gern.« In Wahrheit hatte er gehofft, dass sie ihm dieses Angebot machte.

Der Hauptkommissar ließ sich in das weiche Polster sinken und schloss die Autotür. Frau Sander startete den Motor und fuhr vorsichtig an. Kein Vergleich zu Jägers rasantem Fahrstil, dachte Metz.

»Und Sie haben auch etwas Dienstliches erledigt?« Metz sah den schmalen, langgliedrigen Händen zu, wie sie das Lenkrad hielten.

Emilia nickte.

»Seit Kurzem kann ich die Krankenhausapotheke beliefern.« Sie hielt an einer roten Ampel. »Sie haben einen Zeugen oder Zeugin befragt?«

»Ja, ihr Gesundheitszustand ließ es nicht zu, meinte der Stationsarzt, der sie schonen wollte.«

Franck Metz strich sich müde über das Gesicht. Dieser Moment erinnerte ihn fatal an seine ehemalige Dienststelle. Ein kleiner Ort im

Saarland, Merzig. Man hätte meinen können, dort schiebt die Polizei eine ruhige Kugel, doch weit gefehlt. Hier in Sachsen-Anhalt schien es genauso zu sein. Wie magisch zog er Verbrechen und Verbrecher an. »Sie sehen abgespannt aus«, hörte er sie sagen. Er konnte nur nicken. Sanft setzte sie ihren Audi wieder in Bewegung, als die Ampel auf Grün umsprang, und fuhr die *Kleersstraße* entlang. In diesem Auto konnte man sich fallen lassen. Leise spielte das Autoradio deutsche Popsongs der 80er-Jahre. Emilia sagte nichts mehr und Metz musste aufpassen, nicht einzuschlafen. Zwei Straßen weiter hielt sie erneut an einer roten Ampel. »Was halten Sie davon, wenn ich Sie zum Präsidium fahre?« Sie blickte ihn von der Seite an. »Es ist kein Umweg für mich«, versicherte sie.

»Dem Angebot kann ich nicht widerstehen.« Er war in der Tat dankbar. Er musste die Ergebnisse durchsehen, ordnen und war doch müde.

»Aber ich stoppe kurz in der Apotheke.« Sie erwartete keinen Einwand.

Den Audi parkte sie auf der *Breiten Straße*. Noch im Laufen holte Emilia Sander die Schlüssel aus der Jackentasche und verschwand im Torbogen der Apotheke.

Franck Metz war doch eingenickt. Er erwachte, als sie den Motor startete und losfuhr. Auf ihrem Schoß stand ein kleiner Henkelkorb. Will sie jetzt zu einem Picknick?, wand sich ein lahmer Gedanke durch das müde Hirn. Nur wenige Minuten später parkte sie vor dem Präsidium.

»Bevor ich es vergesse«, sagte sie, »Sie arbeiten doch noch?« Ohne eine Antwort abzuwarten, fuhr sie fort: »Ich habe Ihnen eine Kleinigkeit eingepackt. Man kann nicht ohne eine Stärkung arbeiten.« Damit schob sie dem Hauptkommissar den Korb entgegen. »Keine Widerrede!«, sagte sie. »Bringen Sie mir einfach morgen den Korb in die Apotheke zurück.«

Metz zeigte sich verblüfft. Die Apothekerin vergaß wohl auch, dass morgen Sonntag war. Jetzt schnupperte er.

»Wie es sich unter dem Tuch abzeichnet und dem Geruch nach zu urteilen, kann ich aller Voraussicht nach durcharbeiten?«

»Sollten Sie morgen wissen, wer der Mörder ist, dann war die Investition keinesfalls umsonst«, meinte Emilia warmherzig.

Metz stieg aus und drückte die Autotür zu. Er sah ihr nach, bis der Audi an einer Straßenecke abbog. Dem Impuls, ihr nachzuwinken, widerstand er. Er hatte sie wegen des Scopolamins nicht gefragt. Über sein Unvermögen, seine Gedanken zusammenzuhalten, schüttelte er den Kopf.

Sein Handy klingelte. Jäger war dran.

»Was gibt es?«, fragte Metz scharf. Er fühlte sich aus seinen glücklichen Gedanken unsanft herausgerissen.

»Chef, der toxikologische Befund ist da. Sie glauben gar nicht, was da drinsteht. Raten Sie mal, was Clarissa Wenger in ihrem Blut hatte?«

»Scopolamin.«

»Hat Sie der Doc angerufen und es Ihnen etwa erzählt?« Jägers Stimme klang enttäuscht.

»Bin gleich im Büro«, antwortete Metz und drückte auf den roten Button des Handys. Er hatte es in dem Moment geahnt, als Jäger die Bombe platzen lassen wollte. Jetzt hatten sie zwei Leichen und Scopolamin spielte eine entscheidende Rolle. Nein, das konnte kein Zufall sein. Bevor er ins Polizeipräsidium eintrat, lief ein Pärchen eng umschlungen an ihm vorbei. Sehnsuchtsvoll schaute er den beiden nach. Er zwang sich, seine Gedanken auf die vor ihm liegende Arbeit zu richten. Mit einem Ruck öffnete er die Eingangstür. Statt Keiler hatte heute Abend ein schlanker älterer Mann mit dunkel eingefasster Brille und einem Muttermal am Kinn Dienst. Er erhob sich hinter der Glasbarriere, schaute kontrollierend auf Metz' Dienstausweis, bevor er die Tür öffnete. Es war Samstagabend und ungewohnt still im Präsidium.

Petersen kam die Treppe herunter. Er trug einen tadellos sitzenden nachtblauen Anzug. Mit einem Hemd, das um eine Nuance heller als der Anzug war. Eine dezente Krawatte und dunkelblaue Schnürschuhe aus Leder vervollständigten das Aussehen. Petersen hatte heute Abend noch etwas vor.

»Willst du etwa noch arbeiten?«, fragte Petersen, als er seinen Freund sah. »Du siehst müde aus.«

Franck hörte einen besorgten Unterton aus der Frage heraus.

»Jäger hat mich eben kontaktiert. Und du, wohin willst du?«, erwiderte er.

»Lenk nicht ab.« Petersen blickte seinen Freund besorgt an. »Geh es langsam an. Hörst du!«, mahnte er.

»Du hast ja recht«, räumte Franck ein. »Also wohin gehst du?« Er unterdrückte ein Gähnen.

»Auf Wunsch meiner Herzensdame ist heute Theaterabend. Zweimal im Jahr. Darauf haben wir uns geeinigt.«

»Das klingt ja wie ...«

»Nötigung. Sag es klar. Ich muss gestehen, am Anfang war dem so. Mittlerweile gibt es mir eine gewisse Ausgeglichenheit und stille Freude. Wir genießen diesen Abend. Du weißt doch, wenn ich jetzt nicht müsste, dann würde ich ...«

»Arbeiten und das auch am Samstagabend.«

»Du sagst es. Apropos Fall ... Eine Spur, eine Vermutung?«

Metz kannte seinen Freund lange genug und genauso gut wie Petersen ihn. Er wusste auch, dass Petersen nur hinter unaufgeregter Fassade seine Neugier verbarg.

»Nein. Ich will heute alle Fakten durchgehen. Ich weiß nicht, ob es etwas bringt. Es ist noch zu früh«, bemühte sich Franck, zu verstehen zu geben.

»Wie ich dich kenne, stapelst du tief. Es ist deine Arbeitsweise. Daran werde ich nichts ändern, aber am Montag ist um 08:00 Uhr Dienstberatung. Der Staatsanwalt ist dabei. Nur dass du dich darauf vorbereiten kannst.« Mit einem Lächeln und einem Schulterklopfen schob er sich an Metz vorbei und bemerkte dabei den Korb. Er schnupperte. »Da meint es aber jemand gut mit dir.« Aus Petersens Mund klang es wie eine Feststellung. Er grinste.

»Und mit Jäger«, lenkte Franck ab.

»Ich denke, da haben sich zwei gefunden, die nur an Arbeit denken. Macht nicht bis tief in die Nacht. Das sind wir hier nicht gewohnt. Morgen ist Sonntag und am Montag wirst du eine Spur haben. Ich muss jetzt los.« Petersen lief die restlichen Treppenstufen hinunter. Der Hauch eines teuren Männerduftes blieb am Treppenabsatz wie eine Wolke am Mittagshimmel hängen.

Franck Metz dachte an Petersens Ehe. So lange sie befreundet waren, gab es nur Adele für seinen Freund. Niemals kam dieser Mann auf Abwege in Herzenssachen. Fast beneidete er ihn darum. Sein eigenes Schicksal hatte hingegen anderes mit ihm vorgehabt. Einige kurzlebige Beziehungen, mehrere Fehlentscheidungen, bis er sich in eine sanftmütige, dennoch toughe Frau, die selbstbewusst ihren Weg ging, verliebt hatte. Sie hatte ihm zwei Töchter geschenkt, dafür war er ihr zutiefst dankbar. Sein Zusammenbruch hatte Wunden aufgerissen, die nicht mehr heilen wollten. Sie hatten verschiedene Wege eingeschlagen, um sich aus ihrer Krise zu befreien.

Mit einem Seufzer schob Franck seine trüben Gedanken nach hinten. In vielen Momenten fehlten ihm der Rückhalt der Familie und auch die Geborgenheit, das gestand er sich hier auf der Treppe zu seinem Büro ein. Aber es nützte nichts, er hatte diesen Weg gewählt.

Er öffnete die Bürotür und sah Jäger am Computer sitzend und die Tastatur bearbeitend.

»Chef, ich habe alles zusammengetragen. Aber ich werde aus dem Durcheinander von Informationen nicht schlau.« Jäger wies auf eine Akte, die quer auf Metz' Schreibtisch lag.

»Dann werden wir uns nach einem Imbiss beide damit abringen. Jetzt essen wir.«

Jägers Augen begannen zu leuchten, als Metz das Tuch vom Proviantkorb hob.

Sonntag

»Morgen, Chef.« Der Polizeiobermeister gähnte hinter vorgehaltener Hand. Jägers Schreibtisch war mit Papieren aller Art übersät. »Die Berichte der Forensik und der KTU sind da.« Zielsicher schnappte er nach zwei Ösenheftern und schob sie Metz hin.

Jäger wollte Metz bei der Lektüre nicht stören, deshalb stand er auf und öffnete das Fenster. Seit zwei Stunden saß er bereits im Büro und hatte seine sonntägliche Ausschlafzeit gecancelt. Tief atmete er die frische Luft ein, es tat ihm gut, einen klaren Kopf zu bekommen. Es versprach einer der letzten strahlenden Sommertage zu werden. Fraglos könnte sich Jäger vorstellen, sich mit Freunden zu treffen oder einfach wieder einmal auszuschlafen. Seine Oma hatte ihm zu einem seiner Geburtstage eine Karte geschickt, auf der folgender Satz stand: ‚Tage, an denen nichts los ist, sind nicht die schlechtesten.‘ Damals hatte er lauthals gelacht und die Worte leichtfertig abgetan. Mittlerweile wünschte er sich von Zeit zu Zeit solch einen Tag, an dem er keine Pflichten zu erledigen hatte. Dennoch war sein Selbstwertgefühl gestiegen, seit Petersen ihn für fähig hielt, die rechte Hand des Hauptkommissars zu sein. Wenn es ihm gefiel, dann überlegte er es sich vielleicht doch noch und studierte Kriminologie. Seine Mutter lag ihm seit Jahren damit in den Ohren. Aber er wollte noch keine schlafenden Hunde wecken. Zunächst musste er mit sich im Reinen sein.

»Was?« Metz' Stimme holte ihn aus den Tagträumen zurück.

»Was haben Sie noch für mich?«, wiederholte Metz.

»Alles nur Protokolle. Die Kollegen haben mir geholfen, sonst hätte ich es nicht geschafft.« Jäger gab ihm einige beschriebene Blätter.

»Wie sieht es mit dem Uhrenvergleich aus?«

»Ist vorbereitet, wenn ich hiermit fertig bin, fahre ich rüber.«

Metz nickte, dennoch wichen die Sorgenfalten nicht aus seinem Gesicht.

»Lassen Sie uns einfach alles mal durchsprechen.«

»Ich besorg uns Kaffee«, sagte Jäger.

»Zum Wochenende?«, fragte Metz verblüfft. Außerdem konnten sie jederzeit einen Espresso bei Petersen trinken. »Ist die Kantine denn offen?«

Jäger hörte den Einwand nicht mehr. Nach wenigen Minuten kam er mit einer Thermoskanne in der Hand ins Büro zurück.

Metz schätzte das Fassungsvolumen auf fünf Liter Kaffee.

»Wo haben Sie denn das Monstrum her?« Neugierig riss Franck Metz die Augen auf.

»Hab' ich bereits gestern aus der Kantine besorgt. Habe mir gedacht, das kann nicht schaden.«

»Besitzen Sie etwa einen Schlüssel für die Kantine?« Metz starrte ihn eindringlich an, obwohl er sich die Antwort denken konnte.

»Ja.« Weiter schien Jäger nicht auf das Thema eingehen zu wollen. Schließlich brauchte der Hauptkommissar nach kaum einer Woche nicht zu wissen, dass niemand aus der Kantine dem Polizeiobermeister etwas abschlagen konnte. »Ihre Tasse, Chef.«

Franck Metz hielt ihm die Tasse hin, die er sauber ausgewaschen in der untersten Schreibtischschublade aufbewahrte. Jäger goss ihnen beiden ein und setzte sich an seine Tastatur. Der Hauptkommissar lehnte sich zurück und massierte die rechte Schläfe.

»Letzte Woche, Montag, den 30. September. Wir werden ins Rathaus gerufen. Ein ungeklärter Todesfall. Inge Palme stirbt im Bürgerbüro. Ein öffentlicher Ort. Zeugen haben wir genug. Niemand hat etwas beobachtet. Nicht die Bürger, die im Warteraum saßen. Auch die Maler haben nichts gesehen. Der Pförtner hat eine Liste für uns angefertigt, auf der hat er nach seinem Gedächtnis in zeitlicher Reihenfolge aufgeschrieben, wer das Haus betreten hat.«

»Außerdem wurden die Angaben durch das Ein- und Austragen in das sogenannte Schlüsselbuch gestützt«, wies Jäger hin. »Ist bereits überprüft.«

Metz fuhr fort:

»Das einzige Ungewöhnliche an diesem Montag ist, dass Frau Palme zweimal im Bürgerbüro war. Und das zweite Mal war sie nach Angaben aller, die sie gesehen haben, völlig anders.« Metz hielt inne. »Was sagten Sie am letzten Montag, Jäger? Sie glaubten, dass Frau Palme was genascht hat?«

»Ein Zeuge hatte das vermutet und für mich hörte sich die Zeugenaussage auch so an«, versicherte Jäger.

»Der toxikologische Befund«, Metz blätterte im Hefter, bis er gefunden hatte, wonach er suchte, »sagt eindeutig, dass es sich um Scopolamin handelt. Woher das Opfer das hatte, wissen wir immer noch nicht und wir kennen auch nicht das Motiv.« Metz klappte den Hefter zu. »Haben wir uns ausreichend mit Scopolamin beschäftigt, Jäger? Wissen wir mehr, als dass es sich um eine Droge handelt?«

»Wie soll man denn an Scop kommen, wenn nicht aus der Apotheke?«, fragte Jäger ungeduldig. »Definitiv ist Frau Palme mit Scop ermordet worden.«

Metz starrte auf die vor ihm liegenden Berichte. Seine Sorgenfalte in der Mitte der Stirn trat deutlich hervor.

»Bisher haben wir nur lose Fäden und sind nicht in der Lage, diese zusammenzubringen«, bestätigte Metz. »Was können Sie mir über Frau Palme sagen? Hilft uns da irgendetwas weiter?«

Jäger durchwühlte seinen Schreibtisch, bis er einen Computerausdruck hervorzog.

»Ich habe mich mit dem Leben von Frau Palme beschäftigt. Vor Ihnen liegt eine Kopie.« Jäger wies mit dem Zeigefinger auf ein Blatt Papier. »Also es gibt nichts Auffälliges. Zehn Jahre führte sie ihren Laden. Es gab keine wesentlichen Umbauten oder Ausbauten. Die Steuerbehörde hat keine Unregelmäßigkeiten zu verzeichnen. Außerdem habe ich mich nach der Aushilfe erkundigt.«

»Was haben Sie erfahren?« Metz richtete sich unbewusst in seinem Stuhl auf.

»Nichts weiter. Es ist ihr überlassen, jemanden als Aushilfe einzustellen. Und die Steuererklärung wird erst im nächsten Jahr fällig, und wenn sie das dann nicht angegeben hätte ... Das können wir vergessen.« Jäger kratzte sich am Kinn und fuhr dann fort: »Vom Gewerbeamt habe ich erfahren, dass es denen egal ist, ob Reno Engel sich dort aufhält. Er hat eine separate Wohnung. Ein Testament gibt es nicht. Der geschiedene Mann ist vor einem Jahr verstorben und es gibt keine Kinder, nur noch eine entfernte Verwandte, eine Nichte. Die lebt in Südamerika. Dem Nachlassverwalter hat sie telefonisch mitgeteilt, dass Reno Engel zwei Wochen in der Wohnung ohne weitere Mietzahlung wohnen kann. Danach wird sie das Geschäft verkaufen, auch das ließ sie bereits mitteilen.«

»Das bringt uns alles nicht weiter, da haben Sie recht.« Metz verkniff es sich, seine Gefühle zu zeigen. Er wollte die Kontrolle behalten.

Bereits für morgen hatte Petersen die Dienstberatung anberaumt und der Staatsanwalt bestand auf eine persönliche Unterrichtung der Ermittlungen. Bisher nur Sackgassen. »In dem Punkt ist der Engel aus dem Rennen. Wir haben dann das Problem, wenn er abhaut und wir wegen unserer Ermittlungen hinter ihm her telefonieren müssen oder mit den Anfragen andere Dienststellen belasten.« Jeder von ihnen wusste um die dünne Personaldecke bei der Polizei. »Was haben wir über Engel? Wir sollten ihn eindeutig ausschließen, bevor er hier seine Zelte abbricht.«

»Beim Bürgerbüro ist er nicht gemeldet, das habe ich überprüft. Frau Mögsch war mir in der Sache behilflich. In dem Punkt stimmt Reno Engels Aussage. Außer einer Aufforderung, sich anzumelden, und einem empfindlichen Verwarngeld oder einem Ordnungsgeld hat man nichts gegen ihn in der Hand.«

Stille trat ein und beide Männer hingen ihren Gedanken nach.

»Wer ist er?« Metz sprengte die Ruhe. »In zwei Wochen ist Reno Engel obdachlos. Ungewöhnlich, aber nicht unmöglich. Hat er etwas zu verbergen?«

Metz trommelte mit den Fingern seiner rechten Hand auf den Schreibtisch. Jäger spürte diese Angespanntheit ebenfalls. Er räusperte sich, noch zögerte er. Metz bemerkte Jägers Spannung und forderte ihn mit einer kleinen Handbewegung auf, fortzufahren.

»Das, was merkwürdig ist, ist seine alte Anschrift. Auf seinem Ausweis steht: *Kassel, Blumenstraße 19*. Laut meiner Recherche wohnte niemals ein Reno Engel irgendwo in Kassel. Auch unter einem anderen Namen ist er nicht aufzufinden. Sie wissen ja, Namensänderung oder Heirat. Auch mit einem falsch eingegebenen Geburtsdatum war er nicht zu finden. Jetzt bleibt nur abzuwarten, was die Archivauskunft ergibt. Aber die Kollegin in Kassel meinte, ich solle die Anfrage per Fax senden und dennoch etwas Geduld haben. Extreme Unterbesetzung.« Jäger rollte mit den Augen.

»Gute Arbeit, Jäger.« Metz fuhr fort: »Haben wir das Alibi überprüft?«

Jäger bearbeitete die Tasten des Computers.

»Warten Sie. Ich habe es nur nicht ausgedruckt. Ich schicke es Ihnen per Mail.« Jäger betätigte die Computermaus. »Nichts Ungewöhnliches: Sie haben gefrühstückt. Mageninhalt von Frau Palme stimmt mit Engels Angaben, dem Inhalt des Kühlschranks und mit den im Abfall gefundenen Spuren überein; dann ist Engel mit dem Transporter nach Magdeburg gefahren. Danach fuhr er auf den Blumenmarkt, hat die bestellte Ware abgeholt. Die Mitarbeiter des Blumenmarkts bestätigen die Zeitangaben. Nachdem er zurück war, hat er entladen und bemerkt, dass das Geschäft nicht geöffnet war. Dann hat er das Schild ‚*vorübergehend geschlossen*' angehängt. Erst als Frau Palme nach Geschäftsschluss immer noch nicht da war, hat er die Vermisstenanzeige aufgegeben.«

»Haben wir keine weiteren Anhaltspunkte?« Metz verschränkte die Arme hinter dem Kopf und starrte an die Decke. »Fest steht, er ist nicht derjenige, der Frau Palme als Letzter lebendig gesehen hat. Das waren die Damen des Bürgerbüros.«

»Aber zum Frühstück war er allein mit Frau Palme«, warf Jäger ein. »Laut der Gerichtsmedizin hat sie nichts Besonderes gegessen, dennoch war ihr Blut voll mit Scop. Wo hat sie das nur her?« Jäger schüttelte seinen Kopf, als könnte er nicht glauben, dass eine harmlose Blumenhändlerin drogenabhängig ist.

»Nicht nur das. Wer verabreichte es ihr und wo?« Metz wusste, dass er die Fragen klären musste. »Dazu kommt, dass es gestern eine weitere Leiche gegeben hat. Clarissa Wenger. Mit einem Kopfschuss, aber gestorben ist sie an einer Überdosis eines Drogencocktails.«

»Sie glauben auch an einen Zusammenhang?«, fragte Jäger eifrig.

»Alles steht im Zusammenhang. Wir müssen diese Verknüpfungen nur finden.« Metz griff nach dem Dossier, das Frau Weber unterzeichnet hatte. Mit dem Zeigefinger klopfte er auf eine der unterstrichenen Textpassagen. »Frau Wenger ist an einer Überdosis von LSD, Heroin und Scopolamin gestorben. Die Frage ist, was hat Frau Wenger mit Scopolamin zu tun? Mit wem war sie zusammen, der ihr den Drogencocktail geben konnte und sie später erschossen hat? Wir müssen uns noch mehr mit ihr beschäftigen. Und nicht zu vergessen, dass ihre Freundin überfallen wurde und nur knapp mit dem Leben davonkam. Wir haben ja kaum Zeit gehabt, überhaupt zu ermitteln. Morgens die Leiche, am Nachmittag der Überfall.«

»Mir kommt es vor, als wenn sich die Ereignisse überschlagen.«

»Das läutet den Beginn der Jagd ein.« Der Hauptkommissar gestattete sich ein kurzes Lächeln. »Ich werde bei der Apotheke vorbeischauen. Aber zuvor befrage ich im Krankenhaus noch unsere Zeugin. Wir treffen uns in drei Stunden wieder. Ich nehme heute das Auto.« Verwundert ließ Jäger von der Tastatur ab und kramte in der Hosentasche nach dem Schlüssel. Der bereits an der Bürotür stehende Hauptkommissar fing ihn geschickt auf und wand sich zum Gehen. »Bis später, Jäger. Nehmen Sie sich die drei Stunden Zeit, alles über Frau Wenger zu erfahren.«

»Chef?«

»Ja.« Metz drehte sich um.

»Es ist Sonntag.«

»Versuchen Sie es trotzdem«, bat Metz. Er schloss die Tür geräuschlos und Jäger blieb mit dem Haufen Arbeit zurück.

Minuten später parkte Hauptkommissar Metz am Krankenhaus. Fest entschlossen, sich nicht vom Arzt abhalten zu lassen. Metz hatte Glück. Der derzeitig diensthabende Arzt, die Vertretung des bärbeißigen Kollegen vom Vortag, sah kein Problem darin. Der Hauptkommissar grüßte den Polizisten, der gelangweilt auf einem der Besucherstühle vor der Tür der Zeugin saß, und zeigte seinen Dienstausweis, dann klopfte er an die Zimmertür.

»Herein!«

Beim Klang der Stimme registrierte Metz, dass es der Zeugin besser zu gehen schien. Er öffnete die Tür und stand in einem sonnendurchfluteten Einzelzimmer. Der Raum war in einem Beigeton gestrichen, ein Kunstdruck zierte die Wand des Krankenzimmers. Andrea Erfurt hatte ein blaues Auge und das Jochbein trug eine deutliche Prellung. Eine geplatzte Lippe, die genäht war. Ihr linker Arm war bandagiert und hing in einer Schlinge.

»Frau Erfurt, es tut mir aufrichtig leid, dass ich Sie hier und angesichts der Umstände befragen muss. Aber ich fürchte, die Zeit drängt«, bat Metz um Entschuldigung.

»Tut sie das nicht immer?«, fragte Andrea Erfurt undeutlich.

Metz sah ihr an, dass sie durch die geklebte Platzwunde Schwierigkeiten beim Sprechen hatte.

»Sie haben recht. Niemals scheint es den perfekten Zeitpunkt zu geben«, meinte er trocken.

»Nehmen Sie sich doch den Stuhl.« Andrea Erfurt deutete auf den einzigen Stuhl im Zimmer. Das Sprechen fiel ihr schwer.

»Wie geht es Ihnen?« Metz schob sich den Stuhl zurecht.

Frau Erfurt nickte und schloss für einen Moment die Augen.

»Sehen Sie mich an. Ich habe Polizeischutz vor der Tür, wirksame Schlaftabletten erhalten und mein Tetanus wurde aufgefrischt.« Weiter schien sie nicht auf das Thema einzugehen. »Mir gehts den Umständen entsprechend gut.«

»Ich habe noch ein paar Fragen«, begann Metz.

»Gott sei Dank«, nuschelte sie. Ihre aufgeplatzte Lippe hinderte sie an der korrekten Aussprache.

»Wie darf ich das verstehen?« Erstaunt hob Metz die Augenbrauen.

»Herr Kommissar, hier ist es stinklangweilig. Kein Buch, nur Klatschzeitungen. Der Arzt von gestern hat mich total abgeschottet. Kein Fernseher, kein Radio. Keine Bettnachbarin.«

Nach der Aufzählung versuchte sie zu lächeln, was gründlich schiefging. Es stand ihr gut, fand Metz, und ihren Humor hatte sie auch nicht verloren. Wenn genug Zeit verstrichen war, würde sie den Überfall verkraften, da war er sicher.

»Bitte erzählen Sie mir, was gestern passierte, nachdem der Direktor Sie nach Hause bringen ließ. Nur kurz und knapp«, bat Metz und zeigte auf Frau Erfurts Gesicht, »wegen Ihrer Lippe.«

»Max hat mich vor der Haustür abgesetzt.« Sie sah den fragenden Blick des Hauptkommissars und verbesserte sich: »Max ist der Fahrer vom Chef. Ich bin nach oben gegangen und habe nur den alten Erich gesehen. Der hat mir zugewunken. Ich habe meine Wohnungstür aufgeschlossen. Da habe ich es schon bemerkt. Etwas stimmte nicht. Ich mache immer alle Türen zu, wenn ich aus dem Haus gehe. Doch diesmal ...« Sie stockte bei ihrer Erzählung. Ihr Blick war nach innen gerichtet.

»Und diesmal?«, half ihr Metz sanft, den Faden wieder aufzunehmen.

»Diesmal standen alle Zimmertüren offen. Im Wohnzimmer sah ich meinen Laptop stehen. Dort steht er immer. Aber ...« Sie hörte auf zu reden.

»Aber?«, fragte Metz geduldig.

»Ich klappe meinen Laptop immer zu. Und was mich total irritierte, war ein Geruch, den ich kannte.«

»Was für einen Geruch?« Metz hörte auf, Informationen in das kleine grüne Heftchen zu schreiben.

»Wenn ich nicht so viel Angst gehabt hätte, hätte ich besser nachdenken können. Es war kein schlechter Geruch, eher ein Duft, den ich kenne, aber bisher nicht einordnen konnte.«

»Sie können sich erinnern?« Metz sah es ihren Augen an. Frau Erfurt erinnerte sich.

»Dank des Arztes, der alles und jeden von mir abgeschottet hat. Dadurch konnte ich mich in Gedanken mit dem Überfall beschäftigen.

Meine Freundin Clarissa hatte einen Verehrer, der genau diesen Duft bevorzugte.«

»Woher wissen Sie das?«, fragte Metz.

»Clarissa duftete nach den Besuchen ihres Freundes danach.«

»Wie das?«, beharrte Metz.

»Sie hat mir mal erzählt, dass sie sich mit dem Duft einsprühte. Sie mochte ihn.«

»Beschreiben Sie den Duft«, bat sie der Hauptkommissar. Er ließ seine Zeugin nicht aus den Augen.

»Nach Baum, dunkel, schwer. Einfach nichts für mich«, urteilte die Zeugin.

Franck Metz erinnerte sich an den schweren Duft, den er bei der Toten bemerkt hatte.

»Diese Arbeit, an der Ihre Freundin gearbeitet hat. Was können Sie mir darüber sagen?«

»Das sollte ich Ihnen nicht erzählen«, erklärte sie kurz und bündig.

»Ich weiß. Der Direktor hat mir das bereits mitgeteilt. Aber er hat mir dennoch das Dossier mitgegeben.« Franck Metz zog einen zusammengerollten dünnen Hefter aus der Innenseite seiner Lederjacke. Es war eine Kopie, die er sich noch gestern Abend angefertigt hatte.

»Gott sei Dank, sie hat ein Duplikat gemacht.« Andrea Erfurt wollte danach greifen.

»Man könnte meinen, der Inhalt sei brisant«, scherzte Metz.

»Oh, das ist er auch«, bestätige sie.

»Wie das?« Franck Metz hatte einen erstaunten Ausdruck auf dem Gesicht. »Laut des Direktors geht es doch nur um Schimmelpilze.«

»Das stimmt nur teilweise«, korrigierte sie.

»Es geht um den Tod zweier Menschen. Ich denke, Frau Erfurt, Sie sollten jetzt reden.« Metz' Stimme klang unmissverständlich.

Andrea Erfurt sah den Ermittler nachdenklich an. Sie wusste, dass sie ihm etwas schuldete. Wenn er und dessen Kollege nicht im Nu zur Stelle gewesen wären, sie wollte gar nicht daran denken. Nicht ausgeschlossen, dass sie jetzt nicht mehr am Leben wäre.

Metz merkte, wie es in der Zeugin arbeitete. Sie zog ihre Unterlippe ein und verzog prompt schmerzverzerrt ihr Gesicht. Sie hatte die Verletzung ihrer Lippe für eine Sekunde vergessen.

»Ich erinnere mich, wie ein maskierter Mann die Faust hob und sie mir ins Gesicht rammte. Ich fühlte einen nie gekannten Schmerz und fiel wie ein nasser Sack auf den Boden. Vor lauter Entsetzen biss ich mir auf die Lippe und schmeckte Blut. Alles um mich herum wurde dunkel. Wie lange ich ohnmächtig war, kann ich nicht sagen.« Andrea Erfurt machte eine kurze Pause und schnappte nach Luft. »Jemand ohrfeigte mich. Ich kam zu mir und fühlte mich total desorientiert.« Die Zeugin schüttelte den Kopf. Sie konnte es immer noch nicht wahrhaben. »Die Silhouette erinnerte mich an jemanden ...«

»An wen?« Sanft unterbrach Metz sie. Andrea Erfurt hob die Schultern und schüttelte leicht ihren Kopf. »Können Sie sich an seine Stimme erinnern?«

»Nein.« Wieder schüttelte sie leicht ihren Kopf. Der Schmerz pochte in ihrem Kopf. Er war mit den Erinnerungen zurückgekehrt. Das Herz schlug ihr bis zum Hals. Sie schnappte nach Luft, denn die Erinnerung kam ungebremst zurück. »Ich erinnere mich, dass mir jemand die Frage stellte: ‚Wo ist die Akte?‘ Ich antwortete nicht und wieder sauste die Faust in mein Gesicht. Es gelang mir geistesgegenwärtig, den Arm in die Höhe zu reißen. Dann hörte ich Tumult und laute Rufe. An mehr erinnere ich mich nicht. Mir wurde übel und dann schwarz vor Augen.«

Metz wusste, dass Frau Senner solchen Radau gemacht hatte, dass der Täter entnervt von der Zeugin abgelassen hatte, als er die Polizeisirene hörte. Die Sanitäter hatten Metz bei den ersten Untersuchungen mitgeteilt, dass der Täter noch mal kräftig zugetreten hatte, bevor er das Weite gesucht hatte. Die Rippenprellung wird die Zeugin noch Wochen später merken, dachte Metz.

Frau Erfurt betastete die Prellung am Jochbein.

»Meine Freundin ist tot, ermordet, weil sie sich vielleicht mit dem Falschen einließ«, meinte sie niedergeschlagen.

»Warum vermuten Sie das?«

»Wir sind seit vier Jahren Freundinnen. Zu Anfang haben wir auch zusammengewohnt. Aber jede von uns beanspruchte mehr Platz als die Wohnung hatte.« Sie versuchte wieder ein Lächeln, doch der Schmerz brachte sie in die Gegenwart zurück. »Wir arbeiteten zusammen, wir brauchten auch unsere Privatsphäre. Jeder kannte die Liebhaber der anderen, das übliche Liebesgeflüster. Aber ich will Sie damit nicht langweilen.«

»Keinesfalls«, versicherte Metz ihr. »Ich höre Ihnen gebannt zu.«

Andrea Erfurt holte tief Luft und verzog gleich darauf schmerzhaft ihr Gesicht. Diesmal hielt sie sich die Rippen.

»Vor ungefähr zwölf Wochen änderte sich das schlagartig. Sie veränderte sich, blieb ungewohnt wortkarg und zog sich zurück. Ich zog sie damit auf, was sie denn für einen geheimen Liebhaber habe. Vielleicht einer mit ungleichmäßigen Zähnen oder einem entstellten

Gesicht? Sie blieb dabei und erzählte nichts. Vor zwei Wochen dann, an dem Tag war ein Sauwetter, bin ich noch mal zur Arbeit zurückgefahren, weil ich etwas vergessen hatte. Ich holte es, und als ich das Tor zum Institut fast wieder erreicht hatte, da sah ich im Rückspiegel einen Mann, der aus dem Flachbau kam, in dem wir arbeiten. Ich hab mir erst nichts dabei gedacht. Aber er hatte ein unhandliches Paket unter dem Arm und er schaute sich dauernd um. Er benahm sich in solchem Maß auffällig, dass ich aufmerksam wurde. Und dann kam Clarissa aus dem Gebäude und rief einen Namen. Der Mann drehte sich um, schlug seinen Kragen von der Jacke hoch und lief davon.«

»Was tat Ihre Freundin dann?«

»Sie lief ihm hinterher.«

»Hat sie ihn erreicht?«

»Das weiß ich nicht. Das Tor öffnete sich und ich bin weitergefahren.« Andreas Augen füllten sich mit Tränen und sie sprach aus, was sie bedrückte: »Wenn ich vor zwei Wochen ausgestiegen wäre, vielleicht wäre das alles nicht passiert.«

»Das können Sie nicht wissen. Reden Sie sich bitte keine Schuldgefühle ein«, bat Metz sie eindringlich. »Aber die Geschichte ist noch nicht zu Ende?«, ahnte Metz und bestärkte die Zeugin, fortzufahren.

»Nein«, sagte Andrea Erfurt, »am nächsten Tag hat mir Clarissa eine Kopie ihrer Doktorarbeit gegeben und gesagt, ich solle sie aufbewahren. Ich hab mir nichts dabei gedacht. Ich wusste ja, dass sie sie längst beim Direktor abgegeben hatte.«

»Wo haben Sie die Kopie aufbewahrt, wenn der Einbrecher diese nicht bei Ihnen gefunden hat?«

»In Erichs Kartoffelkeller«, gab sie zu. Sie sah Metz' unverständlichen Blick und ergänzte: »Erich ist mein Nachbar im anderen Eingang, er hat nichts davon gewusst«, gab sie zu.

Metz kam nicht umhin, seinen Kopf heftig zu schütteln.

»Der Täter hätte es aus Ihnen herausgeprügelt. Danken Sie Ihren Nachbarinnen.« Andrea Erfurts Pupillen weiteten sich, was in dem bandagierten Gesicht beängstigend aussah. Metz sah sich genötigt, beschwichtigend fortzufahren: »Sie haben den Überfall überstanden und, auch wenn es im Moment nicht danach aussieht, die Wunden werden heilen. Aber sagen Sie mir endlich: Was steht Bedeutsames in der Doktorarbeit, dass man dafür einbricht und bereit ist, zu töten?« Metz blickte sie unverwandt an.

Andrea Erfurt sog die abgestandene Luft des Krankenzimmers ein. Sie schloss die Augen. Ihr Körper wirkte angespannt. Wie konnte sie dem Hauptkommissar die Bedeutung erklären? Eine Arbeit, an der ihre Freundin mit viel Herzblut gearbeitet hatte. Sie war es ihr einfach schuldig, das wusste sie. Diesmal atmete sich nur flach ein und begann zu erzählen:

»Grundsätzlich gibt es zwei verschiedene Mehltaupilze. Den echten und den unechten. Jeweils mit ihrem charakteristischen Aussehen. Auf den ersten Blick sind die Krankheitssymptome ähnlich. Doch die Erreger beider Arten könnten nicht unterschiedlicher sein. Beides sind Schadpilze. Jeder erkennt ihn, sobald er ihn sieht.« Andrea Erfurt sah Metz an, dass er die Behauptung infrage stellte. Er runzelte die Stirn und an der Nasenwurzel bündelten sich einige kleine Falten. Metz hörte ihr jedoch zu, ohne sie zu unterbrechen. »Den Namen verdanken die Pilze einem mehlartigen, weißlichen Belag. Beim falschen Mehltau finden wir ihn überwiegend auf den Blattunterseiten seiner zahlreichen Wirtspflanzen. Und da ist es vollkommen egal, ob es sich um *Bohnenkraut* oder um *Prunella Vulgaris* handelt. Mehltau tritt sichtbar an Stängeln, Knospen und Blüten auf. Kann sich der Pilz unbehandelt ausbreiten, werden die Pflanzenteile mit fortschreitendem Befall braun und sterben schließlich ab.«

»Und wann kommt das Pflanzeninstitut ins Spiel?«, fragte Metz nach.

»Wir testen und züchten. Gärtner und Landwirte sollen auf resistente und widerstandsfähige Sorten zurückgreifen können. Aber ...«

»Aber?« Metz richtete sich auf dem eher unbequemen Stuhl auf.

»Schimmelpilze senken den Gehalt an Alkaloiden.«

Abrupt blickte Metz auf. Seine Gedanken purzelten durcheinander. Scopolamin im Blut eines der Opfer, das andere Opfer starb an einem Mix verschiedener Drogen. Auch Scopolamin darunter. Clarissa Wenger arbeitete an ihrer Promotion über die Mehltaupilze. Diese senken den Alkaloidgehalt von Pflanzen, die dadurch weniger ertragreich sind. Die Doktorarbeit wurde gestohlen, aber es gab eine Kopie, die wohl versteckt im Kartoffelkeller eines alten, schwerhörigen Herren liegt. Frau Wengers Freund, den sie vor ihrer Freundin verbarg. Warum nur? Dieser Mann hatte eine besondere Vorliebe für ein Parfüm. Metz glaubte, einen Duft an Clarissa Wengers Leiche wahrgenommen zu haben. Und Frau Palme, die zweimal im Bürgerbüro war und sich benommen hatte, als ob sie unter Drogen stand, war laut der Autopsie voll mit Scopolamin. Woher hatte sie das Zeug? Reno Engel, ihre Aushilfe, war mobil, erledigte Aufträge für seine Chefin, scheinbar ohne Vergangenheit. Wer war der Kerl? War er der Typ, mit dem sich Clarissa Wenger getroffen hatte? Doch wenn er sich die Aushilfe vor Augen hielt, traute er Frau Wenger diesen Typ Mann nicht zu. Wie hatte doch die Apothekerin gesagt? Schnoddrig.

»Gibt es in Ihrem Institut Pflanzen, aus denen man Scopolamin gewinnen könnte?«, fragte Metz.

Fast nicht wahrnehmbar nickte die Zeugin.

»Zu Forschungszwecken. Eine kleine Menge«, sagte sie.

»Welche Pflanze?« Der Blick aus seinen blauen Augen richtete sich eindringlich auf Andrea Erfurt. Metz registrierte, dass sie mit sich rang, ihm eine Antwort zu geben. Dann traf sie eine Entscheidung.

»Wenn ich nicht antworte, fragen Sie ja doch den Direktor, dann wissen Sie es auch oder kommen mit einem Beschluss oder wie das heißt. Dauert alles seine Zeit, stimmt's?« Andrea Erfurt musterte den Hauptkommissar. Metz nickte nur. »*Hyoscyamus niger*«, sagte Andrea Erfurt dann.

»Heißt was?«

»Schwarzes Bilsenkraut.«

Verflucht, dachte Metz. Noch eine Pflanze und Gift. Er musste die Apothekerin sprechen.

»Danke. Ruhen Sie sich aus. Der Polizeischutz wird aufrecht gehalten.« Metz stand auf und wandte sich an der Tür nochmals um. »Eine Frage habe ich noch. Was für Schuhe trug Ihre Freundin, wenn sie ein Rendezvous hatte?«

»Wie kommen Sie darauf?« Verwundert blickte die Zeugin auf.

»Sagen Sie es mir einfach.«

»Am liebsten trug sie Lila und sie hatte ein Paar Schuhe, da bin ich extrem neidisch geworden.«

»Warum das?«

»Sie hat sie sich anfertigen lassen. Sie liebte halt besondere Schuhe.«

Metz kam noch einmal ans Bett der Zeugin.

»Erkennen Sie diesen Schuh?« Metz ließ Andrea Erfurt auf das Handydisplay schauen. Ein Aufschrei war ihm Antwort genug.

Jetzt war sich Metz relativ sicher, dass der Täter bei Andrea Erfurt Beweismittel gesucht hatte. Offensichtlich vermutete er die in der Wohnung. Warum nur? Nur weil Clarissa und Andrea befreundet waren? Metz zog sein Handy heraus und rief Jäger an.

»Chef?« Jäger meldete sich mit vollem Mund.
»Organisieren Sie, dass jemand die Wohnung von Frau Wenger observiert.«
Kurzzeitig vernahm Franck Metz gar kein Geräusch. Nur Stille am anderen Ende.
»Chef, mit welchen Kräften soll ich das organisieren?«
»Rufen Sie Petersen an.«
»In Ordnung«, nuschelte Jäger. »Wo kann ich Sie erreichen?«
»Ich bin gleich in der Apotheke.« Metz beendete das Telefonat und lief eilends zum Dienstwagen, den er vor dem Krankenhaus in einer Seitenstraße geparkt hatte.

Inge Palme und Clarissa Wenger waren innerhalb einer Woche ermordet worden. Beide hatten nichts miteinander zu tun, waren sich niemals begegnet. Inge Palme war die Inhaberin eines Blumengeschäftes, ausgebildete Floristin, sie hatte eine Aushilfe eingestellt. Frau Wenger arbeitete als Pflanzenzüchterin im Pflanzeninstitut. Sie schrieb an ihrer Doktorarbeit. Clarissa Wenger hatte einen geheimnisvollen Liebhaber, der einen besonderen Duft bevorzugte. Frau Palme kippte im Bürgerbüro um und Frau Wenger wurde an der Bode tot aufgefunden. Und dann gab es dieses Dossier mit den Schimmelpilzen. Metz grübelte, noch hatte er das lose Ende des Knäuels nicht gefunden.

Er stieg in den Dienstwagen und zehn Minuten später parkte er vor einem Supermarkt im Zentrum. Zwei Plakate, die Grillfleisch und Joghurt bewarben, lösten in ihm nagendes Hungergefühl aus. Doch er unterdrückte den Impuls. Zwei Minuten später stand er an der Eingangstür der Apotheke. Franck Metz klingelte und hatte weiche Knie, wie er sich eingestand. Er schob es auf den Hunger.

»Guten Morgen, Herr Metz.« Emilia Sander stand in aufgeräumter Stimmung vor ihm und sah hinreißend aus. »Ich hoffe, Sie brauchen kein Antibiotikum oder sonst ein Präparat?«, scherzte sie.

Am liebsten hätte er sie in den Arm genommen und geküsst. Aber das stand ihm nicht zu. Noch nicht, korrigierte er den Gedanken. Wieder konnte er sich keinen Reim darauf machen, wieso ihn diese Frau derart fesselte.

»Nein. Vielen Dank. Und«, es fiel ihm nichts Besseres ein, »ich habe auch den Korb vergessen.« Er fühlte sich in ihrer Gegenwart hilflos und dennoch wunderbar aufgehoben.

»Den Korb? Ach, ich habe noch einige davon.« Sie winkte ab. »Hat es Ihnen denn geschmeckt?«, fragte Emilia mit einem warmen aufrichtigen Lächeln.

»Vielen Dank noch einmal. Es war köstlich.«

Emilia Sander fand Franck Metz sympathisch. Ihm haftete etwas an, was sie neugierig machte. War es seine Art zu reden, zu lachen oder sie anzublicken? Sie wusste es nicht. Nur dass sie seine Anwesenheit als angenehm und wohltuend empfand. Und ja, verdammt noch mal, sie fand seinen Körper anziehend.

»Sagen Sie nicht, dass Sie die Nacht durchgearbeitet haben und der Mörder gefasst ist?« Ein sinnliches Lächeln umspielte ihre Lippen.

»Dann würde die Polizei bei Ihnen immer einen Picknickkorb ordern«, entgegnete er. »Nein. Leider nicht. Ich muss noch mehr über Scopolamin erfahren. Mir fehlt ein verbindendes Element. Ich weiß, es liegt vor mir und ich sehe es nicht.«

»Dann kommen Sie herein. Ich hatte es Ihnen versprochen, aber ich hatte keine Zeit, und wenn ich es gestehen darf, auch etwas aus dem Auge verloren. Hier ist jede Sekunde eine Entscheidung zu treffen. Manchmal komme ich mir wie in der Notaufnahme eines Krankenhauses vor.«

Franck Metz trat ein und der Charme des alten Gemäuers umfing ihn.

»Früher roch es in den Apotheken nach ...«, begann er.

»Sie meinen nach Kampfer, Pfefferminze, Salbei, Bohnerwachs und Kresol?« Dabei blitzten ihre Augen auf.

»So ungefähr.« Er lächelte.

»Mit den Darreichungsformen heutzutage ist das Thema Schnuppern aus dem Rennen. Jeder Geruch ist eingesperrt. Wenn ich an Rizinus, Lebertran oder Fischöl denke, kann ich das verstehen«, gab sie zu.

Emilia Sander sah dem Hauptkommissar zu, wie er in der Apotheke stand und sich interessiert umblickte. Neugierde gehörte zu seinen Vorzügen, wie sie für sich entschied. Es gab nur wenige Männer, die ihren Weg kreuzten und sich auch für die Apotheke interessierten.

»Übrigens, wollen Sie eine Kleinigkeit mitessen? Meine Mitarbeiterinnen verwöhnen mich immer, wenn ich den Wochenenddienst übernehme. Noch mehr als sonst«, fügte sie hinzu. Dann lachte sie ungezwungen und meinte: »Sie sind froh, dass ich ihre Wochenendplanungen nicht durcheinanderbringe.«

»Gern. Wenn es Ihnen keine Umstände macht.« Franck Metz dachte daran, dass er seit dem zeitigen Frühstück im Hotel und dem Kaffee, den Jäger organisiert hatte, nichts mehr zu sich genommen hatte.

»Kommen Sie mit in die Küche.«

Metz folgte ihr.

Aus dem Kühlschrank holte Emilia Sander Tomatensoße. »Die Soße hat meine Mitarbeiterin Frau Weiß gekocht. Die Tomaten sind aus ihrem eigenen Garten.« Emilia Sander wusste, dass sie schmeckte. »Nudeln habe ich auch.« Sie kramte im Küchenschrank herum. »Spaghetti sind Ihnen recht?«, fragte sie. Metz hatte keinen Einwand. Sie setzte das Nudelwasser auf und hantierte routiniert mit den Töpfen. Die Apothekerin reichte ihrem Besuch Besteck und Teller. Metz deckte den Tisch. »Reiben Sie mir den Käse?«, bat sie ihn.

Er nahm ihr Käse und Reibe aus der Hand. Wie ein Paar, das sich seit Langem kennt, schoss es ihm durch den Kopf. Nachdem die Nudeln abgegossen waren, die Tomatensoße leise brodelnd vom Herd genommen war, klingelte es an der Eingangstür der Apotheke.

»Sorry. Wochenenddienst.« Emilia ging in den Verkaufsbereich.

Franck Metz setzte sich und genoss die momentane Ruhe. Er glaubte nicht daran, dass sie ihm helfen konnte. Es war purer Eigennutz, der ihn hierherzog. Und auch den Korb hatte er nicht vergessen, er suchte nach einem weiteren Grund, um sie wiederzusehen. Diese Frau zog ihn magisch an. In der Stadt, in der er eine ruhige Kugel schieben wollte, wie die Deutschen sagen, hatte es ihn aus der Bahn geworfen. Seit noch nicht einmal einer Woche kannte er sie. In ihm hatte sich etwas verändert. Er fühlte sich nicht mehr zerbrochen. Alles in ihm fügte sich zusammen. Gehalten durch einen geheimnisvollen Stoff.

Er zog sein Handy heraus und rief Jäger an.

»Chef? Hier ist alles klar. Reehrücken haben sich bereit erklärt, die Observation vorzunehmen. Der große Chef hat es abgenickt.«

Franck Metz' Sorgenfalten glätteten sich. Jägers Argumente hatten Petersen überzeugt.

»Meine Abwesenheit wird doch länger dauern, ich bin in der Apotheke. Ich trag noch Material zusammen. Fahren Sie bitte noch einmal zu Andrea Erfurt. Nehmen Sie ihre Aussage auf. Danach machen Sie Feierabend. Wir sehen uns morgen 06:00 Uhr.« Er klappte das Handy zu und ließ Jäger keine Möglichkeit zur Widerrede.

Die Küchentür öffnete sich und Emilia Sander kam zurück. Sie warf einen Blick auf das Handy und in sein Gesicht.

»Alles in Ordnung?«, fragte sie.

»Danke. Ja. Und bei Ihnen?« Franck Metz hob sein Kinn in Richtung Offizin.

»Nur eine Kleinigkeit.« Emilia Sander schloss die Küchentür und wusch sich an der Spüle sorgfältig die Hände. »Geben Sie mir Ihren Teller.«

Sie türmte Spaghetti mit Tomatensoße auf Francks Teller. Sich selbst nahm sie eine maßvolle Menge. Jeder nahm sich vom geriebenen Käse. Nach dem einfachen, aber vorzüglichen Essen bereitete sie einen Espresso zu. Beide genossen den dunklen Kaffee. Nach dem Essen räumten sie das Geschirr in die Spülmaschine.

»Erzählen Sie mir noch einmal von dem Montagmorgen, als Frau Palme starb«, bat Emilia.

»Jeden Montagmorgen brachte Frau Palme Blumensträuße ins Bürgerbüro, um dort die Schreibtische zu bestücken.« Metz machte es sich bequemer, indem er seine Beine ausstreckte.

»Das kann ich nur bestätigen«, warf Emilia ein. »Wenn ich mich recht erinnere, bot Frau Palme die Geschäftsidee in den umliegenden Geschäften an, aber keiner wollte darauf eingehen. Nur Frau Beyer aus dem Bürgerbüro hatte für dieses Geschäft ein Händchen«, urteilte Frau Sander.

»Frau Palme«, fuhr er fort, »plauderte mit einer Mitarbeiterin, während sie die Blumen auf die Tische stellte. Außerdem schaute sie nach ihrer Palme. Dann ...« Franck Metz machte eine Pause, er wollte das Folgende präzise wiedergeben. »Eine Zeugin sagte aus, Frau Palme hatte sich in den Warteraum gesetzt und starrte nur vor sich hin.«

»Warum denn das?«, fragte Emilia ratlos. Ihre Stirn zog sie über der Nasenwurzel zusammen.

»Genau das habe ich mich auch gefragt. Im Warteraum gibt es nichts Besonderes«, erwiderte Metz. »Ein Raum mit höchstens zwanzig Plätzen, ein Informationsstand, die Aufrufanlage. Ein Zeitungsständer, eingerahmte Werbungsplakate, Broschüren aller Art, ein Wasserbehälter für die Kunden. Das Einzige, was interessant ist, war ein Fahndungsplakat der Polizei. Ich habe keine Antwort auf die Frage, was in aller Welt Frau Palme gesehen haben will.«

»Was passierte dann?«, wollte die Apothekerin wissen.

»Wir kamen, als Frau Palme bereits tot war. Laut des rechtsmedizinischen Gutachtens verstarb Frau Palme an Atemlähmung.«

»Wie sah sie aus?«, wollte Emilia Sander wissen.

Ein Blick in ihr Gesicht sagte ihm, dass sie es ernst meinte.

»Ihre Haut war ungewöhnlich rot. Ihre Pupillen waren erweitert. Die Zeugin, die mit Frau Palme am Morgen gesprochen hatte, sagte, als sie zum zweiten Mal ins Bürgerbüro kam, dass Frau Palme total verwirrt wirkte. Sie hat die Zeugin nach Wasser gefragt und wann sie Hühner fangen gehen. Angsteinflößend, meinte die Zeugin. Frau Palme wirkte unruhig und redete wirres Zeug. Zufälligerweise war ein Arzt anwesend, Augenarzt Dr. Körner. Er und Herr Eiser schleppten Frau Palme ins Büro und legten sie auf den Fußboden.«

»Was passierte dann?«

»Nicht mehr viel. Zunächst war Frau Palme bewusstlos und Dr. Körner führte die Herzdruckmassage durch, aber es war einfach zu spät.«

»Im Blut wurde Scopolamin festgestellt?«, ergänzte Emilia Sander. Metz nickte bejahend. »Wie hoch war die Toxizität?« Die Apothekerin wusste, dass sich die Toxizität nach dem Inhalt der Pflanze richtete und es unerlässlich war, die toxische Menge zu kennen.

»Wenn es von Belang ist, dann lass ich mir den Bericht von Jäger auf mein Handy schicken.«

»Nein, nicht nötig«, wehrte Emilia ab. »Haben Sie einen Verdächtigen?«

»Nein. Haben wir nicht. Es ist zwar so, dass die nächsten Anverwandten zuerst einmal in Verdacht stehen. Die gibt es jedoch im vorliegenden Fall nicht. Es gibt einen Mitarbeiter, diesen Reno Engel. Ich will mal sagen, nicht unbedingt ein ordnungsliebender Bürger. Das macht ihn nicht automatisch zum Täter. Er hat ein Alibi, das ist überprüft. Montagmorgen lieferte er Blumen aus. Und fuhr auf den Großmarkt, um frische Blumen abzuholen. Er ist seinem Job nachgekommen. Kleinere Verstöße, die nichts Polizeiliches zur Folge haben.«

»Erst seit zwei Monaten ist er ihr Mitarbeiter?«, fragte Emilia überrascht. Ihr kam es länger vor.

»Warum fragen Sie nach?«, wollte er wissen.

Emilia rubbelte sich ihre Nase, dann strich sie sich über ihr Gesicht und hinunter bis zum Hals. Unbewusst, da war sich Metz sicher. Er mochte die Geste an ihr.

»Warum?«, wiederholte er mit belegter Stimme, um sich zu fassen.

»Ich weiß nicht ... Ich frage mich. Aber ...« Emilia wirkte unschlüssig.

»Sagen Sie es«, ermunterte sie der Hauptkommissar. »Es kann nicht schaden.«

»Frau Palme kam mir die letzten beiden Male, als sie hier in der Apotheke war, durcheinander vor. Nur Kleinigkeiten.«

»Zum Beispiel?« Franck Metz' Neugier wuchs.

»Frau Palme war vor acht Wochen hier, um ein Rezept abzugeben. Nach drei Tagen holte sie es bei Frau Weiß ab. Vor vier Wochen, genau, an einem Montag, war sie in der Apotheke und ich fragte sie, ob das Medikament geholfen habe.«

»Und?«

»Sie hat mich perplex angeschaut und gesagt, dass sie das Medikament noch nicht abgeholt habe. Sie entschuldigte sich wegen ihrer Schusseligkeit. Ich habe mir nichts dabei gedacht. Vor zwei Wochen war sie bei Frau Grünberger, ich stand in Hörweite und sie erkundigte sich, was ihre Bestellung mache. Sie hat sich dann ausgedrückt, dass sie eine neue Bestellung eines anderen Präparates wolle. Auch dieses hatten wir nicht auf Lager. Frau Grünberger bestellte es. Bis jetzt ist es nicht abgeholt worden. Ich denke, Frau Palme sah mich und hat das Gespräch umgelenkt.«

»Kann es nicht sein, dass Frau Palme an normaler Vergesslichkeit litt? Sie war ja doch fünfundfünfzig Jahre alt und ihr Gesundheitszustand war nicht der beste.«

»Ja, sie war zu dick, hatte keine ausreichende Bewegung, hat schwer geschleppt, zu viel Stress, hat nicht gesund gelebt. Dennoch, sie war bestens gelaunt, außerdem hatte sie ein Auge für Blumen und Pflanzen. Mir kam sie immer putzmunter vor. Nur die letzten Wochen war sie anders.«

Emilia Sander stand auf und öffnete eines ihrer Fenster, das einen Blick auf einen Teil des Marktplatzes freigab. Sie blieb einen Moment stehen und blickte auf den Touristenstrom, der sich gemächlich an der Apotheke vorbeischob.

Franck Metz überlegte, irgendetwas hatte er schon einmal gehört über Frau Palme. Er gähnte hinter vorgehaltener Hand. Ein kleiner Spaziergang würde ihm guttun.

»Entschuldigung. Aber was hatten Sie über Frau Palme gesagt? Wie kam sie Ihnen vor?« Er wollte es noch einmal hören.

»Putzmunter, lustig, sie besaß ein Auge für die Blumen und Pflanzen«, erklärte Emilia und wand sich vom Fenster ab. Sie setzte sich wieder. »Außerdem hatte sie ein fotografisches Gedächtnis. Vielleicht nicht reif fürs Guinnessbuch, aber beachtlich, wenn ich es beurteilen müsste.« Emilia Sander betrachtete das nachdenkliche Gesicht ihres Gegenübers. »Woran denken Sie?«

»Nachweisbar gibt es nur wenige Personen, die ein absolutes fotografisches Gedächtnis besitzen. Einige haben es durch Training erworben oder es ist ihnen angeboren. Viele meinen, sie haben eines. Was macht Sie sicher, dass Frau Palme ein fotografisches Gedächtnis besaß?«

Emilia Sander zog ein nachdenkliches Gesicht. »Ich kann mich an einen Tag erinnern, als mein Auszubildender eine Kiste Fruchtbären entgegengenommen hatte. Diese hatte jedoch ein völlig anderes Design als bisher, und weil es dann irgendwie etwas Wichtigeres zu tun gab, hat er sie an die Seite gestellt.« Emilia rubbelte sich an der Nase und erzählte weiter. »Frau Palme war hier, um ein Rezept einzulösen. Ich musste es bestellen. Am nächsten Morgen kam sie wieder, um es abzuholen. Frau Palme merkte, dass ich ein Problem hatte. Wenn ich daran zurückdenke, wir suchten diesen einen Karton mit den Fruchtbärchen seit Dienstbeginn. Den Auszubildenden konnte ich nicht fragen oder sonst wie erreichen, er war krankgeschrieben. Übrigens habe ich diesen Auszubildenden nicht übernommen.« Das glaubte Metz ihr aufs Wort. »Frau Palme sah mir meinen Frust an und fragte mich, was der Grund sei. Welcher Apotheker gibt gern zu, dass er etwas sucht. In diesem Fall nur harmlose Fruchtbären. Nach kurzem Zögern erklärte ich ihr, dass wir einen Karton voller Süßigkeiten suchten. Sie sah mich an und sagte, dass der seit gestern dort hinten stehe. Sie zeigte in die Ecke. Wir haben ihn beim Suchen übersehen. Erleichtert bedankte ich mich bei ihr. Zählt die Geschichte?« Franck Metz konnte hören, dass sie diese Frage mit einem dezenten Unterton stellte.

»In Ermangelung einer anderen Geschichte.« Dabei blinzelte er ihr zu. Dann blickte er auf die Armbanduhr. Es war später Nachmittag. »Kann ich im Büro anrufen?«

»Selbstverständlich. In der Zeit mache ich uns noch einmal einen Espresso.«

Metz rief Jäger an.

»Was gibt's, Chef?«

»Machen Sie Schluss. Ich brauche Sie morgen fit und munter.«

»Ich versichere Ihnen, Chef, das bin ich.«

»Keine Widerrede, Jäger. Gehen Sie nach Hause.« Metz sah die dunklen Augenringe von Jäger vor sich.

»Okay.« Jäger ergab sich dem Befehl. »Darf ich Sie daran erinnern, dass morgen um 14:00 Uhr Ihr Schießtraining angesetzt ist. Steht auch im Kalender«, rief er ihm ins Gedächtnis.

Metz sah Jägers besorgtes Gesicht deutlich vor sich. Er wusste durch Petersen, dass Jägers Schießergebnisse mustergültig waren. Metz selbst tat sich schwer, nach den Jahren im Polizeialltag und dem Burn-out, den Erfordernissen des Trainings nachzukommen. Die Jugend war darin unbedarfter.

Emilia Sander jonglierte ein zierliches Tablett mit einem aufwendig gearbeiteten Dekor auf einer Hand herein. Die andere Hand hielt einen Teller mit Obststücken. Die Tür schloss sie mit einem gezielten Schubs ihres Pos. Franck Metz klappte sein Handy zu und legte es auf den Tisch.

»Brennt es im Büro?« Emilia Sander hatte eine erfrischende Art an sich und besaß einen ausgeprägten Sinn für Humor.

Ein leichtes Schmunzeln durchzuckte Metz' Gesicht.

»Nein, das Übliche«, versicherte ihr Metz. Vor ihm stand der Espresso. »Reden wir über Scopolamin.« Schließlich wollte er Antworten.

»Tja. Ich bleibe dabei, dass man es nicht einfach bekommt.« Emilia deutete auf den Obstteller. »Greifen Sie zu. Die Melone ist zuckersüß.«

»Kann man es selbst herstellen?«, fragte Franck Metz, indem er nach der Melonenscheibe griff.

»Ja sicher. Heutzutage kann man alles selber herstellen. Das Internet macht es ja durchführbar. Dennoch gibt es gewisse Vorschriften und einfach so geht es gar nicht. Früher hat man das Scopolamin aus der Pflanze des *Hyoscyamus niger* gewonnen.«

»Schwarzes Bilsenkraut«, sagte Franck Metz.

»Oh, das ist Ihnen bekannt.« Emilia sah ihm in die Augen. Sie war sich sicher, dass es ein geheimes Band zwischen ihnen gab. »Respekt. Heute kann man es auch synthetisch herstellen.«

»Besonders in kriminellen Kreisen«, warf Metz lakonisch ein.

»Warum ist die Aushilfe überhaupt noch im Blumenladen?«, fragte Emilia.

»Das gibt Jäger und mir auch zu denken. Wir vermuten, dass er auf etwas oder auf jemanden wartet.«

»Worauf soll er denn warten? Er kam mir stets so vor, als habe er etwas zu verbergen. Ich konnte ihm nie in die Augen schauen. Stets hielt er die Augenlider unten. Ich muss einem Menschen immer in die Augen sehen können.« Dabei blickte sie Franck Metz direkt in die blauen Augen.

»Wir haben gestern ohne Beschluss einige Proben von den getrockneten Blumen und Sträuchern mitgenommen.« Metz räusperte sich. »Die werden noch untersucht. Bis morgen sollten die Ergebnisse vorliegen.«

Er öffnete die Hände, um anzudeuten, dass das alles war, was er an Informationen hatte. Jäger hatte still und heimlich einige Proben in seiner Hosentasche verschwinden lassen, während Metz Reno Engel durch ein Gespräch abgelenkt hatte. Es war nicht die feine Art, aber

Metz ließ es darauf ankommen. Zumal das Gespräch mit Andrea Erfurt über Clarissa Wengers Doktorarbeit zum Thema Mehltaupilz alles in ein anderes Licht rückte. Es musste einen Zusammenhang geben und das Bindeglied war Scopolamin.

Emilia setzte ihre leere Tasse ab.

»Ich brauche eine gedankliche Pause. Wollen Sie mit mir auf den Dachboden kommen? Da oben stehen noch die alten Apothekenbücher, vielleicht finde ich darin die Antwort.« Sie sah ihn derart an, dass er um nichts in der Welt diesen Vorschlag abgelehnt hätte.

Der Espresso war ausgetrunken und der Teller mit den Melonenscheiben leer. Nur abgenagte grüne Schalen und eine Wasserpfütze zeugten davon, dass Obst auf dem Teller gelegen hatte. Emilia Sander holte den Schlüssel für den Boden und in der Zwischenzeit entsorgte Franck Metz die Reste der Melone.

Von der geräumigen Etage aus öffnete sie eine der Türen und stieg vor ihm die schmale Bodentreppe hinauf.

Franck Metz konzentrierte sich auf die in die Jahre gekommene Treppe. Er roch den Staub, der typisch für alte Dachböden war, außerdem nahm er den Geruch von Möbelwachs und alten Holzschränken wahr.

»Seien Sie vorsichtig«, mahnte ihn Emilia, »und bleiben Sie dicht hinter mir.« Nichts tat er lieber als das. »Nicht dass Sie mir noch in die Etage darunter fallen oder sich einen Fuß verstauchen.« Jetzt erst bemerkte er, dass die Zwischenböden nur provisorisch gesichert waren. »Folgen Sie mir hier entlang auf den Bohlenbrettern.« Sie gingen über den Dachboden bis zu einer steilen Holztreppe. »Ich weiß, sie sieht marode aus.« Emilia erriet den Gedanken des Hauptkommissars. »Und sie ist es auch«, gab sie mit einem schelmischen Lächeln zu.

Franck Metz schüttelte leicht seinen Kopf. Was hatte diese Frau nur an sich, dass er ihr leichtfüßig auf einen baufälligen Dachboden folgte? Oben angekommen öffnete Emilia einen Holzverschlag, auf dem in fast unleserlich gewordenen Buchstaben das Wort *Kräuterboden* stand. Bewahrte man in früheren Zeiten hier Kräuter auf? Dieser Dachboden war durch die Jahre in Mitleidenschaft gezogen worden. Metz sah sich um. Die Kammer, in der sie sich befanden, war ungefähr dreißig Quadratmeter groß. Das Tageslicht fiel in den Raum und ließ die Staubpartikel tanzen.

Im dunklen Teil des Raumes standen hohe Regale, gefüllt mit Dingen, die er nicht zu benennen wusste. Der Holzverschlag besaß nicht nur ein Gaubenfenster. Unter einem dieser Fenster stand ein Tisch mit vier Stühlen. Die Holzstühle, auf denen kaum noch Farbe haftete, sahen auch nicht vertrauenerweckend aus.

»Elektrisches Licht habe ich hier oben nicht«, entschuldigte sich Emilia. »Auf dem Tisch steht eine Grubenlampe mit Docht. Bei Bedarf kann sie angezündet werden.« Franck Metz sah auf dem Tisch Streichhölzer liegen. »Bin ich hier oben, dann bin ich in einem anderen Jahrhundert.« Die Apothekerin deutete auf einige historische Glasgefäße. »Früher hielten die Apotheker in solchen Gefäßen die ätherischen Öle frisch.« Sie nahm eines mit einem Binderand aus Leder aus dem Regal herunter. »Hier zum Beispiel wurde eine gezuckerte veilchenwurzelhaltige Droge aufbewahrt.«

»Wofür brauchte man das?«, wollte Metz wissen.

»Beim Zahnen. Es hat nichts mit einer Veilchenwurzel zu tun, es entspricht eher dem Rhizom der Schwertlilie. Auch heutzutage kaufen Mütter die Veilchenwurzel vorzugsweise mit einer Schnullerkette.« Emilia lächelte. »Aber ich bin eher nicht dafür.«

»Warum nicht?«, wollte Metz wissen.

»Wegen der Bakterien«, sagte sie kurz und knapp. »Da nutzen wir heutzutage andere Heilmittel.«

Fasziniert musterte der Hauptkommissar die historischen Gefäße aus Holz, Porzellan oder Glas. Er glaubte ihr aufs Wort, dass die Arbeit hier oben sie in ein anderes Jahrhundert versetzte.

»Und was ist das?«, fragte er interessiert.

»Oh, das ist etwas Besonderes. Ein Apotheker des 19. Jahrhunderts entwickelte ein Faible für die homöopathische Apotheke.« Sie hatte seine Neugier erweckt, deutlich erkannte Emilia es an seinem Gesicht. »Es handelt sich um eine fast vollständig erhalten gebliebene Tierapotheke.« Auch wenn Metz davon nichts verstand, war er sichtlich beeindruckt.

Emilia indes entnahm zwei alte Apothekerbücher aus einem anderen Teil des Glasschrankes und legte sie auf den zierlichen Tisch. Sie ging noch einmal zurück und öffnete eine auf den ersten Blick unsichtbare Schranktür. Von dort holte sie eine Karaffe mit rubinroter Flüssigkeit hervor und stellte sie auf den Tisch. Dann zog sie die Schublade des Tisches auf und entnahm zwei kleine Gläser.

Franck Metz hatte die Regale inspiziert und ab und an Fragen zu den einzelnen Gefäßen gestellt. Jetzt näherte er sich wieder dem hellen Teil des Raumes. Er sah die Karaffe und die Gläser auf dem Tisch stehen. »Ich hoffe, Sie mögen Kirsche?« Ohne die Antwort abzuwarten, schenkte sie ihm ein. »Selbst gebrannt«, ergänzte sie. »Wenn ich hier in diesen alten Büchern etwas nachschlagen will, genieße ich die Zeit.«

Franck Metz lockerte seinen Grundsatz, keinen Alkohol vor oder ohne Essen zu sich zu nehmen – für dieses eine Mal. Er hob sein Glas und stieß mit Emilia an. Über die Ränder ihrer Gläser sah Emilia ein Feuer in seinen Augen glühen.

»Beginnen wir!« Sie setzte das Glas ab, an deren Inhalt sie nur genippt hatte, und schlug den ersten dicken Band auf, der neben ihr lag.

Franck Metz sah ihr dabei zu, wie sie das weite Feld der Gifte einengte. Emilia wusste, dass sie dabei beobachtet wurde. Was sollte er auch ansonsten tun?, sagte sie sich. Franck Metz hatte vorsichtig an dem Kirschschnaps genippt. Er stellte das Glas ab und war zum Warten verdammt. Er betrachtete das Gesicht von Emilia, die sich durch ihn nicht aus der Ruhe bringen ließ. Sie machte sich Notizen, blätterte, suchte, blätterte. Dann schlug sie das andere Apothekerbuch auf, das wegen seines Alters mit Vorsicht zu behandeln war. Nebenbei beobachtete er, wie sie den Rest des Kirschschnapses trank.

»Wie heißt dieser Schnaps?«, fragte Metz.

»Feuerschein.« Die Apothekerin blickte für die Antwort nicht auf.

»Ein passender Name.« Franck sog das Aroma mit geschlossenen Augenlidern ein und schmeckte den Sommer. Sanft legte sich das Aroma des Kirschlikörs auf die Mundschleimhaut, um dann ein Feuer zu entfachen. Die Gedanken bekamen Flügel und er entsann sich des letzten Satzes von Romeo:

»O wackrer Apotheker, Dein Trank wirkt schnell.«

»Achtunddreißig Prozent«, erriet Emilia Francks Gedanken. »Ich hab's!«

Franck verschluckte sich vollends am Likör und hoffte, dass es ihm nicht wie Romeo ergehen würde.

»Sie haben ... was?«, krächzte er, als er wieder atmen konnte. »Sie haben das Gift?«

Emilia klopfte ihm auf den Rücken. Sie freute sich, dass auch gestandene Männer in der Lage waren, nicht immer in vollständigen Sätzen zu sprechen.

»Ja. Den Verdacht hatte ich bereits, als Sie mir beschrieben haben, dass Frau Palme im Warteraum von Wasser gesprochen hat, eindringlich, wie ich vermute, weil sie ‚Brunnen' sagte. Ich assoziiere jetzt Brunnen mit Durst. Frau Palme halluzinierte meiner Meinung nach und hatte einfach Durst. Sie wollte Hühner fangen. Das Gift, das ich verdächtigte, ist ein Alkaloid, dem des Stechapfels und der Tollkirsche ähnlich. Bei Selbstversuchen hat sich bestätigt, dass man unter der Droge gern fliegen will. Und ich vergleiche jetzt die Hühner mit Vögeln«, beendete sie die Ausführungen.

»Wirkt diese Art Gift schnell?« Kritisch schaute Metz sie an.

»In großen Mengen genossen, ja«, bestätigte Emilia unbeeindruckt. »Aber wie kommt eine Floristin an dieses Gift oder wer verabreicht es ihr. Wie und vor allem warum?«, stellte ihm Emilia Sander die entscheidenden Fragen, worauf er selber gern Antworten gewusst hätte.

»Wie nimmt man diese Art Droge ein?«, fragte Franck Metz im Gegenzug.

»Tee kochen und trinken«, kam die Antwort prompt. »Für mich als Apothekerin das Einfachste der Welt, ich würde Tee kochen«, fügte sie hinzu.

»Einfach nur Tee kochen, so unkompliziert ist das?« Der Hauptkommissar war erschüttert.

Emilia Sander nickte bestätigend.

»Wenn man das richtige Kraut hat, dann schon«, meinte sie.

Franck Metz streifte beide Ärmel seines sandfarbenen Rollkragenpullovers hoch. Auf dem Dachboden war es warm. Unvermutet wärmer, als es der Wirklichkeit entsprach.

»Man kann also aus dem Gift einen Tee machen und das Opfer trinkt ihn, ohne zu merken, dass es sich um ein Gift handelt? Verstehe ich das richtig?« Metz war fassungslos. Emilia Sander nickte. »Wonach schmeckt dieses Gift?«, wollte Metz wissen.

»Scharf und bitter, kräftig.«

»Würde ich diesen Tee trinken?«, fragte Metz.

Emilia Sander überlegte.

»Jemand, der seine Geschmacksknospen nicht auf Kräuter getrimmt hat, der bekommt den Tee nicht runter«, erklärte sie. »Jemand, der spezielle Teesorten bevorzugt, der akzeptiert das Bittere eher. Wenn man das dann mit anderen Teesorten kombiniert und den Tee süßt ... Ja, das wäre möglich«, schlussfolgerte die Apothekerin. Dann blieb sie einen Moment in sich gekehrt. »Frau Palme hat sich, ab und an, Teesorten von mir zusammenstellen lassen. Darunter Scharfgarbe, Wermut, Frauenmantel, Fieberklee und Eisenkraut, um nur einige bittere Sorten zu nennen.« Forschend schaute Emilia ihren Gast an, mit der stillen Frage, ob sie weitersprechen konnte. »Beim Eisenkraut meine ich nicht die wunderbare Zitronenverbene, sondern das Eisenkraut«, schloss sie ihre Ausführungen.

Franck Metz kannte den Tee der Zitronenverbene. Er erinnerte sich an die Ferien bei den Großeltern in der Dordogne. Großmutter brachte ihm vor dem Schlafen heißen Tee in sein Zimmer. Der Tee duftete dann lieblich nach Zitrone.

»Erzählen Sie mir vom Eisenkraut«, forderte er Emilia auf.

»Sie wollen hören, dass die Römer die harten Stiele dieser Pflanze zu einer Art Besen zusammenbanden und damit die Altäre Jupiters sauber fegten?«, fragte Emilia lachend. Metz nickte. »Sie wollen hören, dass es die Römer als Wundkraut gegen Verletzungen der damaligen Waffen, die aus Eisen bestanden, nutzten?« Metz nickte wiederum. Emilias Charme wirkte entwaffnend. »Und ich langweile Sie keinesfalls?« In Metz' Augen sah Emilia etwas aufblitzen, was sie lange Zeit schmerzlich vermisst hatte.

»Ganz und gar nicht«, gab er zu. »Es interessiert mich in der Tat.«

Prüfend schaute sie ihn an. Meinte er es ernst oder verspottete er sie nur auf eine höchst bezaubernde Art und Weise? Es kam bisher nicht oft vor, dass sich ein Mann derart für ihren Berufsstand interessierte. Ausgenommen natürlich befreundete Apotheker, wie zum Beispiel Julius Kugler, dem sie eigentlich noch ein Abendessen schuldete, wie ihr unpassenderweise in diesem Moment einfiel. Doch seit einer Woche war alles anders, gestand sie sich ein.

Emilia sah Franck an und blickte in Augen, die blau wie das Meer waren und sie bemerkte, dass sie keine Angst hatte, darin zu ertrinken. Die Zeit auf dem Dachboden verstrich und die Abenddämmerung senkte sich über die Stadt. Noch war es hell genug, um auf dem Dachboden Gespräche zu führen. In einer Stunde würde sie das Grubenlicht anmachen können.

»Wir verschieben das Eisenkraut auf später«, sagte sie mit heiserer Stimme. »Es geht um die Aufklärung der Morde. Was genau haben Sie im Blumenladen gesehen?«

»Die Kurzfassung?« Sie hatte recht, gestand er sich ein, die Morde hatten Priorität. »Blumentöpfe, in denen die Pflanzen ihre Köpfe hängen ließen. Ein Geruch nach abgestandenem Blumenwasser.« Emilia krauste die Nase. »Ein spartanisch eingerichtetes Büro ohne Fenster. An einer Wand hing ein Kalender, lauter Termine darauf eingetragen. Zwei Arbeitstische, auf denen Scheren, Dekomaterial, vertrocknete und verblühte Blumenabschnitte lagen. Ein überquellender Papier-korb. Ging man wieder aus dem Büro heraus, sah man eine Terrasse. Das Fenster mit einem beachtlichen Ausmaß ließ mich in den Garten schauen. Eine Kaffeemaschine und ... Verflucht.«

»Was?«, fragte Emilia.

»Eine Teemaschine haben wir auch gesehen.« Metz schaute auf die Armbanduhr. Es war zu spät. Die Teemaschine musste bis morgen früh warten. Ohnehin bestand kein dringender Tatverdacht, denn er wusste nicht, was die Untersuchung der Pflanzenteile ergab, die Jäger unerlaubt in die Tasche gesteckt hatte. Sein Blick suchte Emilias. »Sie haben mir immer noch nicht verraten, wie dieses Gift heißt.«

»Sie kennen sich in griechischer Mythologie aus?«, fragte Emilia abrupt.

»Da muss ich leider passen, ich bevorzuge Shakespeare und des-sen Zeit«, antwortete er und ließ seine gepflegten Zähne sehen.

»Aber die *Ilias* ist bekannt?«, lenkte Emilia ein.

»Natürlich. Wer kennt schließlich Homer nicht?«, kam die Gegen-frage.

»Odysseus. Ich hoffe, dass ich nichts Entscheidendes vergessen habe oder durcheinanderbringe. Auf der Heimreise ist Odysseus auf einer Insel bei der Zauberin Kirke gelandet. Diese lud ihn und die Män-ner zum Essen ein. Die Männer umgarnte sie und gab ein Gift in die Getränke. Auf diese Weise verwandelte sie alle Männer in Schweine. Nur nicht Odysseus, der hatte ein Gegenmittel. Außerdem war er ja ein Schlauer.« Spitzbübisch blitzte ihn Emilia an.

»Und welchen Namen trägt dieses heimtückische Gift, das aus Männern Schweine macht?« In Metz regte sich eine Synapse.

Emilia schaute ihn an.

»Vielleicht meinte man eher willenlos«, antwortete sie. Sie schenk-te vom *Feuerschein*, der zwischen ihnen stand, nach. Dann nahm sie ihr Glas und nippte daran. »Bilsenkraut«, teilte sie ihm mit.

Franck Metz, der sein zum dritten Mal aufgefülltes Glas noch nicht angerührt hatte, blickte sie wie vom Donner gerührt an. Vorsichtig at-mete er aus. Dann erhob er sich und ging zum Gaubenfenster. Von hier oben blickte er auf den Blumenladen, der jetzt völlig im Schatten lag. Metz' angenehm warme Stimme erklang:

»Sein oder Nichtsein, das ist hier die Frage:
Ob's edler im Gemüt, die Pfeil und Schleudern
Des wütenden Geschicks erdulden oder,
Sich waffnend gegen eine See von Plagen,

Durch Widerstand sie enden?
Sterben – schlafen.
Nichts weiter!
Und zu wissen,
daß ein Schlaf
Das Herzweh und die tausend Stöße enden,
Die unsers Fleisches Erbteil, 's ist ein Ziel,
Aufs Innigste zu wünschen.«
Franck Metz ließ die deklamierten Worte im Schein der untergehenden Sonne verhallen. Langsam drehte er sich um.

»Das ist nicht das Einzige, was ich aus *Hamlet* vortragen kann. Aber mir ist eingefallen, dass der Vater von Hamlet mit Bilsenkraut getötet wurde.« Franck Metz sah das Unverständnis in den Augen der Apothekerin. »Dieses Gift wurde ihm während des Schlafes in sein Ohr geträufelt. Mindestens so schäbig wie die Verwandlung der Männer in Schweine.«

Endlich funktionierte Emilias Gehirn wieder.

»Und Hamlet konnte sich selbst nur sicher wähnen, weil er allen vorspielte, dem Wahnsinn verfallen zu sein.« Fasziniert blickte sie ihn an. Sie war auf dem besten Weg, sich zu verlieben.

»Das ist es, Emilia.« Aus Versehen benutzte er ihren Vornamen, was ihm nicht auffiel. »Das ist es. Er hat die Floristin mit Bilsenkraut umgebracht. Das ist die Verbindung. Du weißt gar nicht, wie du mir geholfen hast.« Er stand dicht vor ihr, griff nach ihren Oberarmen und zog sie zu sich heran. Kurz und flüchtig drückte er ihr einen Kuss auf die Stirn. »Ich muss ins Büro«, sagte er und war bereits auf dem Weg nach draußen.

Emilia Sander hörte, wie er die Treppe hinunterging, und hoffte, dass er vorsichtig war. Dann fiel die Tür ins Schloss.

Er hatte gehofft, dass der Deal endlich über die Bühne ginge und darauf hingearbeitet. Jetzt saß er schwitzend im Auto und war stocksauer. Er war wütend, dass er glaubte, sein Blut koche in den Adern. Doch es war das Adrenalin, das ihn den Schmerz nicht mehr fühlen ließ. Das Herz raste und sein Verstand zog immer engere Kreise um ein Problem, was es gar nicht geben dürfte.

»Scheiße, verfluchte Scheiße!«, schrie er und malträtierte das Lenkrad mit beiden Fäusten. »Ausgerechnet mir passiert das wegen eines verfluchten Weibsbildes.« Jetzt musste er Spuren beseitigen, von denen er glaubte, dass diese ihn verrieten. »Bequatschen doch sonst alles!«, schrie er voller Wut und seine Kinnmuskeln traten sichtbar hervor. Konnte er ahnen, dass dieses dämliche Weibsbild zeitiger nach Hause geschickt wird? »Verfickte Scheiße!«, schrie er hysterisch die Windschutzscheibe des Autos an.

Es war an der Zeit, die Beute zu verteilen. Er und seine Kumpels hatten lange gewartet und noch heute traf er sich mit Tyson. Gras war über die Sache gewachsen, aber die Alte mit ihrer penetranten Neugierde war ihm auf die Schliche gekommen. Und die Kleine, die er für seinen Zeitvertreib hatte, hätte ihn jederzeit verpfeifen können, wo sie ihn doch beim Diebstahl der paar Samen erwischt hatte. So ein Gewese zu machen, als wenn es ihre Pflanzensamen wären. Niemand führte Buch über deren Anzahl. Kein Schwein hätte das überhaupt mitbekommen.

Er war von Clarissa erwischt worden, als er die Schubladen durchwühlt hatte. Er konnte sich genau an ihren Gesichtsausdruck erinnern, wie sie mit leeren Händen in der Tür gestanden hatte. Dabei hatte er sie extra zum Kaffeeholen in das gegenüberliegende Gebäude geschickt. Ein Vorwand. Er wusste, dass der Kaffeeautomat defekt war. Schließlich hatte er höchstpersönlich nachgeholfen. Jedoch konnte er nicht ahnen, dass Clarissa es sich auf dem Weg anders überlegt hatte. Sie wollte Feierabend machen und mit ihm nach Hause gehen. Es kostete ihn eine Menge Zeit, in der er Lügen erfinden musste. Am Ende war sie nicht restlos umgestimmt, aber sie hatte keinen Beweis in der Hand. Sie vertraute ihm, deswegen war es immer noch ein Leichtes, dass sie ihm die Lüge abnahm, *er habe ein Feuerzeug gesucht.*

Die tobenden Kopfschmerzen waren kaum auszuhalten. Machte es einen Unterschied, den Kopf an eine Wand zu knallen, damit dieser endlich Ruhe gab? Oder an den Baum, der unweit des Autos stand? Aufstöhnend hielt er sich den Kopf. Ein Gedanke schoss durch sein Hirn. Ruckartig öffnete er die Augen und schloss sie sofort wieder. Die verdammte Helligkeit bohrte einen Speer in den rasenden Schmerz. Doch der Gedanke ließ ihn nicht ruhen. Diesmal öffnete er langsam die Augen. Er atmete bewusst ein und aus. *So geht es*, sagte er sich. Nach und nach ließen die Kopfschmerzen nach. *Nicht aufregen*, sagte er sich. Einen Gedanken konnte er nicht vertreiben. Wo war das Tütchen? Das mit den Samen?

Er beugte sich vor und kramte im Handschuhfach herum, bis er die Plastiktüte mit den drei Samen herausfischte. Ein Grinsen umspielte seinen Mund, als er die Samen betrachtete. Daraus ließ sich noch ein bisschen Kapital machen. Er rieb sich das Kinn. In wenigen Stunden war hier alles vorbei, dann konnte er ein anderes Leben anfangen. Eines, was ihm eher zustand. Er fuhr sich wieder über das kantige Kinn. Rasieren sollte er sich auch noch, wenn er in die brandneue Rolle schlüpfte. Er schreckte auf. Etwas hopste auf den Kühler und wieder hinunter. Ein Marder, schätzte er. Das fehlte ihm noch, dass so ein winziges Biest die Zündkabel durchgebissen hatte und er in dieser Einöde liegen blieb. Das führte nur zu unnötigen Fragen, das kannte er. Automechaniker, die sich was merkten, weil es sonderbar ist, an dieser Stelle liegen zu bleiben.

Er zog die Luft scharf ein und startete den Motor. Okay, der Motor schnurrte, wie es sich gehörte. Länger sollte er sich nicht mehr mit dem Auto mit dem dämlichen Werbeaufdruck hier aufhalten. Jederzeit konnten Wanderer, Gassigeher oder Liebespaare vorbeikommen und sich später erinnern. Irgendjemand war immer aufmerksam. Langsam ließ er den Wagen aus dem improvisierten Versteck rollen.

Vor ihm lagen sonnenverwöhnte Felder und staubige Feldwege. Aber der Mann hatte keinen Blick übrig für die freie Sicht, die bis zum Brocken reichte. Konzentriert fuhr er den staubigen Feldweg vom Ochsenkopf hinab. Nach wenigen Minuten erreichte er die asphaltierte Straße und bog nach rechts ab. In einem Lebensmittelmarkt, der auch sonntags geöffnet hatte, kaufte er sich Brot, etwas Schlackwurst, ein Sixpack Bier und eine Schachtel Zigaretten. An der Kasse verhielt er sich unauffällig, bezahlte bar und hielt die Augenlider gesenkt. Er war weder übertrieben freundlich noch arrogant oder hatte einen dummen Spruch auf den Lippen. Anschließend verstaute er den Einkauf im Auto und fuhr vom Parkplatz.

In der Wohnung, die ihm fremd war, holte er sich ein Messer aus der Küche. Er setzte sich in das angrenzende Zimmer. Er stellte die Bierdosen in einer Reihe auf den kleinen Tisch neben sich. Das Messer rammte er in die Wurst, sodass sie wie aufgespießt aussah. Das Brot lag unangetastet in der Papiertüte neben ihm. Er verzichtete darauf, Licht zu machen oder den kleinen Fernseher anzuschalten. Er saß im Dunkeln auf der durchgesessenen Couch und überlegte. Ab und zu schnitt er ein dickes Stück von der Wurst ab, kaute und schluckte den Wurstbrei hinunter. Dann öffnete er das erste Bier und trank, ohne abzusetzen. Ein lauter Rülpser war das einzige Geräusch in der Wohnung. Mit der rechten Hand drückte er die leere Bierdose zusammen und warf sie achtlos in die Ecke. Dann öffnete er die zweite Dose Bier und schnitt sich ein weiteres Stück der Wurst ab. Die Prozedur war die gleiche. Nach der dritten Dose stand er auf und öffnete die Tür, die zu dem kleinen Garten führte, in dessen Mitte der Apfelbaum stand. Er ging die wenigen Schritte bis zum Baum. Dort öffnete er den Reißverschluss der Jeans und ließ nicht nur den Gedanken freien Lauf.

Für ein Ablenkungsmanöver fehlte ihm die Zeit. Die Ereignisse hatten sich in den letzten sieben Tagen überschlagen. Heute Nacht traf er sich mit zwei Männern seiner Gang. Es ging um die zeitliche Absprache. Außerdem musste er noch die Beute ausgraben. Er wusste, dass sie nach der vergangenen Zeit nicht mehr heiß war. Nach der Verteilung der Beute würde sich die Gang endgültig auflösen und jeder hatte seinen eigenen Plan dazu.

Er wollte einige chirurgische Veränderungen an sich vornehmen lassen. Eine Klinik hatte er sich bereits ausgesucht. Nur Kleinigkeiten, wie er es nannte. Er war ehrgeizig genug, um seine Pläne zu verwirklichen, und nichts sollte dazwischenkommen. Entschlossen trank er die letzte Bierdose leer und warf sie, wie die anderen, zerdrückt weg. Es war an der Zeit, sich für das Treffen fertig zu machen.

Nach der ausgiebigen Dusche schob er achtlos die Lebensmittel beiseite. Den Koffer, den er stets verschlossen unterm Bett verwahrte, stellte er auf den kleinen Tisch. Behutsam strich er über das Leder, erst dann entriegelte er ihn. Er sah in den Spiegel, der an der Kofferinnenseite befestigt war. Dann öffnete er den Mund und griff nach den Silikonstreifen, die er in den Wangentaschen trug. Sie veränderten seine natürliche Gesichtsform und ließen es breiter wirken. Er bereute die Geldausgabe nicht, sie sich anfertigen zu lassen. Ohne die Kauleisten wirkte seine Nase schmaler und die zwei Nasenfalten waren wieder deutlich sichtbar.

Nach einer gründlichen Rasur war das Grübchen am Kinn wieder sichtbar. Das Kopfhaar rasierte er militärisch kurz ab und brachte die buschigen Augenbrauen in Form. Er vergaß auch nicht die Nasenhaare, die er extra hatte stehen lassen. Dann nahm er die Kontaktlinsen heraus. Seine dunkelbraunen Augen lagen tief in den Höhlen. Betrachtete er sich im Spiegel ohne Kontaktlinsen, überkam ihn immer noch Wut. In der rechten Iris befand sich eine Narbe. Jeder, der ihn einmal ansah, vergaß den Anblick nicht.

Er hatte die Narbe nach einem Angriff eines Mitglieds einer gegnerischen Gang davongetragen. An der Schwelle zum Erwachsensein hatte er den Kampf ausgetragen. Dabei war es passiert. Zu dicht war er an den Gegner herangeraten. Gnadenlos hatte dieser das kaputt geschlagene Glas eines Flaschenbodens in seinen Augapfel gedrückt. Grenzenlos war sein Schmerz gewesen, genau wie die Wut. Keine Minute länger war sein Gegner am Leben gewesen. Erst danach hatte er sich von den Gangmitgliedern in die Rettungsstelle bringen lassen. Er hatte es als Unfall abgetan, ein bisschen viel ins Glas gestiert und abgerutscht. Niemand hatte genauere Fragen gestellt. Nach den vergangenen zwanzig Jahren sah man die Narben kaum noch. Außer, man blickte ihm in die Augen. Die Iris war nicht mehr rund, sondern zerrissen. Damit war er unverwechselbar. Und er sollte sich unbedingt eine frische Iris einsetzen lassen. Bisher hatte das Geld gefehlt.

Er zog frische Unterwäsche und dunkle Socken an, dann schlüpfte er in die schwarzen Lederhosen. Darüber trug er ein schwarzes, langärmeliges T-Shirt. Er wollte neutral sein, undefinierbar, dunkel, schwer zu fassen, wie ein Schatten in der Nacht.

Er warf einen letzten prüfenden Blick in den Spiegel. Erst jetzt war er zufrieden. Gewissenhaft verstaute er seine Utensilien und ging in den Geräteschuppen. Er griff nach dem Spaten und steckte eine Taschenlampe ein.

Viel länger konnte er auch nicht mehr bleiben. Für vollkommen blöd hielt er die Bullen nicht, bald würden sie ihm auf den Fersen sein. Außerdem würde dieser Kommissar ermitteln, dass es vor genau sieben Tagen einen Einbruch im Pflanzeninstitut gegeben hatte.

Er hatte die Pflanzen entwendet, um an die Samen zu kommen. Jetzt im September war die Fruchtreife erreicht. Eine einzige Kapsel reichte aus für ein Extrageschäft. Er hatte sich an eine Fernsehsendung erinnert, in der es um diese Pflanze gegangen war. Ohne zu ahnen, dass ihm diese Informationen etwas nutzen würden. Ins Pflanzeninstitut zu gelangen, war einfach gewesen. Clarissa Wenger hatte seine freundlichen Worte gern aufgenommen. Durch sie hatte er erfahren, dass das Pflanzeninstitut das Bilsenkraut zu wissenschaftlichen Forschungsaufträgen nutzte. Dass sie darüber hinaus eine Doktorarbeit schrieb und auch an die ausgereiften Samen kam, die ordentlich beschriftet im Pflanzeninstitut lagerten, war ein Glücksfall. Ihr Verhängnis, dass sie neugierig wurde, besonders als sie den Diebstahl bemerkt hatte. Er musste handeln. Auch glaubte er keinesfalls, dass sie ihrer Freundin nichts erzählt hatte. Er kannte kein einziges Weib, die ihrer besten Freundin nichts verriet. Aber diese alten Wachteln auf der *Gersdorfer Burg* hatten mit ihrem Gezeter verhindert, dass er Andrea Erfurt erledigte. Und nun musste er weg. Sonst behinderte er die Aktion auf der ganzen Linie. Wenigstens hatte er ihr eine ordentliche Beule verpasst, dass sie nichts aussagen konnte. Diese Zeit musste er nutzen. Außerdem musste er noch einmal in den Blumenladen.

Er startete ein unauffälliges Auto, das er sich gemietet hatte, und fuhr mit gemächlichem Tempo los. *Breite Straße,* nach links in den *Dipppeplatz,* nach rechts auf die *Schmale Straße.* Er überquerte die *Donndorfstraße* und fuhr den *Gröpern* entlang. Dann bog er in die Straße *Vor dem Gröperntor* ein, die später *Lehofsweg* hieß. Er überquerte den *Zapfengraben,* der fast ausgetrocknet schien. Hundertfünfzig Meter später gabelte sich der Weg. Er blieb auf der linken Seite und fuhr geradeaus weiter. Nach wenigen Minuten tuckerte er auf dem *Sandweg* dahin. Dann bog er nach links ab und fuhr bis zum kleinen *Lehof.* Eine Firma baute hier Sand ab. Hinter dem Industriegebiet gab es ein Wäldchen. Er kannte sich aus. Bei einer der Stippvisiten hatte er sich den markantesten Baum ausgesucht und ihn präpariert. Nur er kannte die Kerbe an der Rinde der kräftigen Buche. Er hielt an und stellte den Motor aus. Er verharrte in der Dunkelheit, die ihn umfing, als er die Fahrzeugbelichtung betätigte. Durchatmen, noch mal alles im Kopf durchgehen, befahl er sich.

Er setzte die Kopflampe auf, obwohl das Mondlicht ausreichend schien. Aber er wollte vorbereitet sein und nicht noch einmal zum Auto zurückmüssen. Mit dem Spaten stach er in den Waldboden. Er hatte die Holzkiste einen Meter tief verbuddelt. Kein Hund oder Wildschwein sollte die Kiste ausgraben, auch nicht zufällig.

Nach zwei Minuten tropfte ihm der Schweiß von der Stirn. Endlich schabte der Spaten an Holz. Der Mann hielt für den Moment inne und wischte sich die Stirn mit dem T-Shirt ab, das aus dem Hosenbund heraushing. Der Schweiß, der ihm den Rücken hinablief, trocknete in der Spätsommernacht und kühlte ihn ab. Langsam beruhigte sich sein Atem und er hörte den Geräuschen der Nacht zu.

Der Ruf einer Eule drang an sein Ohr. In einiger Entfernung hörte er eine Autotür zuschlagen. Endlich, dachte er, auf die Kumpels ist Verlass. Er öffnete die Kiste und zerrte eine schwere Segeltuchtasche heraus, die er neben sich stellte. Der Mann verschwendete keine

Zeit damit, seine Spuren zu verwischen. Das, was er haben wollte, lag wohlverwahrt in der Tasche und bedeutete die Zukunft. Er hielt inne und hörte der Nacht zu. Zweige knackten. Darauf folgte Ruhe. Die Segeltuchtasche in der Hand haltend blieb er zunächst starr wie eine Salzsäule stehen. Wieder knackten Zweige und der Wind brachte entferntes Gemurmel mit.

Er hatte die Kumpels mehrere Monate nicht gesehen und seine innere Stimme riet ihm, vorsichtig zu sein. Es war sicherer, den Standort zu verändern. Auf leisen Sohlen schlich er zum nächsten Baum und verbarg sich.

Die Stimmen wurden deutlicher. Endlich verstand der Mann hinter dem Baum die Worte.

»Du hast ihm doch gesagt, dass wir uns hier treffen wollen?«

Das war Manni. Reno Engel kannte ihn seit Jahren.

»Klar hab ich das. Was denkst du denn?« Eine gewisse Gereiztheit lag in der Stimme des anderen. Der Mann hinter dem Baum grinste. Das war Tyson. Der fackelte nicht lange, er schlug kurzerhand zu und diese Eigenschaft hatte ihm den Namen eingebracht. Tyson hielt die Stellung als zweiter Boss.

»Bleib cool, Alter. Ich meine ja bloß. Schließlich haben wir weit und breit kein Auto gesehen.« Manni verfiel leicht in Panik.

»Wenn ich der Boss wäre, würde ich mein Auto ebenfalls nicht sehen lassen. Mann, das ist doch klar, stell dich nicht immer so blöd an, am Ende glaube ich das noch. Du weißt, ich kann zu viel Blödheit nicht ausstehen.« Bei diesen Worten stieß Tyson eine Faust in die offene Hand, dass es ein klatschendes Geräusch ergab.

Reno beobachtete die zwei Gestalten, die aus dem Schatten der Bäume traten. Er sah, dass Tyson die Fäuste in die Seite stemmte und sich misstrauisch umblickte. Reno hielt den Moment für gekommen, aus dem Schatten der Bäume zu treten.

»Boss, da bist du ja.« Manni sah ihn zuerst. »Wir haben gedacht, du hast gekniffen.«

Die Männer begrüßten sich mit einem kurzen Nicken und einem leichten Schlag auf die Schulter.

»Gekniffen? Manni, du bist noch dämlicher als Tyson von dir denkt! Warum sollte ausgerechnet ich kneifen?«, fragte der Boss mit angefressener Miene. Er konnte es nicht ausstehen, wenn man ihn infrage stellte.

Manni zuckte mit den Schultern und schaute Hilfe suchend zu Tyson.

»Ich lese Zeitung«, meinte Tyson. »Und nach dem, was die berichten, scheint man dir auf den Fersen zu sein?« Tyson klang gereizter als gewöhnlich.

»Du hast geglaubt, dass ich mit dem Geld und den Diamanten abhaue?« Er beäugte Tyson scharf.

Tyson setzte sich auf den Waldboden. Manni tat es ihm gleich. Er tat alles, was Tyson machte, ohne dass Tyson etwas dagegen unternahm.

Engel konnte diese Art des Anbiederns nicht ertragen, es ekelte ihn an. Da die beiden saßen, setzte er sich ihnen gegenüber.

»Also sag an, Boss, wie geht's weiter?«, fragte Tyson kurz angebunden.

Der Boss, wie er wieder respektvoll genannt wurde, präsentierte ihnen den Plan. Die Frage der Aufteilung der Beute war bereits vor den Überfällen geklärt gewesen, die Frage der Flucht weniger. Der Boss hatte darauf bestanden, dass sich die Gang für eine gewisse Zeit auflöste.

Sie hatten nicht nur einen Coup durchgezogen. Jeder von ihnen konnte sein gesamtes Leben großzügig finanzieren. Auch dann noch, wenn er als Kopf der Bande den doppelten Gewinn einstrich. Er, der Boss, hatte das gesamte Risiko getragen und die Vorhaben ausbaldowert. Selbstbewusst nahm er sich das Doppelte. Seine Gang war sich dessen von Beginn an bewusst. Tyson blickte ihn mit einem skeptischen Blick an.

»Der Plan ist handfest?«, fragte er schnoddrig nach.

Der Boss nickte.

»Wir treffen uns an der Raststätte an der Bundesstraße Nummer sechs in Richtung Bremerhaven.« Engel wusste, dass dieser Platz ideal war, um die Beute zu verteilen. Dort gab es keine Kameraüberwachung, der Parkplatz war großzügig angelegt, die Grünbepflanzung war üppig, weil sich niemand um den Rückschnitt kümmerte. »Vergesst nicht: Jeder von euch kommt in seinem Auto und jeder hat sein Ziel.«

Jedes Gangmitglied besaß eine Schulausbildung, einen angesehenen Beruf und gefälschte Zeugnisse, die es ihnen ermöglichten zu arbeiten. Doch sie konnten sich mit ihrem Beuteanteil auch auf ihren Lorbeeren ausruhen. Sie waren nicht mehr in dem Alter, wo sie die Überfälle und das Ständig-auf-der-Flucht-sein als den Sinn des Lebens betrachteten. Sie wollten alle aussteigen. Vielleicht doch noch eine Familie gründen, wie Manni, der, wenn er in melancholischer Stimmung war, davon schwafelte, dass alles mal ein Ende habe.

Er als Boss hatte es satt, ständig auf der Flucht zu sein, ständig seine Identität zu wechseln.

»Die Beute teilen wir auf dem Rastplatz. Wir parken weit hinten.«
Tyson stand auf. Er klopfte sich seine Hose ab.
»Okay, Boss. Dienstag um 18:00 Uhr auf dem Parkplatz. Dann
gibt's für alle den Anteil. Aber«, Tyson druckste umher, »lass es uns
wenigstens sehen. Es ist schon lange her. Wir sollten uns überzeugen,
dass es keine Fata Morgana ist.« Tyson stieß sein Kinn in Richtung der
Tasche, die neben dem Boss stand.
Reno Engel zog den Reißverschluss auf und öffnete sie. Dicke
Bündel voller Geldscheine ließen die Augen der Männer aufleuchten.
»Ähm und die Säckchen?« Logisch, dass genau Manni danach
fragte.
Reno Engel nickte und wies auf die Seitentaschen. Zehn schwarze
Samtbeutel waren hier drin verstaut. Er nahm einen der Beutel und
öffnete diesen. Funkelnd wie die Sterne raubten sie Tyson und Manni
für einen Moment den Atem.
»Wo hast'n den Wagen geparkt?«, fragte Tyson.
»Abseits von hier.«
Engel hatte das Lieferauto am Vortag nach Magdeburg gefahren.
In einer Werkstatt hatte er die Reklame entfernen lassen und bar be-
zahlt. Dann hatte er es auf einem öffentlichen Parkplatz abgestellt und
die Nummernschilder ausgetauscht. Sollen sich die Bullen doch den
Kopf zerbrechen. Zurück fuhr er mit dem unauffälligen und gebrauch-
ten Mittelklassewagen, den er bisher in einer privaten Garage stehen
hatte.
»Ich sag den anderen Bescheid. Die sitzen wie auf heißen Kohlen.
Kennst sie ja. Konntest dich immer auf uns verlassen.« Manni wirkte
eifrig. Er verzog sich, um zu pinkeln.
Tyson brummelte etwas vor sich herum.
»Was ist? Los, spuck's aus!«, verlangte der Boss.
Tyson zögerte erst, doch dann platzte es aus ihm heraus.
»In der Zeitung steht, dass deine Chefin tot ist.«
»War niemals meine Chefin«, stellte der Boss unmissverständlich
klar, in seine Stimme mischte sich Schärfe.
»Du weißt, wovon ich rede.« Tyson ließ sich nicht ohne Erklärung
abspeisen. »Musstest du sie umbringen? Gab es keinen anderen
Weg? Ein unkalkulierbares Risiko. Und was ist mit der Kleinen, die an
der Bode gefunden wurde? Da steckst du doch auch dahinter.«
»Tyson!« Er stand dicht vor ihm und funkelte ihn wütend an. »Das
geht dich nichts an«, warnte er ihn mit gedämpfter Stimme. »Gar
nichts«, bekräftigte er.

»Doch«, widersprach Tyson, »wenn du die Beute riskierst, dann geht mich das was an und die anderen auch. Wir halten doch nicht unseren Kopf hin und haben am Ende nichts davon, weil die Bullen denken, wir haben mitgemacht«, rechtfertigte sich Tyson.

»Hast du irgendwem etwas gesagt?«

Kopfschüttelnd starrte Tyson den Boss an.

»Nee, hab' ich nicht«, spie er die Worte aus und blickte Reno Engel vorwurfsvoll an. »Ich bin dein ältester Freund. Ich weiß, was du draufhast und wie du bist. Ich vertrau dir, aber du nimmst das hier alles auf die leichte Schulter. Zumindest habe ich das Gefühl.« Tyson ließ sich von niemandem einschüchtern.

Manni kam zurück. Er war außer Puste und schaute die beiden an, die sich in angespannter Pose gegenüberstanden.

»Habe ich was verpasst? Es bleibt doch beim Plan?«, fragte Manni nervös.

Erst jetzt lockerten die anderen die Schultern. Engel senkte seine Augenlider. Er wusste, dass er im Zorn mit der kaputten Iris zum Fürchten aussah. Wie ein Zombie, hatte mal eine Freundin gesagt. Seit dieser Zeit trug er normalerweise Kontaktlinsen.

»Mach dir keine Sorgen. Noch achtundvierzig Stunden und du siehst die Alpen von der Schweizer Seite aus.« Unerwartet freundschaftlich gab Tyson ihm einen leichten Hieb auf den Kopf. »Lasst uns verschwinden, wir müssen die anderen zusammentrommeln.«

Reno Engel sah ihnen nach, bis die beiden im Dunkel verschwanden.

Montag

Emilia Sanders Arbeitstag hatte bereits zeitig begonnen. Um 05:00 Uhr begrüßte sie Herrn Majakowski. Der Mann hatte wie verabredet an der Apotheke geklingelt und einen selbstbewussten Eindruck gemacht. In der Offizin ließ er sich den Arbeitsplatz zeigen. Sein Werkzeug war penibel sauber und sorgsam in Schuss gehalten. Bevor er mit der Arbeit begann, deckte er alles ab, was er bespritzen könnte. Das Einzige, was er sich erbat, war eine Leiter. Nach zwei Stunden Arbeit war das Projekt *Zeitstrahl* beendet. Emilia überzeugte sich persönlich und hoffte nur, dass sich in den Daten und Ereignissen kein Fehler eingeschlichen hatte.

Camilla Weiß kam außer Atem in der Apotheke an. Noch bevor sie den Aufenthaltsraum erreichte, roch sie frische Farbe. Hoffentlich hatte der Maler die gewünschten Veränderungen ohne Fehl und Tadel zu Ende gebracht, dachte sie. Es soll ja ein Glanzpunkt in der Apotheke werden, wie sie die Chefin verstanden hatte. Sie öffnete die Tür zur Küche.

»Athena, es tut mir leid. Eher habe ich es nicht geschafft. Jetzt in der Erntezeit«, erklärte sie Frau Grünberger, immer noch ein wenig aus der Puste. »Ich bin einfach nicht fertig geworden. Zwei Marmeladengläser sind mir beim Befüllen kaputtgegangen. Meine Küche sah ... Na, ihr könnt es euch vorstellen. Eben Brombeeren.« Resigniert zuckte sie mit den Schultern.

Frau Weiß' Eltern besaßen ein weitläufiges Grundstück. Zur Begrenzung wucherte ringsherum eine Brombeerhecke, die im Konflikt mit der Himbeerhecke stand, die sich dort selber angesiedelt hatte. Mit dem Resultat, dass beide Pflanzen wunderbare Früchte hervorbrachten.

»Wolltest du dich nicht endlich von der Brombeerhecke trennen?«, fragte Frau Grünberger sanft. Sie sah das bestürzte Gesicht von Frau Weiß und fügte beschwichtigend hinzu. »Vielleicht von nur einem Teil?«

»Wieso denn?«, mischte sich Violett ein. »Wenn wir ehrlich sind, freuen wir uns jedes Jahr, wenn uns Camilla Brombeergelee und Brombeerlikör mitbringt. Vom Himbeereis will ich gar nicht erst reden.« Unbewusst leckte sich Violett die Lippen. »Aber sollten wir ihr nicht helfen?«, fragte sie spontan.

»Oh, wenn ihr das Angebot ehrlich meint, dann nehme ich das mit Freuden an«, gestand Frau Weiß ein. Athena und Violett sahen sich kurz an und nickten einvernehmlich.

»Diesen Sonntag. Früh um 06:00 Uhr«, entschied Frau Weiß, bevor es sich die Kolleginnen anders überlegten.

»Sonntag ist der einzige Tag, an dem ich ausschlafen kann«, beklagte sich Violett.

»Mitgehangen, mitgefangen«, wehrte Frau Grünberger den Protest ab. »Wie ich Camilla kenne, macht sie das wegen der vorhergesagten Temperaturen. Es ist keineswegs ein Vergnügen, bei Hitze zu ernten«, stärkte sie Camilla den Rücken.

»Und außerdem gibt es bei mir Frühstück im Garten«, lockte Camilla Weiß.

»Und auch grüne Bohnensuppe?« Leise hatte Rosa Bach die Küche betreten.

»Wenn du die möchtest«, Camilla nickte, »auch die.« Frau Weiß kochte einen hervorragenden Bohneneintopf. »Den Rest kannst du dann auch mitnehmen. Ich habe noch gefrostetes Gemüse und die diesjährige Ernte steht kurz bevor.«

»Aber nur, wenn du auch Tupperdosen hast«, meinte Rosa Bach unbekümmert.

»Ja, ja, wer den Schaden hat, braucht für den Spott nicht zu sorgen.« Niemand hatte bemerkt, dass die Chefin den Umkleideraum betreten hatte. Alle drehten sich um, doch Emilia Sander hatte ein Lächeln im Gesicht und wusste genau, was Rosa Bach hatte sagen wollen.

Im letzten Jahr hatte Frau Weiß Kürbissuppe für die komplette Mannschaft mitgebracht. Eine wahre Delikatesse, erinnerte sich Emilia. Da etwas übriggeblieben war, hatte Frau Weiß Kürbissuppe in eine Plastikdose gefüllt. Unbedarft hatte sich Emilia Sander die Suppe in ihren Einkaufskorb gestellt, obenauf ihr Handy, und alles im Fußraum des Audis verstaut. Später, als sie losfuhr, musste sie an einer Kreuzung bremsen, damit ein bekloppter Fahrradfahrer, der bei Rot über die Abzweigung gesaust war, sein Leben behielt. Nach dem Fluchen war sie mit pochendem Herzen und voller Adrenalin weitergefahren. Zu Hause hatte sie dann festgestellt, dass das Handy in der Kürbissuppe gelandet war. Die reinste Sauerei. Nach peinlichstem Saubermachen funktionierte es wider Erwarten.

»Frau Sander, heute sind Sie aber früh dran?« Nicht nur Frau Grünberger war verblüfft.

»Ja, es war die einzige Bedingung von Herrn Majakowski, die Arbeit anzunehmen. Er hat ja noch einen anderen Job und den Sonntag wollte er nicht akzeptieren. Stellt euch darauf ein, dass wir heute eine volle Apotheke haben werden.«

»Frau Sander, die Apotheke ist doch immer voll«, warf Camilla Weiß ein.

»Seid ehrlich, nicht immer. Lasst uns vor dem Dienst noch das Meisterwerk von Herrn Majakowski anschauen. Vielleicht hat ja der eine oder andere noch Fragen dazu.«

Im Gänsemarsch folgten die Mitarbeiterinnen Emilia Sander in die Offizin.

»Sie haben sich an die Vorlage gehalten und keine Jahreszahlen durcheinandergebracht?«, wollte Emilia Sander von Herrn Majakowski wissen. Die Apothekerin hatte ihren Kopf in den Nacken legen müssen, um seine Arbeit zu betrachten.

»Mal ernsthaft, Frau Sander, meinen Sie wirklich, dass das irgendeiner nachprüft?«

»Oh ja. Genau diejenige, die jetzt zur Tür hereinkommt.« Damit wies sie auf die Frau in Jeans und blauem T-Shirt, die hinter den Mitarbeiterinnen den Raum betrat.

Leonie begrüßte alle Anwesenden. Dann betrachtete sie die noch frische Zeichnung. Emilia merkte ihrer Nichte an, dass sie der Wandmalerei auf den Grund ging. Gebannt stand nun auch Herr Majakowski da, beide Fäuste in die Seite gestemmt. Dabei ab und zu einen kritischen Blick auf Leonie werfend.

»Sie haben den Auftrag erledigt?«, fragte Leonie. Ihre braunen Augen richteten sich messerscharf auf Herrn Majakowski, der seine Brille zurechtrückte.

»Hm«, brummte dieser, ohne sich aus der Ruhe bringen zu lassen. »Allerdings wusste ich nicht, dass es eine wissenschaftliche Arbeit wird.«

»Genau dieses Ergebnis habe ich mir vorgestellt. Du nicht auch, EM?«, sagte Leonie und sah zufrieden aus. Herrn Majakowskis Einwand überhörte sie einfach. »Du wirst sehen, es wird deine Kunden begeistern.«

Emilia blieb skeptisch. Schließlich war das eine Apotheke und kein Geschichtsmuseum.

»Herr Majakowski, ich werde Sie weiterempfehlen. Sie haben meine und«, dabei hüstelte Emilia Sander, »die Erwartungen der Inspiration«, ein kleiner Seitenblick auf Leonie, »durchaus erfüllt. Schicken Sie mir Ihre Rechnung zu. Frühstück gibt es in der Küche.«

»Immer wieder gern, Frau Sander.« Herr Majakowski hatte nicht einen einzigen Farbspritzer im Gesicht oder in den lichter werdenden Haaren.

»Frau Mandel, sorgen Sie bitte dafür, dass Herr Majakowski ein ausgezeichnetes Frühstück bekommt.«

»Wird erledigt.« Frau Mandel nickte; wie jeden Tag trug sie einen frischen Arbeitskittel, ihr Haar hielt sie stets mit einem bunten Tuch umwunden. »Dann folgen Sie mir mal.«

Herr Majakowski ließ sich das nicht zweimal sagen.

Emilia und Leonie gingen ins Büro, sie wollten den Mitarbeiterinnen nicht im Weg sein. Das Büro war mit einem schwarzen Teppich ausgelegt. Zarte Gardinen in einem leichten Grauton, die bis zum Boden reichten, und rosa gestrichene Wände vervollständigten das farbliche Arrangement. An zwei der Wände hingen Naturfotos in eleganten Bilderrahmen. Der Schreibtisch sah nach dem arbeitsreichen Wochenende ordentlich aus, was eine Ausnahme darstellte. Meistens bog er sich unter der Last der Arbeit.

Emilia Sander wollte ihre über vierhundert Jahre alte Apotheke in eine Umweltapotheke umgestalten. Zu den ersten Maßnahmen hatte es deshalb gehört, keine Plastiktüten mehr auszugeben. Der Kunde konnte eine Papiertüte erwerben. Am Ende des Jahres überwies sie die Summe vollständig an das Kinderhospiz. Für heute hatte sie Violett aufgetragen, an der Auslage am Kundenfenster zu arbeiten. Dort sollte ein Perpetuum mobile aufgehängt werden. Kindergartenkinder hatten aus nicht mehr benutzbaren Buchseiten Kraniche gebastelt. Aber

Emilias Gedanken ließen sich nicht bündeln. Mochte es an der vielen Arbeit und dem wenigen Schlaf liegen? Sie hob die Hand, um ein Gähnen zu unterdrücken. Sie dachte an Franck Metz, der ihre Gedanken und Gefühle durcheinanderbrachte.

Sie war unaufmerksam. Was hatte Leonie gesagt?

»Hast du gehört, was ich gesagt habe ..., Tante?« Da war es wieder, dieses unschöne Wort.

»Natürlich habe ich dir zugehört, Leonie.« Emilia wusste, dass Leonie ihr kein Wort glaubte.

Leonie war eine aufgeweckte Frau und ließ sich nicht hinters Licht führen. Aber sie kannte auch ihre Tante, deshalb wiederholte sie, dass Leonies Großeltern angerufen hatten. Der Urlaub war fast zu Ende und sie wollten in einer Woche zurück sein. Das bedeutete für Emilia, in einem geordneten Rückzug das Feld zu räumen und ihren Hauptstandort wieder in Quedlinburg einzunehmen.

»Außerdem fahre ich auch wieder nach Hause. Mama hat angerufen, ich soll dir nicht zu lange auf die Nerven gehen.« Emilia kannte ihre Schwester besser. Das hatte sie auf keinen Fall gesagt. »Ich packe meine Sachen. Ein Zugticket habe ich mir schon besorgt. Mein Praktikum ist zu Ende. Nächstes Jahr werde ich wiederkommen. Aber ich muss endlich mit dem Studium fertig werden. Ach, was ich dir noch sagen wollte, dein Kühlschrank gibt nicht mehr viel her.«

»Tatsächlich?« Eine Spur von Sarkasmus lag in dem Wort. Nicht, weil sie als Apothekerin nicht in der Lage war, ihn aufzufüllen. Nein, sie hatte schlicht keine Zeit gehabt. Emilia strich Leonie über die Schulter. »Ich werd es überleben. In meinem Tiefkühler ist noch das eine oder andere. Wann fährst du? Soll ich dich bringen?«, wollte Emilia wissen.

»Nein«, wehrte Leonie lachend ab. »Wenn das jetzt Ole hören könnte. Einmal hat er zu mir gesagt, wir beide hätten das Glück, übrigens jeder von uns, eine Übermutter zu haben.« Grinsend wartete sie auf eine Erwiderung.

Die lag Emilia auch auf der Zunge, aber Frau Grünberger trat mit feuerrotem Gesicht ins Büro und forderte Emilia wortlos auf, ihr in die Offizin zu folgen.

»Grüß Mama von mir und sag ihr, dass sie mit Telefonieren dran ist.« Leonie nickte artig. Emilia drückte Leonie und gab ihr einen Kuss auf die Wange. Sie wusste, dass ihre Nichte alles erledigte.

In der Offizin angekommen, staunte Emilia. Die Apotheke war voller Kunden.

Violett stellte sich neben Emilia Sander und flüsterte ihr zu:

»Kaum zu glauben, seit wir aufgemacht haben, geht das so. Manche Kunden habe ich schon zum zweiten Mal gesehen.«

Die Kunden reckten ihre Hälse. Sie schauten die Reihe der Apotheker an, die auf dem Zeitstrahl verewigt waren.

Emilia Sander sah den Gesichtern der Kunden an, dass sie sich interessierten. Die Kämpfe, Siege, Niederlagen, Unterwerfungen, die Pest, Brände, Epidemien, Kriege, endlich Frieden, sogar eine friedliche Revolution fand sich in der langen Reihe geschichtlicher Besonderheiten. Letztendlich war Emilia froh, Leonies Drängen nachgegeben zu haben.

Wie zerschlagen wachte der Hauptkommissar im Hotelzimmer auf. In der Nacht hatte er sich im Bett herumgewälzt und war immer wieder aufgewacht. Nicht ausgeschlossen, dass es am hochprozentigen *Feuerschein* lag. Oder doch an der Eingebung, dass das Bilsenkraut zum Tode von Frau Palme führte? Warum stand davon nichts in den Berichten? Die Analysen mussten doch stimmig sein. Er warf die Decke endgültig zur Seite und trat ans Fenster. Von hier las er die Uhrzeit vom Kirchturm der *St. Benediktikirche* ab. Vier Uhr morgens. Gestern Abend war es spät geworden. Nachdem er fluchtartig den Dachboden verlassen hatte, war er mit dem Dienstwagen ins Präsidium gefahren.

Im Büro hatte er sich in die Akten vertieft, bis er nicht mehr denken konnte. Es war bereits der siebente Tag, den er und Jäger unter Dauerstress standen. Dazu kam, dass Jäger auch die vorherigen beiden Wochenenden wegen der Radfahrschüler keinen freien Tag gehabt hatte. Kurz vor Mitternacht hatte Franck Metz entschieden, die Akten zuzuklappen und im *Hoken* das Bett aufzusuchen.

Ah, da war er wieder, dieser Gedanke, der sich in seinen Kopf geschlichen hatte und sich dort festklammerte und sich nicht abschütteln ließ. Er dachte an Emilia, wie sie keine dreihundert Meter entfernt von ihm im Bett lag. Warum sollte er es sich nicht eingestehen? Er fühlte sich in ihrer Nähe wohl und völlig aufgehoben. Zudem fand er ihren Arbeitsbereich interessant und faszinierend. Momentan versagte er es sich, um ein Rendezvous zu bitten. Er wollte nicht gleich mit der Tür ins Haus fallen, wie die Deutschen sagen. Er bevorzugte ein mäßigeres Tempo. Doch zuvor muss der Fall gelöst werden, dachte er und hörte mit den Tagträumen auf. Franck Metz ging ins Bad. Dann zog er Sportsachen an. Eine Joggingstrecke hatte er noch nicht, aber wenn man nicht losläuft, wird man niemals eine finden, dachte Metz. Leise ging er die Holztreppe nach unten.

»Alles in Ordnung mit Ihnen?« Besorgt blickte die Hotelchefin von ihrer Arbeit am Computer auf.

»Danke der Nachfrage. Ich will ein wenig joggen«, meinte Metz verlegen.

»Frühstück wie immer?«, fragte sie ihren Gast. Wenn sie überrascht war, hatte sie es sich nur einen Moment lang anmerken lassen. Offensichtlich kannte sie es nicht, dass sich ihre Gäste um diese frühe Uhrzeit zum Joggen aufmachten.

»Wie immer«, bestätigte Metz mit einem flüchtigen Nicken und schloss die Hoteltür hinter sich.

Er startete in einem leichten Tempo in Richtung *Wallstraße.* Dort standen hohe Kastanienbäume, die den *Kleers* säumten. Es war nicht der Idealweg zum Joggen, aber so lange er kein eigenes Fahrzeug besaß und sich auch noch nicht für ein Fahrrad entschieden hatte, nahm er das als Beginn seiner Joggingstrecke. Danach bog er in die Straße ein, die zur Bode führte. Jetzt kam er an der Bode vorbei, genau dort, wo sie am Samstag die Leiche von Clarissa Wenger gefunden hatten, und er hatte das Gefühl, ein festes Band lege sich um sein Herz. Er kannte das Gefühl. Und er wusste, was dieses Gefühl bei ihm auslöste. Er nannte es Band, aber es war das Verantwortungsgefühl, das sich seiner bemächtigte. Er wusste, dass er den Mörder zur Strecke bringen musste. Sein Weg ließ ihn bis über den *Wordgarten* und das letzte Stück durch die Quedlinburger Innenstadt hin zum *Hoken* joggen.

Nach einer Stunde laufen und einer ausgiebigen kalten Dusche fühlte er sich tatendurstig. Metz zog blaue Jeans und ein blaues Seidenhemd an. Leichte Sommerschuhe vervollkommneten sein berufliches Outfit. Den Bart hatte er erst gestern gestutzt, das brauchte er heute nicht zu tun. Die Lederjacke ließ er ebenfalls im Schrank. Zwei Stöße seines Männerduftes, ohne den er nicht aus dem Haus ging, sprühte er an. Zugegeben, etwas eitel, aber es war eine weitere Marotte.

Im Speiseraum war er der einzige Gast um diese Uhrzeit. Er nahm an seinem Tisch Platz. Das mit seinem Namen beschriftete Porzellanschildchen hatte Frau Berger wie jeden Morgen neu geschrieben. Am Büffet nahm er sich Schinken und Käse zu den Vollkornschnitten. Auf die Butter verzichtete er, der Kräuterquark diente ihm als Butterersatz. An seinem Platz stand ein Schälchen mit Birchermüsli und eine Kanne mit frisch aufgebrühtem Kaffee. Er goss sich Kaffee ein und begann zu frühstücken. Danach faltete er die Zeitung auseinander, die ihm die Chefin des *Hoken* wie jeden Morgen neben die Vase gelegt hatte, in der sich der Zweig eines Frauenmantels den Platz mit einer roten Rose teilte.

Metz schlug die Zeitung auf und überflog die ersten Seiten. Weltgeschehen, politische Rangeleien, sportliche Sensationen. Klatsch und Tratsch nahmen den größten Teil der Zeitung ein, aber ihn interessierte ausschließlich der Polizeireport. Beim Lesen zog er die Stirn in Falten. Schrieben die Journalisten doch, dass die Ermittlungen zum Tod der Frau, die am letzten Samstag an der Bode gefunden worden war, kurz vor der Auflösung standen. Woher nahmen die Pressevertreter bloß diese Unverfrorenheit? In zwei Stunden war das Briefing bei Petersen angesetzt, dennoch wollte er wissen, wer Informationen an die Presse weitergab.

Unwillig wollte Metz die Zeitung zuschlagen, als er den Aufruf der Polizei aus Nordrhein-Westfalen erblickte.

Der Hauptkommissar war sicher, diesen Aufruf schon einmal gesehen zu haben. Die Polizei fahndete nach einer Bande von vier Personen. Sie brachen in Privathäuser und kleineren Banken ein. Ein Schaden von zehn Millionen Euro war entstanden. Schließfächer waren ihr Ziel, hieß es. Die Polizei bat in ganz Deutschland um Mithilfe. Eine Belohnung in Höhe von fünfzigtausend Euro war ausgeschrieben. Das war vor drei Jahren. Momentan verhielt sich die Bande ruhig oder war untergetaucht, aber der Fall war nicht abgeschlossen. Von einem der Männer gab es eine genaue Personenbeschreibung. Der hier Abgebildete, der vermutlich einer der gesuchten Männer war, hatte ein markantes Auge, so hieß es. Aus ermittlungstaktischen Gründen wurde nicht näher darauf eingegangen.

Metz betrachtete das mit abgedruckte Phantombild genau. Ihn beschlich ein eigentümliches Gefühl. Etwas regte sich in ihm. Lange lag es zurück und er konnte sich täuschen. Er musste den Informationen auf den Grund gehen. Alles hing zusammen, vielleicht hatte er den Faden in der Hand, der zur Auflösung führte. Just in dem Moment klingelte sein Handy.

»Chef, schaffen Sie es eher hierher?«, fragte Jäger ohne Einleitung.

»Warum?«

»Große Konferenz. Soll ich Sie abholen?«

»Nicht nötig. Rechnen Sie mit mir in zehn Minuten.«

Metz stand auf und steckte die Zeitung ein.

Jäger betrat mit zwei Kaffeebechern in der Hand das Büro 202. Auch er sah übermüdet aus.

»Morgen, Chef.« Er stellte die Becher vor sich ab. »Der toxikologische Bericht liegt auf Ihrem Schreibtisch.«

Metz griff danach und bemerkte, wie Jäger den Kaffee hinunterkippte.

»Ich habe eine Extraarbeit für Sie.« Der Hauptkommissar schlug die gelesene Zeitung aus Frau Bergers Hotel auf. »Heute Morgen habe ich hier den Artikel in der Zeitung entdeckt.« Metz tippte auf den Text. »Durchforsten Sie die Datenbanken und vor allen Dingen setzen Sie sich mit den Kollegen in Verbindung.«

Der Polizeiobermeister griff nach der Zeitung und vertiefte sich darin. In der Zeit las Metz die toxikologischen Berichte. Die vorgelegten Proben, eher die geklauten Proben, dachte Metz, waren eindeutig die Blätter des *Hyoscyamus niger* und enthielten somit Scopolamin. Im Bericht stand auch, dass jeder in der Lage sei, sich Samen zu besorgen. Die Pflanze sei bei entsprechenden Bedingungen und Behandlungen für jedermann leicht zu ziehen.

Nach dem gestrigen Abend auf dem Dachboden hatte er es fast befürchtet. Aber warum zum Teufel noch mal? Sie stocherten immer noch im Dunkeln wegen des Motivs. Warum sollte ein Angestellter, der von Anfang an nicht verheimlichte, dass er nur für eine kurze Zeit die Stelle als Aushilfe nehmen würde, seine Chefin umbringen? Sie mussten unbedingt mit Engel sprechen. Der Mann musste her. Und was hatte Emilia Sander über Frau Palme gesagt? Fotografisches Gedächtnis.

»Jäger, suchen Sie mir die Zeugenaussage heraus, in der uns mitgeteilt wird, dass Frau Palme ein fotografisches Gedächtnis haben soll.«

»Also die von Frau Mögsch«, vergewisserte sich Jäger. »Bin dabei.« Aus dem Stapel der Dossiers fischte er den Bericht heraus.

Metz las weiter im toxikologischen Bericht.

»Der Zeitpunkt der Einnahme des Giftes konnte eingegrenzt werden. Haben Sie das gelesen?«, fragte er.

»Ja«, bestätigte Jäger. »Kurz bevor Frau Palme den Blumenladen zum zweiten Mal in Richtung Rathaus verließ. Warum ist sie überhaupt ein weiteres Mal ins Bürgerbüro gegangen?«

»Das habe ich mich auch gefragt. Nicht nur einmal.« Franck Metz runzelte seine Stirn. »Engel hat ausgesagt, dass er nach der Erledigung der Aufträge in die Wohnung ging. Aber Zeugen dafür, die hat er nicht.«

»Stimmt.« Jäger nickte. »Außerdem hat er einen Schlüssel und konnte jederzeit in den Blumenladen zurück. Oder sich auf der hinteren Terrasse verstecken.« Auch Jäger hatte sich an diesem Fall festgebissen. »Engel hatte die Gelegenheit. Sonst war kein anderer in dem Zeitfenster im Blumenladen. Kein Anruf, keine E-Mail. Nichts, an diesem Montagmorgen. Ich hab das überprüft.«

»Wo hatte er die Mittel dazu her?«, schlussfolgerte Metz. »In einem Blumenladen gibt es normalerweise kein Bilsenkraut. Clarissa Wenger hingegen hatte Zugang dazu.«

»Sie hat daran geforscht, ob ein Mehltaupilz irgendetwas nützt«, meinte Jäger. »Der Mörder hat ihr einen Drogencocktail verabreicht und sie dann erschossen. Wir haben den Schuh noch nicht gefunden«, gab Jäger zu bedenken.

Metz schien nicht zuzuhören.

»Wie weit sind Sie mit dem Uhrenvergleich?«, fragte Metz.

»Das Fabrikat ist ermittelt. Hier, eine Ansicht.« Er schob Metz einen Farbausdruck hinüber. »Teuer, schweizerisch. Selten. Wenn Sie mich fragen, der Typ, der den Überfall startete, nimmt sie nur ungern ab.«

Das dachte auch Metz. Die Uhr war mit ihm in Verbindung zu bringen und Jäger hatte recht, den Schuh mussten sie finden.

»Haben wir bei Engel eine Uhr am Handgelenk gesehen?« Jäger schüttelte den Kopf. »Dennoch. Gute Arbeit, Jäger«, lobte Metz.

»Aber ich seh' beim besten Willen kein Motiv, Chef.« Jäger nagte an seiner Unterlippe. »Außer Engel haben wir keinen Tatverdächtigen, den wir präsentieren können. Und der ist bislang nur Verdächtiger in unserem ... Ich nenn' es mal Gedankenspiel«, fasste Jäger zusammen.

»Wir dürfen auch nicht vergessen, uns zu fragen, was der eine Mord mit dem Mord an Clarissa Wenger zu tun hat.« Metz blickte Jäger an. »Ein gespritzter Drogencocktail, bevor sie erschossen wurde. Sie hatte ein Rendezvous mit jemandem, der, laut der Freundin, ihr nicht guttat. Das Opfer arbeitete im Pflanzeninstitut und schrieb an einer Doktorarbeit über die Auswirkungen des Mehltaupilzes. Indirekt auch über Bilsenkraut.«

Schweigen breitete sich im Büro aus. Jeder hing den eigenen Gedanken nach.

»Was wissen wir noch?«, fragte Metz.

»Sie hatte eine Vorliebe für hohe Schuhe mit Pailletten«, warf Jäger ein. »Bei der Hausdurchsuchung fanden die Kollegen drei Paar äußerst schicke Schuhe.«

Jäger ahnte es, als er Metz ins Gesicht sah.

»Vielleicht haben beide Frauen auf eine uns noch nicht greifbare Art und Weise etwas herausgefunden, was den Täter entlarven könnte? Haben wir das bedacht?« Metz ergriff mit einem Mal eine Unruhe, die Jäger bei dem Hauptkommissar nicht vermutete. Ruhelos lief er zum Fenster und wieder zurück. Er rieb sich das Kinn und lief noch einmal die zwei Meter, die es bis zu seinem Stuhl waren. »Jäger, beschaffen Sie mir die Informationen«, erinnerte er ihn und war bereits an der Tür.

»Und Sie?« Jäger, dessen Hand auf der Computermaus lag, rief Metz hinterher, bevor sich die Bürotür schloss. »Wohin gehen Sie?«

»Ich gehe ins Bürgerbüro. Des Pudels Kern liegt dort. Der Auslöser.«

»Jetzt?« Jägers Stimme überschlug sich. »Es ist gleich Dienstberatung.«

»Lassen Sie sich was einfallen und klären Sie das mit den Kollegen von Nordrhein-Westfalen. Das hat Priorität.«

Jäger blieb die Spucke weg. Scheiße, dachte er, jetzt durfte er es ausbaden. Petersen konnte es nicht ausstehen, wenn man zu spät kam oder überhaupt nicht.

Der Hauptkommissar nahm den Dienstwagen und war in wenigen Minuten am Rathaus. Dort grüßte er flüchtig den immer freundlichen Pförtner, der auch letzte Woche Dienst hatte.

»Na, Herr Kommissar. Geht's voran? Oder haben Sie den Kerl schon?« Hoffnung lag in der bangen Frage.

»Zu laufenden Ermittlungen kann ich keine Auskünfte geben. Das wissen Sie doch«, bemerkte Metz knapp und lief eilig die Treppe zum Bürgerbüro hinauf. Er sah nicht, dass der Pförtner kopfschüttelnd in seiner Loge verschwand, vermutlich enttäuscht darüber, dass der Hauptkommissar kein Wort verloren hatte. Dass es Mord gewesen war, hatte sich in Quedlinburg schnell herumgesprochen.

»Mir ist nichts mehr eingefallen«, begrüßte ihn sogleich Frau Mögsch, als Metz die Tür aufriss und sie den Hauptkommissar erkannte.

»Schon gut«, winkte Metz ab. »Tun Sie mir den Gefallen und zeigen Sie mir den Stuhl, auf dem Frau Palme letzte Woche gesessen hat, als sie auf Sie gewartet hat.«

Frau Mögsch trug heute orangefarbene Pumps mit Pfennigabsätzen. Ihr blaues Kostüm war tailliert und stand ihr perfekt. Die Haare trug sie hochgesteckt, nur eine einzelne Strähne fiel ihr ins Gesicht und umschmeichelte eine Gesichtshälfte. Vielleicht war es Absicht, vielleicht hatte sich die Strähne selbstständig gemacht. Franck Metz vermutete Ersteres. Frau Mögsch zeigte auf einen der zwanzig Stühle im Bürgerbüro.

»War das Licht eingeschaltet?«

»Nein«, sagte Frau Mögsch und schüttelte den Kopf.

»Vielen Dank, ich bleib nur ein paar Minuten«, versprach Metz und Frau Mögsch ging an ihren Arbeitsplatz zurück.

Der Stuhl in der ersten Reihe war es also. Metz setzte sich auf ihn und schloss die Augen. Er dachte an den letzten Montag zurück. Es war auch sein erster Arbeitstag gewesen.

Es regnete nicht nur, es war, als ob sich die Schleusen des Himmels geöffnet hatten. Ungefähr um diese Zeit, als Frau Palme die Blumen ordnete, hatte er unter der Dusche im *Hoken* gestanden. Gedanklich drehte er die Zeit zurück. Wie hatte Frau Palme den Tag begonnen? Laut der Gerichtsmedizin mit einem Frühstück. Reno Engel hatte bei der Befragung bestätigt, dass sie zusammen gefrühstückt hatten. Dabei hatte ihm Frau Palme die Arbeitsaufträge für den Tag gegeben. Ob sie sich über irgendeine Kleinigkeit gestritten hatten, würde Engel nicht verraten. Ob irgendetwas anders war, würde er ebenfalls nicht ausplaudern, wenn es nicht zu seinem Vorteil war. Frau Palme selbst hatte keinen Ehemann, dem sie von merkwürdigen Vorkommnissen erzählen konnten. Leider gab es auch keine Freundinnen, die sich an etwas Seltsames erinnerten. Frau Palme war an einer Überdosis Scopolamin gestorben. In ihrem Blumenladen hatten er und Jäger Pflanzenteile gesichert, wenn auch nicht auf legalem Weg. Metz vermutete nach dem Besuch bei Emilia Sander, dass Reno Engel den Tee vergiftet hatte. Das Motiv kannte Metz dennoch nicht. Sie mussten dringend mit Engel sprechen, ihn vorladen. Metz ließ das Gefühl nicht los, dass sich Engel auf seine Flucht vorbereitete. Engel erweckte den Eindruck, auf heißen Kohlen zu sitzen. Aber auf was oder wen wartete er?, fragte sich der Hauptkommissar.

Metz stellte sich vor, was Frau Palme letzte Woche auf diesem Stuhl gehört haben mochte.

Außer den Geräuschen, die von Frau Mögschs Computertastatur stammten, vernahm er nichts Besonderes. Ein Hüsteln von Frau Mögsch, das Verschieben ihres Stuhls und das Klacken ihrer Absatzschuhe. Sicher eine ähnliche Geräuschkulisse wie letzte Woche. Letzte Woche war nur noch der Regen zu hören gewesen. Ansonsten war es still im Warteraum. Eine friedliche Stille, wenn man es in dieser Art ausdrücken wollte. Metz konzentrierte sich verstärkt auf sein Gehör und nahm außerhalb des Büros Geräusche des Fahrstuhls, Frauenabsätze auf der Treppe und das Klappern von Schlüsseln wahr.

Langsam öffnete er seine Augen. Sein Blick fiel auf das Fahndungsplakat der Polizei. Es war das gleiche wie heute Morgen in der Zeitung. Stockend stand er auf und ging dichter heran. Es zeigte einen Juwelierladen mit zerschlagenen Fensterscheiben, ein Stückchen Bürgersteig, eine Ecke eines Lieferfahrzeuges und einen Mann, der seine Skimaske vom Gesicht gezerrt hatte. Franck Metz trat etwas zurück und starrte das Foto an. In seinem Kopf rasten die Gedanken hin und her.

»Frau Mögsch?«, rief er.

»Ja?« Frau Mögsch erschien im Türrahmen.

»Wie lange hängt das Plakat hier?«

»Ich weiß nicht, eine Weile ...?« Sie zuckte unschlüssig mit den Schultern. »Ich hatte es schon einmal heruntergenommen. Und dann hing es wieder an der Wand.«

»Es hing schon einmal hier?« Metz hypnotisierte Frau Mögsch mit seinem Blick. »Seit wann hängt es wieder an der Wand?«

»Seit drei Wochen ... ungefähr.« Frau Mögsch verstand die Fragerei nicht. Auch nicht, warum Frau Beyer es wieder hatte aufhängen lassen.

»Genaueres weiß Ihre Chefin?« Metz zog die Augenbrauen zusammen. »Die letzte Frage und bitte ...«, Metz senkte die Stimme, »beantworten Sie sie genau.« Der Hauptkommissar sah Frau Mögsch intensiv an. »Denken Sie an den letzten Montag. Frau Palme war hier und saß hier.« Frau Mögsch nickte. »Es regnete in Strömen. Das Wasser prasselte förmlich an die Scheiben. Ansonsten haben Sie die gleichen Tätigkeiten im Büro verrichtet wie heute?«, wollte Metz wissen.

»Davon können Sie ausgehen.«

»Und es war dunkel?« Franck Metz setzte alles auf eine Karte. »Was haben Sie genau getan, als Frau Palme die Blumen ordnete?«, insistierte Metz.

Frau Mögsch rieb unbewusst an ihrem Leberfleck.
»Ich war zeitig im Büro. Ich kann mich daran erinnern, wegen des Regens. Ich musste den Bus nehmen. Und, verflucht noch eins, wegen dieser Wetterkapriolen mitten im Hochsommer zwanzig Minuten eher aus dem Haus gehen.« Franck Metz unterbrach sie nicht. »Ich habe mich gewundert, weil es doch an der Zeit war, dass Frau Palme kommt. Ich stand auf und ging nach draußen nachschauen, ob sie da ist.«
»Was genau taten Sie?«
»Ich öffnete die Tür ...«
»Machten Sie das Licht an?«
»Natürlich, sonst hätte ich Frau Palme ja im Dunkeln nicht gesehen.« Frau Mögsch warf ihm einen überraschten Blick zu.
»Danke. Sie haben mir mehr, als Sie denken, geholfen«, gestand Metz.
Frau Mögsch schüttelte leicht genervt den Kopf. Metz hob zur Verabschiedung kurz die Hand und war bereits auf dem Weg zu Frau Beyers Büro.
»Herein!«, hörte er die Stimme der Chefin des Bürgerbüros und öffnete die Tür. »Guten Morgen, so früh unterwegs?«, fragte sie verwundert, als sie Metz erkannte.
»Seit wann hängt das Fahndungsplakat wieder im Warteraum?«
»Lassen Sie mich nachdenken.« Sie öffnete eine Schublade und holte einen Kalender heraus. »Seit genau drei Wochen.«
»Warum haben Sie es wieder aufhängen lassen?« Metz stand immer noch im Türrahmen und legte abwartend seinen Kopf schräg.
»Ich habe es selbst wieder angehängt nach der Renovierung und diese ist seit drei Wochen vorbei. Alle Fahndungsplakate werden aufgehängt, so lange ...« Frau Beyer blickte dem Hauptkommissar nach, der das Büro ohne Gruß verließ.
Wenn er sich jetzt beeilte, schaffte er es noch pünktlich zur Besprechung. Er stieg in den BMW und fuhr zurück ins Präsidium.

Metz rannte die Treppe im Präsidium, immer zwei Stufen nehmend, hoch. Er riss die Bürotür auf. Wie er gehofft hatte, saß Jäger am Computer.
»Was sagen die Datenbanken aus?«, fragte er sogleich.

»Zuerst hab' ich in Kassel angerufen. Die haben mir einen detaillierten Bericht geschickt. Liegt auf Ihrem Schreibtisch.«

»Keine Zeit zum Lesen. Erzählen Sie«, forderte er Jäger auf.

»Es gab eine endlose Reihe von Einbrüchen und Diebstählen. Alle in Juwelierläden der Extraklasse. Eine Bande von vier bis fünf Personen. Immer war alles bis aufs Kleinste ausspioniert und vorbereitet, meinte der Kollege. Man konnte die Bande nicht auf ein bestimmtes Muster festlegen. Sie schlugen in der Nacht genauso zu wie am Tage. Nach zwei Tagen oder nach vier Monaten, mit drei Typen oder alle zusammen. Einmal nur zu zweit. Die heiße Ware schien nicht verkauft worden zu sein. Kein Hehler und keine Quasselstrippe wussten von irgendetwas. Es gab keine Spuren. Kein genetisches Material konnte sichergestellt werden. Einfach nichts.« Jäger trank aus dem Kaffeebecher, der vor ihm stand, und fuhr fort: »Die sind bestens organisiert und kennen sich offensichtlich auch mit falschen Identitäten aus. In letzter Zeit gab es keine Einbrüche mehr. Die Kollegen vermuten, dass die Bande weitergezogen ist.«

»Spannen Sie mich nicht auf die Folter. Es gibt das Fahndungsplakat.«

Metz schaute Jäger so drängend an, dass dieser sich räusperte und weitersprach:

»Genau. Aber nur, weil der Besitzer des Juwelierladens, der zuletzt überfallen wurde, vorgesorgt hatte. Eine Kamera war installiert, die offensichtlich war und natürlich von der Gang ausspioniert und lahmgelegt wurde. Aber der alte Fuchs von Juwelier hatte noch zwei weitere Kameras einbauen lassen. Und zwar von seinem Schwiegersohn. Er wollte auf Nummer sicher gehen. Und Blut ist bekanntlich dicker als Wasser. Und deshalb gibt es eine Aufnahme.«

Metz zeigte sich ehrlich überrascht.

»Wenn die Gang vorher alles ausspionierte, war es auch nicht von der Hand zu weisen, dass man den einen oder anderen Elektriker in einer Bar aufsammelte und ihn zum Reden brachte.«

Jäger begnügte sich, zu nicken.

»Chef, die Besprechung«, drängte Jäger. »Der Staatsanwalt ist nebenan in Petersens Büro.«

»Momentan interessiert mich das nicht im Geringsten«, erwiderte Metz.

»Es interessiert Sie also nicht im Geringsten, was ich von Ihrer Arbeit als Ermittler halte?«, fragte der Staatsanwalt unvermittelt, als er mit Petersen zusammen das Büro 202 betrat.

Franck Metz, der den Staatsanwalt nicht hatte kommen sehen, schloss für einen kurzen Augenblick die Augen. »Merde«, formte er mit den Lippen, nur für Jäger sichtbar.

»Pardon, wenn Sie meine Worte missverstanden haben.«

Franck Metz drehte sich um und blickte in dunkelbraune Augen unter einer zerfurchten Stirn. Der Staatsanwalt war von hohem Wuchs. Metz musste den Kopf etwas höher heben, um ihm in die Augen zu schauen. Ahrens trug einen dunkelblauen Anzug mit einem dazu passenden Hemd und einer gedeckten schmalen Krawatte. Metz hielt es für wahrscheinlich, dass der Staatsanwalt bei dem heutigen Wetter ins Schwitzen kam. Das Alter schätzte Metz auf fünfunddrei-ßig Jahre. Ahrens musste enorm ehrgeizig sein, um in diesem Alter Staatsanwalt zu sein. Metz hatte nichts Negatives über ihn gehört, außer, dass Petersen den Staatsanwalt das eine oder andere Mal zur Weißglut brachte. Nicht alles hieß Ahrens gut und ließ auch schon mal jemanden laufen, was Petersen missfiel. Dem Hauptkommissar fiel der dunkle Bartschatten auf, der bis an die sich abzeichnenden Wangenknochen reichte. Metz hatte bereits in der ersten Arbeitswoche munkeln hören, dass der Staatsanwalt eine Ehefrau und eine Geliebte hatte.

»Lasst uns mit der Besprechung beginnen.« Petersens Stimme verriet, dass er beiden Männern keine weitere Gelegenheit zur Konfrontation geben wollte. Metz ließ dem Staatsanwalt den Vortritt.

Die Besprechung war nur von kurzer Dauer. Staatsanwalt Ahrens, Dienstgruppenleiter Petersen und Hauptkommissar Metz hatten sich über die weitere Vorgehensweise abgestimmt. Zurück im Büro ließ sich Metz von Jäger auf den aktuellsten Stand bringen.

»Jetzt fangen Sie an«, sagte Metz ungeduldig, nachdem er die Bürotür hinter sich geschlossen hatte. Er wusste, dass Jäger akribisch sämtliche Datenbanken, die ihm zur Verfügung standen, durchforstet hatte.

»Die Datenbanken haben nichts über Reno Engel ausgespuckt. Ich hab' mit den Kollegen in Nordrhein-Westfalen gesprochen.« Jägers Mimik ließ Metz an einen Kater denken, der sich nach dem Genuss eines Schälchens Sahne das Maul leckt.

»Ich höre Ihnen an, dass Sie noch ein Ass haben«, intervenierte Metz.

Es durfte doch nicht sein, dass es über den Mann nichts geben sollte, was ihn interessierte.

»Ich hab' ...«, der Polizeiobermeister grinste, »die Krankenakte.« Jäger schob Metz eine Mitteilung quer über den Schreibtisch. »Der Mann ist kerngesund. Er hat nur einen Augenfehler.«

»Einen Augenfehler?«, wiederholte der Hauptkommissar wie elektrisiert.

»Quer über seine Iris soll eine Narbe gehen. Er trägt vermutlich Kontaktlinsen oder eine dunkle Brille. Die Sehschärfe ist nicht beeinträchtigt. Man kann das operativ beheben, ließ man mich wissen.« Jäger wippte auf dem Schreibtischstuhl.

»Klasse Arbeit, Jäger«, beteuerte Metz. Er stellte sich ans Fenster und überflog den Bericht, den Jäger ihm zugeschoben hatte. »Fassen wir zusammen«, meinte Metz nach kurzer Zeit. »Es gibt also niemanden, der Reno Engel heißt.« Jäger nickte zu den Ausführungen Metz'.

»Niemanden, auf den die angegebenen Personalien passen. Laut Interpol ist der Verdächtige in Drogendelikte verstrickt und wird seit drei Jahren gesucht, er soll gewalttätig und gewaltbereit sein.«

»Wir bekommen einen Durchsuchungsbeschluss für unseren Reno Engel, den es überhaupt nicht gibt?«, fragte Jäger mit hochgezogenen Brauen, sicher war er sich nicht.

»Ich besorge den Beschluss von Ahrens«, sagte Metz konsequent.

»Was ein international gesuchter Verbrecher in einem Blumenladen verloren hat, das interessiert auch den Staatsanwalt«, sagte er zu Jäger, als er von Ahrens zurückkam und den Beschluss in der Hand hatte. »Wir fahren sofort hin. Einsatz!«, verkündete Metz.

Jäger bekam vor Aufregung rote Flecken am Hals. Sofort holte er seine Waffe aus der Schreibtischschublade. Er kontrollierte sie und schob sie ins Holster zurück.

»Ich warte auf Sie.«

Metz wusste, dass der Dienstwagen mit laufendem Motor vor dem Präsidium stehen würde. Doch zuvor schrieb er Petersen eine eilige Mitteilung und dachte kurz daran, dass er am Mittag die Schießübung zu absolvieren hatte. Manchmal überschlugen sich Ereignisse. Der Hauptkommissar nahm routiniert die Pistole heraus. Er überprüfte sie und steckte sie zurück ins Schulterholster. Dann schloss er das Büro ab und lief die Treppe hinunter. Sein erster bewaffneter Einsatz nach drei Jahren.

Ein ungutes Gefühl beschlich ihn, obwohl er wusste, dass die Waffe zu ziehen und sich gegebenenfalls zu verteidigen, zu einem antrainierten Reflex geworden war, aber bei ihm blieb ein schaler Beigeschmack zurück.

Jäger fuhr gewohnt rasant, doch diesmal schien sich der Hauptkommissar nicht daran zu stören. Beide Männer hatten eine Menge Adrenalin im Blut. Jede Faser ihrer Körper schien sich für den Einsatz bereit zu machen. Die Passanten drehten sich um und schüttelten ihre Köpfe, als Jäger mit kreischenden Reifen vor dem Blumenladen hielt. Der Marktplatz schien im puren Sonnenlicht zu baden. Tauben tummelten sich auf dem jahrhundertealten Straßenpflaster. Für die historischen Details hatten die beiden Polizisten kein Auge übrig. Sie liefen zur Ladentür und drückten die Klinke runter.

Die Tür war verschlossen.

Metz schirmte mit der Hand seine Augen ab und blickte nach drinnen. Nichts rührte sich im Geschäft. Er drehte sich zu Jäger um und gab ihm Anweisung, hinter dem Haus über die Mauer zu steigen und zu versuchen, über die Terrasse zu kommen.

Wortlos verschwand Jäger. Der Hauptkommissar zog einen Dietrich aus der Hosentasche und öffnete ohne viele Umstände den Blumenladen. Leise ging er durch den Laden, sorgsam darauf bedacht, keine Geräusche zu machen. Wie es aussah, kamen sie zu spät. Metz war enttäuscht.

Unversehens sah sich Hauptkommissar Metz Engel gegenüberstehen. Dieser war genauso überrascht wie Metz.

Engel war sprachlos. Jetzt, auf den letzten Metern, stand ihm der Bulle im Weg.

Engel hielt einen handlichen Koffer fest und sah total verändert aus. Metz starrte ihn an und hatte Mühe, in dem Mann, den er vor sich hatte, Reno Engel wiederzuerkennen. Anscheinend war dieser mit sich beschäftigt gewesen, dass er Metz' Eindringen überhörte.

Engel funkelte den Hauptkommissar angriffslustig an, als ihm klar wurde, dass es keinen Ausweg mehr gab.

Metz nutzte die Chance.

»Sie sind vorläufig festgenommen wegen des dringenden Tatverdachtes, Frau Inge Palme eine tödliche Dosis Scopolamin verabreicht zu haben. Außerdem ...« Metz wurde jäh unterbrochen, denn es krachte laut im Hinterhof. Steine und eine Wolke aus Staub breiteten sich im Garten aus.

Metz hatte nicht ahnen können, dass der gewandte Jäger bei der Überwindung der alten Stadtmauer nicht so leise war wie gedacht. Die alte Lehmmauer war dermaßen porös, dass Jäger mit immensem Getöse zusammen mit der Mauer auf den Hof des Blumenladens krachte.

Der Hauptkommissar erkannte nach einer Schrecksekunde aufatmend, dass sich Jäger aufrappelte und den Staub und Dreck von seiner Uniform abzuklopfen begann. Metz sah in einen Pistolenlauf.

Jäger hatte seinen Dreck halbwegs abgeklopft. Er sah durch das Terrassenfenster und erkannte, dass eine Pistole auf den Hauptkommissar gerichtet war.

Jäger registrierte, dass Engel langsam den Finger im Abzug krümmte. Er sah mit verwundertem Gesichtsausdruck, wie Petersen unerwartet in den Blumenladen stürmte und dass Engel die Waffe auf Petersen richtete und sofort schoss. Petersen stürzte zu Boden.

Noch im Fallen presste er die Hand an die linke Schulter. Jäger bemerkte, dass Engel die Waffe in Richtung des Hauptkommissars schwenkte.

Ein weiterer Schuss dröhnte in den Ohren des Hauptkommissars. Das Terrassenfenster zersprang in tausend Stücke und Engel fiel nach hinten. Reglos blieb er zwischen den umfallenden Blumentöpfen liegen. Ein dünner roter Speichelfaden lief aus seinem Mund.

Jäger senkte seine Walter SIG Sauer und schob sie ins Pistolen-holster zurück. Aber er blieb draußen stehen. Er war unfähig, sich zu rühren.

Erst als Petersen vor Schmerz brüllte: »Jäger, bewegen Sie Ihren Arsch hier rein!«, kam Leben in Jäger.

Hauptkommissar Metz war bei dem Schusswechsel unverletzt geblieben, aber Petersen hatte es erwischt. Metz kümmerte sich bereits um ihn. Jäger rief den Notarzt, dann erst kniete er sich neben Metz an Petersens Seite.

»Verdammt, Jäger. Ich dachte immer, Sie sind schnell!« Das schmerzverzerrte Gesicht von Petersen versuchte allem zum Trotz ein Grinsen.

»Beim nächsten Mal!«, versprach ein bleich aussehender Jäger.

Metz sah dem Polizeiobermeister an, dass der Schock tief in ihm saß. Metz bedeutete seinem Freund, nicht zu sprechen. Trotzdem ließ sich Petersen nicht abhalten zu erklären, warum er im Blumenladen aufgetaucht war:

»Ich habe deine Nachricht bekommen. Ah, verflucht tut das weh«, stöhnte Petersen.

»Du musst uns jetzt gar nichts erklären. Später ...«, versuchte der Hauptkommissar, seinen Freund zu beruhigen.

Doch Petersen war ein Dickkopf.

»Keiler gab mir deine Nachricht und das Foto von der Überwachungskamera. Ich sah das Foto und wusste, das ist der Mann, der als Einziger der damaligen Drogenrazzia entkommen war. Ich habe immer gedacht, er ist untergetaucht. Sein Äußeres zu verändern und hier in Deckung zu gehen, das habe ich nicht geahnt.« Petersen war kreidebleich, er war am Ende seiner Kraft.

»Darum musst du dir keine Sorgen machen. Das wird alles aufgearbeitet und jeder der Bande bekommt seine gerechte Strafe«, versicherte ihm Metz.

Der Notarzt kam und gab Entwarnung. Petersen hatte zwar viel Blut verloren, aber es schien ein Durchschuss zu sein. Er wurde versorgt und kam ins Krankenhaus.

Polizeiobermeister Jäger gab seine Waffe ab. Keiler stellte einen Wagen mit Fahrer ab, der Jäger nach Magdeburg fuhr. Der Polizeiobermeister musste sich den Fragen der Dienstaufsichtsbehörde stellen.

Die Polizeihauptkommissare Reeh und Rükken fanden das Päckchen, in dem Engel die Samen des Bilsenkrautes aufbewahrt hatte. Die Teemaschine wurde sichergestellt. Die Segeltuchtasche mit dem

Geld und den Diamanten wurde in Engels Wohnung gefunden. Bei der Durchsuchung stellte die Spurensicherung den lilafarbenen Schuh mit Paillettenbesatz, eine kleine Menge Rauschgift sicher und auch das nach Zeder duftende Parfüm.

Noch in der Nacht wurden Engels Handydaten ausgewertet und Staatsanwalt Ahrens forderte eine Sondereinheit aus Magdeburg an.

Die gesamte Bande wurde auf dem Rastplatz der Bundesstraße Nummer sechs vorläufig festgenommen.

Freitag

Langsam bahnte sich das Ende der Woche an. Franck Metz war mit sich zufrieden, zwei Morde waren aufgeklärt. Die Zusammenarbeit mit Polizeiobermeister Jäger war mehr als zufriedenstellend.

Dennoch schlich sich Wehmut in sein Herz. Er hatte keinen Grund, in der Apotheke aufzutauchen und mit der Apothekerin zu lachen, zu essen und auf Entdeckungsreise auf dem Dachboden zu gehen. Das Wochenende stand vor der Tür und er fühlte sich isoliert.

Franck Metz blickte sich im Büro um. Ohne Jäger sah es verwaist aus. Er hatte ihn bereits gestern in ein langes Wochenende geschickt.

Petersen war ebenfalls nicht da. Er lag im Krankenhaus und Adele wich sicher nicht von seinem Bett. Laut der Ärzte blieben keine Schäden zurück.

Doch was machte er am freien Wochenende? Konnte man sich als Mann Sentimentalität leisten? Er schüttelte resigniert den Kopf. Warum eigentlich nicht. Dann gab er sich einen Ruck.

Er besprühte die Kakteen auf der Fensterbank mit Wasser, nahm seine Lederjacke vom Stuhl und schloss das Büro zu.

Das Wetter sollte voraussichtlich sonnig bleiben. Klarer blauer Himmel und für den September sommerliche Temperaturen. Es blieb ihm Zeit, sich weiter mit der Stadt zu beschäftigen.

Wenigstens wollte er sich eine erlesene Flasche Rotwein kaufen. Früher hatte er gern gekocht, für Freunde und Familie. Aber er wohnte jetzt in einem Hotel. Außer Petersen hatte er keine Freunde oder Bekannte in dieser ihm noch fremden Stadt. Bücher hatte er zum Lesen und es gab fast nichts Besseres zum Abschalten vom Alltag als ein Glas Bordeaux und ein Buch. Nur eben fast nichts Besseres.

Metz lief die Treppe hinunter. Oberrat Keiler hatte wieder Dienst. Wie gewohnt saß er missmutig an seinem Laptop und schaute kaum hoch, als der Hauptkommissar das Polizeirevier verließ.

Bevor Jäger dienstfrei nahm, hatte dieser Metz noch erklärt, wo er einkaufen konnte. Metz fand den vorgeschlagenen Supermarkt. Er ging die Regalreihen ab und entschied sich letztendlich für den teuersten Wein des gesamten Sortimentes. Einen Château Gaudin. Mit rubinroter Farbe, kräftig und würzig. Die Lagerung in Eichenholzfässern setzte Franck voraus. Auf dem Etikett stand, dass sich der Wein durch einen langen Abgang auszeichnete. Metz dachte, dass es leider nur die Geschmacksnoten von Vanille und Karamell sein würden, die heute Abend auf seiner Zunge lagen und die Sinne ansprachen.

Dennoch legte er die Flasche in den Einkaufswagen und reihte sich geduldig an der Kasse ein.

Wie ein Lauffeuer hatte es sich herumgesprochen, dass es eine Schießerei unweit des Marktes gegeben hatte. Ein Toter und ein Verwundeter, das war die Bilanz weniger Minuten. Wieder einmal war sie die Letzte in der Apotheke und machte, nicht nur sprichwörtlich, das Licht aus. Emilia hatte sich Sorgen um Franck Metz gemacht, doch in der Apotheke erzählten die Kunden, wen es erwischt hatte.

Emilia, die sonst Mühe hatte, sich an die Tage zuvor zu erinnern, dachte öfter, dass man sich das alles aufschreiben sollte, aber es fehlte ihr einfach die Zeit dafür. Wann denn?, fragte sie sich. Es war unvermeidlich, sich am Wochenende um den Haushalt zu kümmern. Doch die Vernissage im *Bunten Pelikan* reizte sie. Jedes Jahr nahm sie es sich vor und jedes Jahr verschob sie es wieder. Für morgen Abend war sie bereits mit Tess verabredet. Wenn Tess Zeit und Interesse für die Vernissage hat, konnte sie mit ihrer Freundin gehen. Sie hatte zwei Karten. In Wirklichkeit dachte sie eher an Franck Metz. Aber sie hatte den günstigen Zeitpunkt verpasst, ihn zu fragen. Ihm hinterher zu telefonieren, fand sie albern, obwohl sie seine Handynummer besaß. Na ja, wer zu spät kommt, den bestraft das Leben, dachte sie. Es war nicht auszuschließen, dass man sich wiedersah. In einer anderen Zeit, an einem anderen Ort? Wer weiß das denn alles. Wenn etwas vorbestimmt ist, dann sehen wir uns wieder, sagte sie sich.

Emilia startete ihren Audi. Sie brauchte noch Käse und Obst. Wenige Minuten später parkte sie ein. Sie nahm keinen Einkaufswagen für die zwei Dinge, die sie kaufen wollte. Sollte es doch mehr werden, konnte sie immer noch einen Butterkarton leer machen und die Lebensmittel darin bis zur Kasse transportieren.

Nach wenigen Minuten war sie mit dem Einkauf fertig, aber der Supermarkt war inzwischen brechend voll. Es schien, als hätten sich alle Einwohner diese eine Einkaufsmöglichkeit ausgesucht und noch dazu die gleiche Stunde. Eingezwängt zwischen übervollen Einkaufswagen und genervten Familien stand sie abwartend, den requirierten Butterkarton auf der rechten Hüfte abgesetzt, dass es weiterging.

Überrascht sah sie, dass Franck Metz in derselben Reihe stand und gleich dran war. Emilia nahm sich ein Herz und drängte sich an den Menschen vorbei, die vor ihr standen.

»Entschuldigung, darf ich mal vorbei. Danke.«

Die verwunderten oder verärgerten Blicke störten sie nicht und sie ließ sich nicht beirren. Dem völlig überraschten Hauptkommissar ließ sie ihre Lebensmittel einfach in den Einkaufswagen poltern.

»Dann haben wir doch alles für ein Essen zusammen?«, meinte Emilia kokett, als sie die Flasche Wein entdeckte.

Francks blaue Augen leuchteten auf, als er lachend antwortete:

»Dann müssen wir nur noch die Frage klären, ob bei dir oder bei mir?«

❦ Ende ❦

Die *Apotheken*-Krimi-Reihe
von
E l l y s   M e l l e r

Liebe Leserinnen und Leser,

der zweite Fall für Hauptkommissar Franck Metz
»Mord ohne Rezept« erscheint voraussichtlich Ende 2018.

Weitere Bände aus meiner Apotheken-Krimi-Reihe können Sie
ab 2019 in Ihrer Buchhandlung bestellen oder online beziehen.

Schauen Sie auf meiner Autorenseite bei BoD oder Amazon
vorbei oder schreiben Sie mir: ellysmeller@web.de
Wenn Ihnen meine Krimis gefallen, freue ich mich,
wenn Sie mir eine Rezension hinterlassen.

Ihre *Ellys Meller*

Hyoscyamus niger
Schwarzes Bilsenkraut